古典文獻研究輯刊

二七編

第 4 冊

應劭《風俗通義》言說方式研究

張 建 國 著

國家圖書館出版品預行編目資料

應劭《風俗通義》言說方式研究／張建國 著 -- 初版 -- 新北
市：花木蘭文化事業有限公司，2023〔民 112〕
目 2+176 面；19×26 公分
（古典文學研究輯刊 二七編；第 4 冊）
ISBN 978-626-344-250-4（精裝）
1.CST：風俗通義 2.CST：研究考訂
820.8　　　　　　　　　　　　　　　111021979

ISBN-978-626-344-250-4

古典文學研究輯刊
二七編　第四冊　　　　　　ISBN：978-626-344-250-4

應劭《風俗通義》言說方式研究

作　　者　張建國
總 編 輯　杜潔祥
副總編輯　楊嘉樂
編輯主任　許郁翎
編　　輯　張雅淋、潘玟靜　美術編輯　陳逸婷
出　　版　花木蘭文化事業有限公司
發 行 人　高小娟
聯絡地址　235 新北市中和區中安街七二號十三樓
　　　　　電話：02-2923-1455／傳真：02-2923-1452
網　　址　http://www.huamulan.tw 信箱 service@huamulans.com
印　　刷　普羅文化出版廣告事業
初　　版　2023 年 3 月
定　　價　二七編 11 冊（精裝）新台幣 28,000 元　版權所有‧請勿翻印

應劭《風俗通義》言說方式研究

張建國　著

作者簡介

張建國，安徽含山人，1990 年生。2010 年至 2014 年就讀於閩南師範大學中文系，2014 年至 2017 年就讀於西南大學文學院中國古代文學專業，指導教授為韓雲波教授。2019 年至今，就讀於上海交通大學人文學院中國古代文學專業，師從許建平教授。曾發表《〈風俗通義〉與〈搜神記〉創作對比研究》、《簡論「詩言志」與「詩緣情」》、《〈劍俠傳〉編者為王世貞可否成為定論？——兼與羅立群教授商榷》、《明崇禎十三、十四年廬州府疫災及社會救治》等論文。

提　　要

　　《風俗通義》是東漢末期汝南人應劭所作，記述了漢代以及漢代以前大量的社會風俗。近代以來，《風俗通義》受到學術界越來越多的關注，但對《風俗通義》的研究多集中於文獻學、史學、語言學方面，《風俗通義》文學研究還較少，從言說方式角度切入對《風俗通義》的研究至今尚未出現。「言說方式」是由具體的言說目的和言說內容所決定的並互相影響的文本表達方式，簡言之就是「為什麼說」和「說什麼」決定了「怎麼說」，而「怎麼說」又影響了「為什麼說」和「說什麼」的表達效果。其中包含文章結構的安排、題材的選擇、敘事方法的使用、句子的修辭、字詞的錘鍊等一切文本表達方式。借由「言說方式」這個外在形式，在深度上可以探究到文本背後作者的文心，在廣度上也可以發現言說方式、言說內容、言說目的三者之間幽微的聯繫。「子曰：言之無文，行而不遠」，「怎麼說」往往比「說什麼」更重要。《文心雕龍》謂：「漢世善駁，則應劭為首」，以應劭《風俗通義》為文本，研究其言說方式對瞭解漢代的士風、文風具有典型意義，對拓寬當今學術路徑亦不無裨益。

　　本文重點探究了《風俗通義》引經據典、謹案、對比三種極富特色的言說方式，對作者為何選擇這三種言說方式進行探因，揭示它們的生成及其對《風俗通義》文學性、辨風正俗的思想性等方面的影響。本文第一章，綜合學界對「言說方式」的使用情況，從語言學角度對「言說方式」進行概念界定，分析從言說方式角度切入《風俗通義》研究的可行性以及創新性。第二章對《風俗通義》引經據典的言說方式進行探究，對《風俗通義》所引典籍進行數量、思想特徵的統計分析，認為《風俗通義》的學術歸屬當為子部儒家類而非子部雜家類。本章還探究了應劭採用這種言說方式的四大原因，指出這一言說方式對《風俗通義》「辨風正俗」及其語言風格的影響。第三章，首先對「謹案」言說方式加以舉隅，從歷時和共時的兩個維度對這一言說方式的形成進行探因，認為它是應劭對《方言》、《史記》、《漢書》、《韓詩外傳》的繼承並結合自身的史官身份加以改造而來，是應劭同時代書籍中獨有的言說方式，指出它對全書內容、結構起到的完善作用，並為文本的小說因素提供了生長空間，將《風俗通義》與《搜神記》加以對比考察，論述了該書與《搜神記》創作上的關聯，證明這一言說方式對保留小說因素的重要意義。第四章研究了《風俗通義》極突出的對比言說方式，認為《風俗通義》在言說目的上繼承了「春秋筆法」的懲惡揚善，在創作中則體現出對「春秋筆法」中「直書其事」和「微婉隱晦」的繼承，揭示它對《風俗通義》「辨風正俗」及其文學色彩的影響。由前列論述，期能在《風俗通義》的研究上有所推進，為學界提供一個新的研究視角。

緒　論

一、《風俗通義》簡介

　　《風俗通義》又名《風俗通》，是東漢末期汝南人應劭所作，以考釋議論名物、時俗為主，記述了漢代以及漢代以前大量的社會風俗，也是世界上第一部比較系統和全面的以民俗為考察對象且規模可觀的著作。

　　《風俗通義》一書內容龐雜，體例宏大，據《隋書·經籍志》記載共有三十卷，注錄一卷，《意林》記載共三十一卷，新舊《唐書》記載為三十卷，但隨著歷史的變遷，該書散佚嚴重。至宋神宗年間，蘇頌用官私本校訂，使得其中僅十篇得以保存，「應氏書卷帙，今所存者，劣及三分之一，原書佚篇，已如蘇氏所舉，於其存者，復加尋檢，則一篇之中猶有佚條，一條之中，猶有佚句，甚矣！應書之厄也！」〔註1〕。其餘二十篇，見於蘇頌的《校風俗通義題序》，分別為：《心政》、《古制》、《陰教》、《辨惑》、《析當》、《恕度》、《嘉號》、《徽稱》、《情遇》、《姓氏》、《諱篇》、《釋忌》、《輯事》、《服妖》、《喪祭》、《宮室》、《市斤》、《數紀》、《新秦》。《風俗通義》刻本和抄本約有十餘種，存世的最早刻本為元人大德本；明清兩代刻本較多，從版本系統來看，都源於大德本。現存版本僅有十卷，本文所依的文本以王利器先生的《風俗通義校注》為主，兼以吳樹平先生的《風俗通義校釋》〔註2〕和趙泓先生的《風俗通義全譯》〔註3〕為參考。《風俗通義》現存的十篇分別為：《皇霸》、《正失》、《愆禮》、《過譽》、《十

〔註1〕王利器：《風俗通義校注》，中華書局，2010，頁3。
〔註2〕吳樹平：《風俗通義校釋》，天津人民出版社，1980。
〔註3〕趙泓：《風俗通義全譯》，貴州人民出版社，1998。

反》、《聲音》、《窮通》、《祀典》、《怪神》、《山澤》，以及相關佚文。

二、《風俗通義》研究綜述

關於《風俗通義》的研究性專著至今尚未出現，提及《風俗通義》的著作或對應劭、《風俗通義》作簡要介紹、評述，或引用其中文獻以輔佐自己的論點，或對該書涉及的部分風俗、故事做些研究。比如殷偉的《生肖文化》、胡新生的《中國古代巫術》、陳勤建的《生肖趣談》等著作對《風俗通義》中提到的雞犬辟邪故事進行研究；劉守華《中國民間故事史》對《鮑君神》作為一種類型故事作了簡要介紹；李劍國在其《唐前志怪小說史》中對應劭的生平及其鬼神思想作簡要介紹，著重提到《風俗通義》中所記「亭鬼」故事和各種鬼怪精物故事。其他對《風俗通義》做整體性評價的著作還有張紫晨先生的《中國民俗學史》，他著重對應劭在該書中所反映的思想以及全書體例進行了評價，認為這是一部「民俗意義較強」的書；王文寶先生在《中國民俗研究史》中認為此書「以辨正風俗」為其研究社會民俗的宗旨，是我國乃至世界上第一部較為全面系統研究民俗的學術專著。袁珂先生在《中國神話史》一書中對《風俗通義》能從理性的民俗學角度對神話進行解讀、破除迷信給予了肯定。

關於該書的校注至今有吳樹平的《風俗通義校釋》、王利器的《風俗通義校注》、趙泓的《風俗通義全譯》，隨著這三位學者校注本的出現，學界對該書的關注越來越多，研究成果也陸續出現。目前該書的研究成果主要見於期刊論文，包括少量的碩博學位論文，研究的視角主要集中在文獻學、史學、語言文字學方面，而文學研究較少，具體情況如下：

（一）文獻學、史學、語言文字學

文獻學方面，從清中期錢大昕始就有學者不斷投入到《風俗通義》的輯佚和校勘中，吳樹平的《風俗通義校釋》、王利器的《風俗通義校注》在清人基礎上大大推進，二書出現後，圍繞該書的版本、作者及成書年代的考證出現較多，如吳樹平的《〈風俗通義〉雜考》〔註4〕、馬固鋼的《關於〈風俗通義〉幾條佚謠的輯校》〔註5〕、韓淑德、張之年的《應劭、劉熙生平考略》〔註6〕、程遠芬

〔註4〕吳樹平：《風俗通義雜考》，載《文史》1979 年第 7 期。
〔註5〕馬固鋼：《關於風俗通義幾條佚謠的輯校》，載《中國韻文學刊》1996 年第 1 期。
〔註6〕韓淑德、張之年：《應劭劉熙生平考略》，載《中國音樂史》1998 年第 4 期。

的《〈風俗通義〉序錄的再探討》〔註7〕，其中最具代表性的論文分別如下：

王忠英的《應劭著述考論》〔註8〕，該論文對應劭的著述如《風俗通》、《漢官儀》、《漢書音義》等書進行了版本的考證；閆平凡的《楊守敬〈漢書二十三家注鈔·應劭〉校補》〔註9〕對楊守敬所錄的應劭注文進行了重新覆核並考訂；林鶴韻的碩士論文《〈風俗通義〉述評與文獻學價值初探》重點論述了《風俗通義》的文獻學價值，簡要提及該書的文學價值和思想價值〔註10〕；鞏玉婷的碩士論文《〈風俗通義〉研究》〔註11〕主要從《風俗通義》的版本及其引書的文獻學價值加以論述。

史學方面，諸多學者充分肯定了應劭及其《風俗通義》的史學價值和歷史地位，如倉修良的《應劭和〈風俗通義〉》〔註12〕認為《風俗通義》對於研究東漢社會歷史、文學小說、民俗學等方面有重要意義。徐殿才、毛英萍的《應劭與〈風俗通義〉》〔註13〕對應劭著《風俗通義》，力圖起到齊風俗、明義理、正人心的有益世用給予了充分肯定。其他論述《風俗通義》史學價值的論文有郭浩的《論應劭的史學成就及其歷史地位》〔註14〕，孫福喜的《論應劭的「經世致用」學術思想》〔註15〕、劉明怡的《從應劭著述看漢末學術風氣的變遷》〔註16〕、陳曦的《〈風俗通義〉的學術傳承與史學特色》〔註17〕、黨超的《「辯風正俗」：應劭對風俗與政治關係的新思考》〔註18〕等。

語言文字學方面的研究取得了不少的成果，共有四篇碩士論文，七篇期

〔註7〕 程遠芬：《風俗通義序錄的再探討》，載《圖書館理論與實踐》2002 年第 6 期。
〔註8〕 王忠英：《應劭著述考論》，山東師範大學 2010 年碩士學位論文。
〔註9〕 閆平凡：《漢書二十三家注鈔應劭校補》，武漢大學 2004 年碩士學位論文。
〔註10〕 林鶴韻：《風俗通義述評與文獻學價值初探》，復旦大學 2012 年碩士學位論文。
〔註11〕 鞏玉婷：《風俗通義研究》，山東大學 2015 年碩士學位論文。
〔註12〕 倉修良：《應劭和風俗通義》，載《文獻》1995 年第 6 期。
〔註13〕 毛英萍：《應劭與風俗通義》，載《中國社會科學院研究生院學報》2009 年第 3 期。
〔註14〕 郭浩：《論應劭的史學成就及其歷史地位》，載《河南廣播電視大學學報》，2005 年第 3 期。
〔註15〕 孫福喜：《論應劭的經世致用學術思想》，載《內蒙古師大學報》1999 年第 1 期。
〔註16〕 劉明怡：《從應劭著述看漢末學術風氣的變遷》，載《許昌學院學報》2006 年第 6 期。
〔註17〕 陳曦：《風俗通義的學術傳承與史學特色》，載《天府新論》2011 年第 5 期。
〔註18〕 黨超：《辯風正俗——應劭對風俗與政治關係的新思考》，載《民俗研究》2015 年第 3 期。

刊論文，論文主要涉及《風俗通義》中雙音節詞、疑問詞、反義詞、複音詞、訓詁等方面內容。王惠的碩士論文《〈潛夫論〉〈風俗通義〉的疑問句研究》〔註 19〕、林丹丹的《風俗通義雙音節詞研究》〔註 20〕、張佳的《〈風俗通義〉反義詞研究》〔註 21〕、孟心的《〈風俗通義〉聲訓及其文化探析》〔註 22〕。除了這四篇碩士論文之外還有較多的期刊論文，代表性論文如孟心的《〈風俗通義‧聲音第六〉之聲訓研究：聲訓背後承載的漢時文化》〔註 23〕、馬固鋼的《論〈風俗通義〉訓詁》〔註 24〕、黃英的《從〈風俗通義〉看漢代新生的複音詞》〔註 25〕等文章。

（二）文學

涉及到《風俗通義》文學方面的研究共有九篇期刊論文，六篇碩士論文，其中具有代表性的期刊論文為曹道衡的《〈風俗通義〉和魏晉六朝小說》〔註 26〕，曹道衡將《風俗通義》與《世說新語》、《搜神記》等志人志怪小說作了簡單對比，指出《風俗通義》對魏晉六朝小說具有影響。董焱的《〈風俗通義〉的文學價值》〔註 27〕延續曹道衡的研究方向，認為《風俗通義》具備了志人、志怪小說的特徵，並具體地分析了《風俗通義》的藝術成就。劉明怡的《〈風俗通義〉的文體特點及其文學意義》〔註 28〕將《風俗通義》與同時期的《人物志》、《中論》以及魏晉的《世說新語》進行比較，凸顯了《風俗通義》的文學特質。其他期刊論文主要涉及到兩個主題：其一是從宗教典籍、歷史背景等方面對「二母爭子」這一故事題材進行溯源探究〔註 29〕。其二是從小說敘事學的角度

〔註 19〕 王惠：《潛夫論風俗通義的疑問句研究》，南京師範大學 2008 年碩士學位論文。
〔註 20〕 林丹丹：《風俗通義雙音節詞研究》，北京語言大學 2009 年碩士學位論文。
〔註 21〕 張佳：《風俗通義反義詞研究》，浙江大學 2012 年碩士學位論文。
〔註 22〕 孟心：《風俗通義聲訓及其文化探析》，重慶師範大學 2012 年碩士學位論文。
〔註 23〕 孟心：《風俗通義‧聲音第六之聲訓研究：聲訓背後承載的漢時文化》，載《蘭州教育學院學報》2011 年第 2 期。
〔註 24〕 馬固鋼：《論風俗通義訓詁》，載《湘潭大學學報》，1988 年第 4 期。
〔註 25〕 黃英：《從風俗通義看漢代新生的複音詞》，載《西南民族學院學報》2000 年第 12 期。
〔註 26〕 曹道衡：《風俗通義和魏晉六朝小說》，載《文學遺產》1988 年第 3 期。
〔註 27〕 董焱：《風俗通義的文學價值》，載《河北師範大學學報》2007 年第 1 期。
〔註 28〕 劉明怡：《風俗通義的文體特點及其文學意義》，載《文學遺產》2009 年第 2 期。
〔註 29〕 論文可參見林繼富的《「二母爭子」故事揭秘》，載《中南民族學院學報》2000 年第 4 期）；曲德來《關於元雜劇灰闌記的來源問題》，載《古籍整理研究學刊》2002 年第 3 期）；謝桂芳的《淺論灰欄記產生的文化因素》，載《九州文談》2011 年第 3 期。

探究《風俗通義》的小說特性。〔註30〕

　　在《風俗通義》文學研究上具有代表性的是以下四篇碩士論文。李章立的《〈風俗通義〉的小說性研究》〔註31〕從《風俗通義》的故事入手，探討《風俗通義》中故事的敘述、人物的刻畫，凸顯《風俗通義》的小說性。孫芳芳的《文學視野下的〈風俗通義〉研究》〔註32〕主要對《風俗通義》所載風俗進行分類，並探究在風俗記載中的文學表達，簡要提及《風俗通義》對後代小說結構、內容、語言、寫法上的影響。王霄的《〈風俗通義〉文學研究》〔註33〕主要是從神話角度探究《風俗通義》的文學特性，涉及《風俗通義》所載神話的內涵及衍變，凸顯了神話對《風俗通義》創作的影響。程開元的《〈風俗通義〉文史哲學術價值探索》〔註34〕主要是從文學、史學、哲學三個角度來探索《風俗通義》的價值，作者在文學價值中著重論述了《風俗通義》豐富多彩的題材，即該書所包含的神話傳說、歷史人物、民間傳說，簡略提及《風俗通義》的敘事手法。

　　除了這四篇對《風俗通義》文學方面作重點探討的碩士論文外，還有少量博士論文涉及到了《風俗通義》。咎風華在其博士論文《漢代風俗文化與漢代文學》〔註35〕中認為《風俗通義》語言整齊有韻，可能採自漢代的「徘優小說」。王守亮在其博士論文《漢代小說史敘論》〔註36〕中認為《風俗通義》雜記志怪故事形成雜記體志怪的體制，標誌著我國古代志怪小說三種體制的基本形成，對魏晉志怪小說的繁榮具有重要影響。

　　除以上研究之外，還有民俗學、宗教學研究，如姜生的《〈風俗通義〉等文獻所見東漢原始道教信仰》〔註37〕，張漢東的《〈風俗通義〉的民俗學

〔註30〕論文可參見李欣航、符麗平的《從小說敘事學理論看風俗通義的敘事藝術色彩》、《論風俗通義在中國小說史上的承上啟下作用》、《談風俗通義的小說色彩》。

〔註31〕李章立：《風俗通義的小說性研究》，四川師範大學 2006 年碩士學位論文。

〔註32〕孫芳芳：《文學視野下的風俗通義研究》，華中師範大學 2012 年碩士學位論文。

〔註33〕王霄：《風俗通義文學研究》，內蒙古大學 2015 年碩士學位論文。

〔註34〕程開元：《風俗通義文史哲學術價值探索》，山東師範大學 2013 年碩士學位論文。

〔註35〕咎風華：《漢代風俗文化與漢代文學》，山東大學 2007 博士學位論文。

〔註36〕王守亮：《漢代小說史敘論》，山東師範大學 2009 年博士學位論文。

〔註37〕姜生：《風俗通義等文獻所見東漢原始道教信仰》載《宗教學研究》1998 年第 1 期。

價值》〔註 38〕，龍顯昭的《試論古代史上的民俗研究》〔註 39〕，史樹青的《從〈風俗通義〉看漢代的禮俗》〔註 40〕等文章，這些文章讓我們對漢代的婚喪嫁娶等風俗有所瞭解，由於與本篇論文的關係不大，故不在此一一贅述。

（三）《風俗通義》文學研究述評

《風俗通義》的文學研究自王利器、吳樹平先生的校釋本出現後，於 20 世紀 80 年代開始起步，80 到 90 年代的研究較少，學者主要從文獻學、史學角度進行研究，因此該時期的期刊論文主要是關於《風俗通義》序目、佚文的探討及對其史學價值的肯定，除了曹道衡先生的《〈風俗通義〉和魏晉六朝小說》之外，沒有出現文學方面的研究。20 世紀 90 年代至今，《風俗通義》的研究呈現不斷增長的趨勢，在 2010 年前後出現了研究的高峰期，研究角度也從史學、文獻學角度拓展到語言文字學、文獻學、民俗學、文學等角度，呈現出不斷深化、拓展與創新的趨勢，而其中語言文字學研究和史學研究占絕大部分。

在《風俗通義》的諸多研究中文學研究還較為薄弱，至今只有 13 篇論文是關於《風俗通義》文學研究的，在數量上占《風俗通義》研究的極小部分。就《風俗通義》的文學研究而言，在研究角度上並無多少創新，13 篇論文基本沿著曹道衡先生的理路而來，一是注重文本間的對比，如董焱的《〈風俗通義〉的文學價值》，劉明怡的《〈風俗通義〉的文體特點及其文學意義》；二是以《風俗通義》中的故事以及故事的寫法為研究對象凸顯文學價值，如李章立的碩士論文主要是以「故事」為研究對象，孫芳芳的碩士論文主要是以「風俗」為研究對象，王霄的碩士論文主要是從「神話」的角度探究《風俗通義》的文學特性，程開元的碩士論文也是圍繞「題材」展開簡單論述。其他期刊論文也是圍繞《風俗通義》中「故事」來展開研究的，如「二母爭子」故事。

從「言說方式」的角度對文本進行研究的方法在學界已經多有使用，但還未有學者從「言說方式」的角度切入來研究《風俗通義》，筆者斗膽嘗試從這一角度對《風俗通義》進行研究，以期在研究思路和研究結果上有所創新，何為「言說方式」，筆者在第一章中對此進行了概念的梳理和界定。

〔註 38〕張漢東：《風俗通義的民俗學價值》，載《民俗研究》2000 年第 2 期。
〔註 39〕龍顯昭：《試論古代史上的民俗研究》，載《西華師範大學學報》2006 年第 6 期。
〔註 40〕史樹青：《從風俗通義看漢代的禮俗》，載《史學月刊》1981 年第 4 期。

第一章 「言說方式」概念界定及可行性分析

第一節 「言說方式」的學術史梳理

什麼是「言說方式」？對於這一概念現在學界尚未有學者對其做過界定，也沒有關於這一概念的研究專著，因此筆者以「言說方式」為關鍵字，在 CNKI（中國知網數據庫）中進行檢索，發現期刊論文和碩博論文中存在大量以「言說方式」、「言說」、「話語方式」、「言語方式」為標題或關鍵字的論文，筆者對 1950 年至今關於「言說方式」的所有論文進行下載收集，經統計共有 245 篇論文，其中李建中的《文備眾體：中國古代文論的言說方式》[註1] 在談及中國文體區分時較早對「言說方式」有著較為模糊的概念界定，他認為：「不同文體的區分，說到底是一個『怎麼說』即『言說方式』的問題」。楊慧在《錢鍾書「發經」言說方式對當代批評文體的啟示》中對李建中論文中的「言說方式」進行了正面回應並沿用此概念，「『言說方式』，即文學批評的『怎麼說』，一直不為批評家所關注……這種傾向，關注的是『說什麼』（言說內容），而輕視『怎樣說』（言說方式）。本世紀初，以李建中及其博士生為代表的批評群體開始關注批評文體，即『言說方式』，發表了一系列批評論著，認為『怎麼說』

〔註1〕 李建中：《文備眾體：中國古代文論的言說方式》，載《文藝研究》2006 年第 3 期，頁 50。

比『說什麼』更重要。」〔註2〕易海艷和鄧彩霞分別從言說方式的角度切入對研究對象的考察，例如易海豔的《〈春秋繁露〉文本言說方式研究》〔註3〕，她認為言說方式是作品表現手法、作家身份、社會背景等多種要素的統一體。這樣的概念界定尚嫌粗疏，並未清晰點明「言說方式」到底為何物。鄧彩霞的《〈白虎通義〉的言說方式及其價值研究》將近年學界對「言說方式」的使用分別歸入闡釋學、修辭學、文體學三大類別中，對此三大類別中的「言說方式」進行歸納總結，認為：「言說方式是『說什麼』、『怎麼說』的問題，它不單是『言』的呈現形式、體裁，更是字詞之外『意』的詮釋，其映像出的信息與思想更是作品價值的呈現。」〔註4〕其考察的角度雖為全面，但是將「說什麼」歸結到「言說方式」裏就不甚妥當，「說什麼」歸根結底是言說之「內容」，而非言說之「方式」。其他的241篇文章都是在使用「言說方式」、「言說」、「言語方式」等概念，卻未對這些概念作過任何界定或說明，有感於此，筆者認為需要對此作一個學術史的梳理，探究這些文章中使用的「言說方式」的內涵，並在此基礎上作出歸納總結，為本文的言說方式作概念上的界定和說明。

1950年至1980年，學界還沒有出現以「言說方式」或以「言說」為標題的論文，這一術語的使用經歷了1983至1990年的蘊含期，1990年至2000年的起步期，2000年至今（2022年）的發展期，筆者就以這樣的時期劃分來闡釋在各個階段學者對「言說方式」的使用情況和「言說方式」的內涵。

一、蘊含期（1983年～1990年）

1983年至1990年為「言說方式」概念使用的蘊含期，這期間雖然還沒有文章用「言說方式」作為論文標題，但這時的學者已經在論文中談及「言說方式」了，特別是對莊子「言意之辯」的討論直接蘊含了2000年以後大量以「言說方式」為題討論莊子語言使用方式的趨勢。如王鍾陵的《關於「言、意」之辨》〔註5〕、熊良智的《〈莊子〉「三言」考辨》〔註6〕、余衛國的《莊子的言

〔註2〕楊慧：《錢鍾書發經言說方式對當代批評文體的啟示》，載《遼寧師範大學學報》2001年第5期，頁709。

〔註3〕易海豔：《春秋繁露文本言說方式研究》，西南大學2017年碩士學位論文，頁10。

〔註4〕鄧彩霞：《白虎通義的言說方式及其價值研究》，西南大學2017年碩士學位論文，頁19。

〔註5〕王鍾陵：《關於「言、意」之辨》，載《古代文學理論研究》1984年第八輯。

〔註6〕熊良智：《莊子三言考辨》，載《四川師範大學學報》1989年第4期。

意思想淺說》〔註7〕，這三篇文章均圍繞莊子的「言」「意」展開論述並提及《莊子》中的「寓言」、「重言」、「卮言」，而對莊子「言說方式」的討論在 2000 年以後出現得最多，因此筆者稱這段時期為蘊含期。

年　份	談及言說或言說方式的論文數
1983	1
1984	1
1985	0
1986	0
1987	2
1988	0
1989	2
合計	6

二、起步期（1990 年～2000 年）

90 年代以後，以「言說方式」、「語言表達方式」、「言說」、「言說形式」為標題或關鍵字的論文越來越多，共有 36 篇論文使用這樣的表達方式，具體的使用情況如下表所示：

年　份	談及言說或言說方式的論文數
1990	1
1991	5
1992	0
1993	2
1994	1
1995	5
1996	8
1997	5
1998	6
1999	2
合計	36

〔註7〕 余衛國：《莊子的言意思想淺說》，載《寶雞師院學報》（哲學社會科學版）1989 年第 3 期。

　　第一次開始使用「言說方式」的論文是 1994 年崔宜明的《論莊子的言說方式——重釋「厄言、寓言、重言」》〔註8〕，作者在文章中對厄言、寓言、重言進行了重新解讀，莊子的「言說方式」研究直接承接了 80 年代對「莊子三言」的討論，但是作者並沒有對「言說方式」進行概念界定或者作簡要說明，作者所謂的「言說方式」其實是指莊子借用「三言」來表達其哲學思想的方式，歸根結底為一種思想借助語言以闡明自身的「表達方式」或者「表現方法」。「言說方式」雖然由崔宜明第一次提出，但是與「言說方式」類似的表達則在 1991 年就出現了。如張利群的《論莊子語言表達方式的特性》〔註9〕，作者從寓言故事、修辭手法、敘述方法三個方面論述了「莊子三言」中的「寓言」，認為「寓言是莊子語言的總體特證亦是莊子語言表達方式的主要特性」，張利群沒有用「言說方式」而是用了「語言表達方式」，但在實質上二者是一樣的，「言說方式」聽起來似乎更新鮮一點，而「語言表達方式」則較為通俗易懂。其他具有代表性的論文還有張天昱的《說「不可說」——試析哲學言說形式與內容關係》〔註10〕以及克林思‧布魯克斯、羅伯特‧潘‧沃倫的《詩歌作為一種言說的方式》。

　　張天昱在文中認為維特根斯坦提出的「不可說」是因為西方哲學的表達方式是邏輯，「哲學言說的方式也由對邏各斯教誨的跟從與諦聽轉變為邏輯學和三段論。」張天昱所說的「言說形式」是指哲學的論證方法，或者是為了說明一個道理而採用的語言表達方式，西方則為「哲學」，中國則為「道」，西方是邏輯的，中國則是體悟的。哲學論證也好、「莊子三言」也好，本質上也是語言的表達方式。

　　克林思‧布魯克斯、羅伯特‧潘‧沃倫的《詩歌作為一種言說的方式》〔註11〕使用「言說的方式」，作者在文中首先提到「詩歌是一種『言說』」，但很多人認為詩歌是一種無用的「言說」，「通過對節奏、韻律和隱喻的討論，我們闡述了詩歌中『說的方式』」，作者又指出「詩歌所特別注意的焦點在於

〔註8〕 崔宜明：《論莊子的言說方式——重釋厄言、寓言、重言》，載《江蘇社會科學》1994 年第 3 期。

〔註9〕 張利群：《論莊子語言表達方式的特性》，載《暨南學報》（哲學社會科學），1991年第 1 期，頁 103。

〔註10〕 張天昱：《說「不可說」——試析哲學言說形式與內容關係》，載《北京大學學報》（哲學社會科學版）1991 年第 1 期。

〔註11〕 克林思‧布魯克斯、羅伯特‧潘‧沃倫，簡寧譯：《詩歌作為一種言說的方式》，載《延邊大學學報》（社會科舉版）1993 年第 1 期。

情感和態度，而不是行為和思想本身」。作者的論證思路就是詩歌「言說目的」和「言說內容」決定了詩歌語言表達的方式。

同時期具有代表性意義的論文還有李思屈的「中國詩學的話語言說方式」〔註12〕，張小園《深淵與拯救：當代西方詩性言說之意義》〔註13〕，綜合此時的「言說方式」在本質上指的是「語言的表達方式」。

三、發展期（2000 年～至今）

2000 年之後，對「言說方式」、「話說方式」、「言語方式」、「言說」等詞的應用在論文中出現了爆炸式的增長，這表明學術界對於「言說方式」的關注越來越多，其價值在文學研究中也得到越來越廣泛的重視，其中有 26 篇碩士論文是用「言說」、「言說方式」作為論文題目，177 篇期刊論文以此類表達作為標題，各年的使用情況如下表所示：

年　份	出現的論文數
2000	13
2001	10
2002	3
2003	9
2004	11
2005	9
2006	13
2007	13
2008	12
2009	12
2010	9
2011	17
2012	9
2013	13
2014	11
2015	20
2016	6
2017	4

〔註12〕 李思屈：《中國詩學的話語言說方式》，載《求是學刊》1996 年第 4 期。
〔註13〕 張小元：《深淵與拯救：當代西方詩性言說之意義》，載《四川師範大學學報》（社會科學版）1996 年第 2 期。

2018	2
2019	1
2020	1
2021	4
2022	0
合計	203

　　這些論文雖然非常重視「言說方式」研究在文本研究中的作用，但是沒有人對「言說」或「說言方式」進行概念說明，筆者只能在對這些論文的研讀中去總結作者所謂的「言說方式」，在此筆者僅僅列舉具有代表性的碩士論文和期刊論文來探究這個時期「言說方式」的內涵。

　　王彥霞的《20世紀女性文本的話語方式》〔註14〕是首次以「話語方式」作為題目的碩士論文，其論文中的「話語方式」也代表了2000年後大多數作者對「言語方式」的理解。作者在文中按時間順序將我國女性作家的著作分為「情感話語」、「革命話語」、「意識形態話語」、「性別話語」四部分，其中對「話語方式」理解的關鍵點便是「話語」，用作者自己在文中的論述，她所謂的「話語」正是其使用的「書寫」，這篇文章論述的核心也是不同時期女性作家的文本「書寫」或者稱為文本「創作」，「話語方式」在本質上等同於「書寫方式」、「創作方式」。王彥霞對「話語方式」的理解和使用對後面的碩士論文影響很大，如李娟的《對歷史的另一種言說——蘇童新歷史小說創作》〔註15〕，作者從蘇童小說題材的選擇、敘述方式的採用、文章結構的設置等方面探討了蘇童歷史小說的特色及其背後的形成原因，李娟所謂的「言說」正是其標題中所謂的「創作」，文中所說的「言說方式」歸根到底還是「創作方式」。另外還有郭玉華的《共同的關注，不同的言說——論新時期山東「鄉民」小說家的創作》〔註16〕、楊德的《「文氣」論與中國士人的言說方式》〔註17〕、韓婭娟的《作為一種言說方式——中國當代女性藝術的內涵與意義》〔註18〕、鄒福清的《唐

〔註14〕王彥霞：《20世紀女性文本的話語方式》，鄭州大學2000年碩士學位論文。
〔註15〕李娟：《對歷史的另一種言說——蘇童新歷史小說創作》，延邊大學2002年碩士學位論文。
〔註16〕郭玉華：《共同的關注，不同的言說——論新時期山東鄉民小說家的創作》，曲阜師範大學2004年碩士學位論文。
〔註17〕楊德：《文氣論與中國士人的言說方式》，暨南大學2002年碩士學位論文。
〔註18〕韓婭娟：《作為一種言說方式——中國當代女性藝術的內涵與意義》，中央美術學院2008年碩士學位論文。

五代詩本事的言說方式》〔註19〕、楊本明的《同時代女性的言說——林芙美子文學中的女性主義思想研究》〔註20〕等。

　　「言說方式」雖然在2000年以後的諸多論文中被當做文本的創作方式，但還有很多學者繼承了2000年以前將「言說方式」認為「語言表達方式」的觀點，具有代表性的論文有胡豔的《莊子和維特根斯坦言說方式及比較》〔註21〕、賴或煌的博士論文《晚清至五四詩歌的言說方式研究》〔註22〕、黃雪敏的《新時期女性散文的生命體驗與言說方式》〔註23〕、戚萌的《〈左傳〉用〈詩〉與中國古代早期詩論的言說方式》〔註24〕。這些論文中均體現出「以中國古代詩學理論言說方式為出發點，這主要是因為以往的研究往往側重於中國古代詩學理論的具體文本與義理內涵，而相對忽略了對詩論的語言表達方式的探究」，其言說方式等同於「語言表達方式」，除此之外還有魏園的博士論文《莊子之道的詩化言說方式》〔註25〕、方波《從墨子言語方式看墨學的興衰起伏》〔註26〕等碩士論文。

　　筆者在對「言說方式」使用情況的梳理中發現：「言說方式」這一概念的內涵在不斷擴大，蘊含期和起步期的「言說方式」指的是「語言的表達方式」，到了發展期，「言說方式」已不僅僅指「語言的表達方式」，更擴大到文本的創作方式，這裡面包括文本創作中的敘事方法、修辭手法、文體選擇等一切涉及文學創作的範疇，學者們也從「言說方式」的角度切入探究文本背後的作者思想、時代背景、文學風格等更廣闊的未知空間。

〔註19〕鄒福清：《論唐五代詩本事的言說方式》，載《湖北大學學報》（哲學社會科學版）2013年第5期。

〔註20〕楊本明：《同時代女性的言說——林芙美子文學中的女性主義思想研究》，上海外國語大學2014年博士學位論文。

〔註21〕胡豔：《莊子和維特根斯坦言說方式及比較》，河南大學2008年碩士學位論文。

〔註22〕賴或煌：《晚清至五四詩歌的言說方式研究》，首都師範大學2006年博士學位論文。

〔註23〕黃雪敏：《新時期女性散文的生命體驗與言說方式》，華南師範大學2004年碩士學位論文。

〔註24〕戚萌：《左傳用詩與中國古代早期詩論的言說方式》，首都師範大學2014年碩士學位論文。

〔註25〕魏園：《莊子之道的詩化言說方式》，華東師範大學2013年博士學位論文。

〔註26〕方波：《從墨子言語方式看墨學的興衰起伏》，西南大學2013年碩士學位論文。

第二節　言說方式的概念界定

一、言說方式的使用情況述評

　　筆者對 245 篇使用「言說方式」作為論文標題的文章進行歸納總結，其論文中所謂的「言說方式」可以分為兩類，其一為「語言表達方式」，除了上節所提到的還有《蘇格拉底與孔子的言說方式比較》〔註27〕，《試析莊子的言說方式》〔註28〕，《論小說話語的兩種基本的言說方式》〔註29〕，《虛幻之物的加入與周轉──維特根斯坦早期哲學的「言說」方式》〔註30〕、《孔子比喻言說方式的現代審視》〔註31〕等；其二為文本的創作方法，除以上所列舉的大量碩士論文外還有池大紅的《略論福克納對墮落女性的兩種言說方式》〔註32〕、《魯迅晚期雜文的一種思維向度和言說方式》〔註33〕等論文。「言說方式」的內涵由「語言表達方式」擴大到了「文本創作方式」，這種內涵的擴大是由於學者研究對象由局部的語言表達擴大到整個文本創作而致，但不管其內涵如何變化，均沒有突破「言說」即「表達」的核心概念，語言的「言說方式」和文本的「言說方式」歸根結底是作者在「說」，在「表達」，二者並沒有本質區別。

　　對「言說方式」概念進行界定，必須弄清其「內涵」和「外延」，「言說方式」的內涵已經明瞭，即「表達方式」（怎麼說），討論「外延」必然要涉及「言說內容」（說什麼），「言說目的」（為什麼要這樣說），這在所有論文中均有提及，而且有很多論文將三者混為一體地談。由於論文太多，作者僅舉兩例。

　　例一：克林思・布魯克斯、羅伯特・潘・沃倫的《詩歌作為一種言說的方

〔註27〕鄧曉芒：《蘇格拉底與孔子的言說方式比較》，載《哲學文化》2003 年第 3 期。

〔註28〕張小琴：《試析莊子的言說方式》，載《陝西師範大學學報（哲學社會科學版）》2001 年第 1 期。

〔註29〕王汶成：《論小說話語的兩種基本的言說方式》，載《東嶽論叢》2003 年第 3 期。

〔註30〕陳道遠：《虛幻之物的加入與周轉──維特根斯坦早期哲學的言說方式》，載《平頂山師專學報》2003 年第 6 期。

〔註31〕丁秀菊：《孔子比喻言說方式的現代審視》，載《西北大學學報（哲學社會科學版）》2006 年第 4 期。

〔註32〕池大紅：《略論福克納對墮落女性的兩種言說方式》，載《榆林高等專科學校學報》2003 年第 2 期。

〔註33〕魯春梅，邇偉紅：《魯迅晚期雜文的一種思維向度和言說方式》，載《福建師範大學學報（哲學社會科學版）》2011 年第 6 期。

式》裏面就提到「詩歌所特別注意的焦點在於情感和態度，而不是行為和思想本身」，這其實是詩歌的「言說內容」，也是詩歌的「言說目的」，「通過對節奏、韻律和隱喻的討論，我們闡述了詩歌中『說的方式』」這其實才是詩歌的「言說方式」。

例二：胡豔在《莊子和維特根斯坦言說方式及比較》〔註34〕中將全文分為三章，第一章為「維特根斯坦的言說方式」：重點論述了維特根斯坦所認為的「可以言說的及其言說方式」以及「不可以言說的及其言說方式」；第二章「莊子的言說方式」論述了莊子所認為的「可以言說的及其言說方法」、「不可以言說的及其言說方法」；第三章為二人言說方式的對比研究及其哲學探因。這篇碩士論文是在所有「莊子三言」和維特根斯坦研究中最具代表性的，其「可以言說的」、「不可以言說的」其實指的是「言說內容」，二人的「言說內容」分別是「道」和「真理」，這是二人的「言說內容」也是二人的「言說目的」，他們的創作其實是要表達對「道」和「真理」看法。

二、言說方式的語言學讀解

什麼是「言說方式」？對「言說方式」概念的界定我們首先需要從語言學的角度來認識這個詞，「言說方式」在語言學上是屬偏正結構，如同「思維方式」、「出行方式」、「聯繫方式」，其核心在「言說」二字上，什麼是「言說」，理解了「言說」，「言說方式」的概念就豁然開朗了，即「言說」所採取的方法和形式。對「言說」的解釋不得不涉及「言」、「說」以及「言說」在古代語境和現代語境中的意義和用法。

許慎《說文解字》對「言」的解釋為「直言曰言，論難曰語。從口辛聲。凡言之屬皆從言。」〔註35〕從「言」字的甲骨文字形上來看，「言」的下面是「舌」字，指舌頭，下面一橫表示言從舌出，「言」是張口伸舌頭講話的象形，因此「言」是一個指事字，從「言」的字形可知其與說話有關，如《荀子·非相》中的「法先王，順禮義，當學者，然而不好言，不樂言，則必非誠士也」〔註36〕，《論語》中的「天何言哉」。漢語大字典對「言」有27種不同的解釋，意思相差也很大，對「言」的理解必須聯繫其後面的「說」。「說，釋也。從言、

〔註34〕 胡豔：《莊子和維特根斯坦言說方式及比較》，河南大學2008年碩士學位論文。
〔註35〕 許慎撰，段玉裁注：《說文解字注》，上海古籍出版社，1981，頁180。
〔註36〕 安小蘭譯注：《荀子》，中華書局，1981，頁46。

兌。一曰談說」，段玉裁對言的解釋為「說，說釋也。說釋即悅懌。說悅釋懌
皆古今字。許書無悅懌二字也。說釋者、開解之意。故為喜悅。釆部曰。釋、
解也。從言。兌聲。兒部曰。兌、說也。」〔註37〕從「釋」的甲骨文字形來看，
左邊為「言」，右邊字形為一人開口發笑，結合許慎和段玉裁的解釋來看，「說」
的意思是因解釋、開解而使人心裏喜悅。由此「言說」二字的意義便基本可以
確定下來，「言」側重說話的動作，而「說」側重說話後的效果，但仍然和「言」
離不開，「言說」二字的核心意義綜合概括起來即為「表達」。「言說」二字連
用在古代典籍中也多有出現，皆可理解為「表達」，如《北史・裴叔業傳》：「聽
其言說，不覺忘疲」，《華嚴經・入法界品》：「彼諸如來所有言說，善財童子悉
能聽受。」現代漢語詞典對「言說」的解釋為「言說，動詞，說：不可言說；
難以言說」，結合古今詞語的對照和「言說方式」的使用情況，「言說方式」中
的「言說」在核心內涵上指的是「表達」，因此「言說方式」可以理解為「表
達方式」。

三、言說方式的概念界定

筆者將所有論文加以總結提煉，「言說方式」研究從沒有孤立地研究外在
的「方式」，不管是「語言表達方式」研究還是「文本創作方式」研究必然而
且均涉及到「言說內容」和「言說目的」，「言說方式」、「言說內容」、「言說目
的」三者間是互相關聯、密不可分、融為一體的。對此，趙輝在其《先秦文學
主流言說方式的生成》中談及「言說方式」時也認識到「應該說，話語的內容
在表現言說主體和言說對象之間的關係方面起主導作用，但言說的內容和言
說方式不是截然分離的。」〔註38〕「言說內容」、「言說目的」往往決定了「言
說方式」，而「言說方式」對「言說內容」的表現和「言說目的」的達成又產
生了深刻的影響，可以說「言說方式」和「言說內容」類似於形式和內容，二
者不可截然二分，二者都共同服務於「言說目的」。不管是文學的言說、哲學
的言說，還是宗教的言說都可以歸納為以上三點。反之我們可以由對「言說方
式」的研究深入到對言說「方式」、「目的」、「內容」三者或單一或整體的探討，
最後還可以探究到人類、種族最隱微的思維方式和生存方式，由於這不是本文

〔註37〕許慎撰，段玉裁注：《說文解字注》，上海古籍出版社，1981，頁187。
〔註38〕趙輝：《先秦文學主流言說方式的生成》，載《文學評論》2012年第3期，頁
　　　　11。

的重點，所以不作論述。

結合「言說方式」的內涵和外延以及對 40 年來所有學術論文中「言說方式」概念的梳理和概括，筆者認為「言說方式」是作者由具體的言說目的和言說內容所決定並互相影響的文本表達方式，（簡單而言就是「為什麼說」和「說什麼」決定了「怎麼說」，而「怎麼說」又影響了「為什麼說」和「說什麼」的表達效果），其中既包括對文章結構的安排、題材的選擇、敘事方法的使用、段落的設置、句子的修辭、字詞的錘鍊等一切文本表達方式，可以說「言說方式」是一個外在形式，借由這個外在形式在深度上可以通到最隱幽之處，在廣度上也可以發現言說方式、言說內容、言說目的三者之間幽微的聯繫。

第三節 《風俗通義》言說方式研究的可行性分析

在對《風俗通義》研究現狀的考察中，筆者發現《風俗通義》的文學研究多停留在故事層面，即《風俗通義》的「言說內容」（說了什麼），但對《風俗通義》的「言說目的」（為什麼這樣說）和「言說方式」（怎麼說）以及三者之間的關係卻沒有關注。「20 世紀以來的中國文論研究，對『說什麼』的過分關注，直接影響了對『怎麼說』的必要關注。關於中國文論『說什麼』的研究，其界域之廣博、論述之深邃、成果之豐厚，已經到了《文心雕龍·序志》所言『馬鄭諸儒，弘之以精；就有深解，未足立家』的程度。相比之下，對中國文論『怎麼說』的研究，就顯得是『泛議文義，往往間出，並未能振葉以尋根，觀瀾而索源』。」〔註39〕李建中先生認為現在學者對中國文論的研究已經過多的關注「說什麼」，而對「怎麼說」卻少有關注。同樣，《風俗通義》的文學研究現狀也是如此。筆者嘗試從「言說方式」的角度切入《風俗通義》的文學研究以期「振葉以尋根，觀瀾而索源」。筆者認為《風俗通義》非常有特色的言說方式是引經據典的言說方式、謹案的言說方式、對比的言說方式，這三種言說方式與《風俗通義》的「言說內容」和「言說目的」的有著非常密切的關聯，這也是筆者在各章中所著重論述的。

引經據典是《風俗通義》一書中最突出的言說方式，據吳樹平先生在其《風

〔註39〕李建中：《中國文論：說什麼與怎麼說》，載《長江學術》2006 年第 1 期，頁111。

俗通義校釋・引書索引》中統計，該書徵引的書籍多達 110 種。〔註 40〕據筆者的統計，《風俗通義》中直接引用的儒家類典籍共出現 282 次，法家類典籍 6 次，雜家類典籍 3 次，道家類 1 次，這其中還不包括古代的辭書、史書等。如此大量的引經據典卻少有學者做過這方面的研究。引經據典的言說方式在「莊子三言」中屬「重言」的言說方式，陳鼓應認為「重言」是「借助先賢時哲的言論」，錢鍾書先生認為這種「借助經典的先驗合法性來確立自己的言說合法性」的言說方式為「發經式」言說方式。張小琴在《試析莊子的言說方式》中認為：「對重言的運用，可以說是先秦諸子的通例，幾乎很少人只是自己說自己的道理而不引用古人古書。莊子重言的功能是『所以已言也』，即重言是消止紛爭的言論，或者更嚴格地說，重言是消解偏執的言說。」〔註 41〕柏俊才在《困苦與解脫：〈莊子〉語言的言說方式》〔註 42〕中認為「重言，是指引證古代受人尊重的人之言以取信於人」，這樣的研究還有很多，不再贅舉。《風俗通義》中的引經據典不正是莊子「言說方式」中的「重言」麼？因此筆者第一章以此為切入點來談《風俗通義》引經據典的言說方式，探究作者為什麼要採用這樣的言說方式、這樣的言說方式有什麼價值，探究引經據典的「言說方式」與「辨風正俗」的「言說目的」以及「言說內容」的聯繫，這正是本文第二章所要論述的，具有一定的創新，可以彌補《風俗通義》這方面研究的空白之處。

《風俗通義》採用了一種極富特色的體例，它既不同於紀傳體也不同於編年體，「從體例來看《風俗通義》採用先記述民俗事象，然後對其進行辯證，最後表明自己的觀點這樣一種文本呈現方式，在我國民俗史上首開先例。」〔註 43〕如果按照李建中所言的「採用何種體裁或體制，驅遣何種語體或語勢，彰顯何種體性或體貌。可以說，由體裁、語體和風格整合而成的『體』或『文體』也就是本文所說的言說方式」〔註 44〕，筆者姑且將其命名為「謹案」體，「謹案」作為一種體例也是《風俗通義》中極富有特色的言說方式，但至今還沒有學者對《風俗通義》「謹案」的言說方式進行研究，這種言說方式是如何

〔註 40〕吳樹平：《風俗通義校釋・引書索引》〔M〕，天津人民出版社，1980：565～570。
〔註 41〕張小琴：《試析莊子的言說方式》，載《陝西師範大學學報（哲學社會科學版）》2001 年第 1 期，頁 53。
〔註 42〕柏俊才：《在困苦與解脫：莊子語言的言說方式》，載《山西農業大學學報（社會科學版）》2007 年第 3 期，頁 250。
〔註 43〕楊雨：《風俗通義的民俗學研究》，雲南大學 2011 年碩士學位論文，頁 1。
〔註 44〕李建中：《文備眾體：中國古代文論的言說方式》，載《文藝研究》2006 年第 3 期，頁 50。

形成的？它與作者的「言說內容」和「言說目的」有什麼關係？筆者以此為切入點來談，對「謹案」言說方式進行了歷時和共時的追溯，並談及這種言說方式對《風俗通義》文學價值即言說內容的文學性和「辨風正俗」即言說目的的影響，這也是本文第三章論述的內容。

　　《風俗通義》現存十章，這十章所記錄的內容各不相同，但是在全文中存在著大量對比的言說方式，筆者之所以稱其為對比的言說方式而不是對比的修辭手法，是因為《風俗通義》不僅在一個句子中使用對比，還非常善於在各個完全獨立的故事中使用對比的方式，這已經超出了對比修辭的範疇，而屬本文所界定的「言說方式」範疇了。這一言說方式在《風俗通義》中的「十反」章、「窮通」章集中出現，即在僅存的十章中，竟然有兩章全部採用對比的言說方式，占全書的五分之一，這不能不說是《風俗通義》極具特色的言說方式，其研究價值非常大，但至今這個學術空白還尚未被學者發現。筆者以此為切入點，探究對比言說方式對「言說內容」的表達效果即《風俗通義》文學價值和「辨風正俗」的「言說目的」的影響，這是本文第四章的內容，具有一定的創新意義。

　　本文的三章均是從「言說方式」入手，探究「言說方式」、「言說內容」、「言說目的」三者之間互相影響的隱幽關係，以期「振葉以尋根，觀瀾而索源」。

第二章　引經據典的言說方式

　　劉熙載在《藝概‧文概》言：「秦文雄奇，漢文醇厚，大抵越世高談，漢不如秦，本經立義，秦亦不如漢也。」劉熙載已經指出漢文「本經立義」即引經據典、依經立義的特點，並且認為「賈長沙、太史公、淮南子三家文，皆有先秦遺意；若董江都、劉中壘，乃漢文本色。」〔註1〕劉熙載所謂的「漢文本色」即是指漢代「引書以助文」，即借助對經典的闡述敷衍成文的特色。劉師培在《中古文學史講義》中說：「漢人之文，能融化經書為己用。」〔註2〕後世學者均指出漢代散文的一大特徵即引經據典、依經立義，這也是《風俗通義》在言說方式上最明顯的特徵。

　　《風俗通義》成書於東漢末年，局勢動盪，曹操挾天子而令諸侯，而應劭面對這樣的社會開出了「辨風正俗」的藥方，揭示社會上虛妄的信仰之風和士風，其深刻的思想價值已被諸多學者重視，該書在論述時旁徵博引，具有極重要的文獻學價值，由此也出現了許多關注《風俗通義》文獻學價值的文章，如林鶴韻的《〈風俗通義〉述評和文獻學家價值初探》〔註3〕，鞏玉婷的《〈風俗通義〉研究》。〔註4〕本文從言說方式的角度切入，認為《風俗通義》言說方式上最重要、最顯著的特點就是引經據典。本章欲在前人研究的基礎上，遵循從引書分析的角度切入，「《風俗通義》引用的所有文獻，就是應劭最基本的閱讀

〔註1〕劉熙載：《藝概》，上海古籍出版社，1978，頁9。
〔註2〕劉師培：《中國中古文學史》，人民文學出版社，1959，頁68。
〔註3〕林鶴韻：《風俗通義述評和文獻學家價值初探》，復旦大學2013年碩士學位論文。
〔註4〕鞏玉婷：《風俗通義研究》，山東大學2015年碩士學位論文。

視域和知識構成。稍作分類排比，即可直觀地顯現其對待各種典籍的基本態度和關注重心。」〔註5〕梳理《風俗通義》徵引的經典，這對於應劭個人的思想以及學術歸屬的再探討都具有重要意義，更重要的是通過對應劭引書的梳理和分析凸顯出應劭乃至漢代學術「引經據典、依經立意」的言說特點。

本章引書分類的方法大體遵循《隋書·經籍志》的四分法，由於《風俗通義》並未徵引佛經而且所引的詞賦、道經很少，所以本文的分類為經傳、史書、諸子、其他類，其中《隋書·經籍志》將《緯書》放在經部，筆者將《論語》、《孝經》放在「諸子」部分，緯書放入「其他」部分。《風俗通義》一書散佚嚴重，筆者並不準備在此承擔自己力不能及的文獻輯佚和校勘工作，主要是將《風俗通義》現存的十卷加以梳理分類，詳細直觀地揭示《風俗通義》引經據典的言說特點，並探究應劭為什麼選擇了引經據典的言說方式。本文以王利器先生的《風俗通義校注》為底本，佚文部分涉及較少，對於所引書目，皆為應劭直接徵引並有具體內容的典籍，或不言書名但有確切內容且相似度極高的才入引文，間接引用或只言書名而無內容或未出現書名且內容相似度不高的皆不入。由於本章所列舉的皆為直接徵引的書目，因此本文的入選標準較林鶴韻和鞏玉婷的入選標準更為嚴苛，因此分類範圍也較前兩位學者小得多，雖不能像前兩位學者從文獻學的角度全面揭示《風俗通義》全書的引文出處，但能更加集中地看出應劭引經據典的言說方式並由此展開對隱藏在言說方式背後的深層次的文學思想的探究。在表格中《風俗通義》原文以王利器先生的《風俗通義校注》中華書局版為本，直接表明引文出處的且與引文沒有多少出入的原文部分不一一錄入，《風俗通義》原文所引部分與引書原文有較大出入的則不在本文的統計範圍以內。

第一節　《風俗通義》直接徵引的「經典」

「夫經籍也者，機神之妙旨，聖哲之能事，所以經天地，緯陰陽，正紀綱，弘道德，顯仁足以利物，藏用足以獨善，學之者將殖焉，不學者將落焉。」〔註6〕由《隋書·經籍志》此句可以看出「經」在我國古代士人心中具有與

〔註5〕林鶴韻：《風俗通義述評和文獻學家價值初探》，復旦大學 2013 年碩士學位論文，頁 38。
〔註6〕魏徵、令狐德棻撰：《隋書》，中華書局，1973，頁 903。

天地、陰陽相當的崇高地位，是人安身立命的根本，不可不學。《隋書·經籍志》將「經」分為《易》、《尚書》、《詩經》、《禮》、《春秋》、《孝經》、《論語》、《緯書》、《小學》十大類，由於這樣的分類與本文後面的「諸子」部分中的「儒家類」有太多重疊之處，在此筆者對「經」的分類按照班固在《白虎通義》對五經的分類而來，班固在《白虎通疏證·五經篇》中認為：「《五經》何謂也？《易》、《尚書》、《詩》、《禮》、《春秋》也。」〔註7〕筆者按《易》、《尚書》、《詩》、《禮》、《春秋》的順序確定「經」的範疇和分類順序，以下各表《風俗通義》原文部分均以王利器校注的《風俗通義校注》為底本進行梳理，其中《風俗通義》所引內容與原文內容一致，不標記，或者所引內容是對所引典籍中諸多內容的總結也不標記，如有不同，在引書原文一欄標記出來。

一、經傳類

（一）《易》經

《易》由《易經》和《易傳》構成，為群經之首，《風俗通義》在諸多經典的援引中大多把《易》經放在第一位，由此可見《易》經在應劭心中的分量之重，《易》經的引書原文以高亨的《周易大傳今注》〔註8〕為參照本進行對照，應劭在《風俗通義》中直接徵引《易》經的情況如下表所示：

《風俗通義》篇目	《風俗通義》原文	引書篇名	引書原文	引書名
《皇霸第一·三皇》	《易》稱：古者，伏羲氏之王天下也，仰則觀象於天，俯則觀法於地……神而化之，使民宜之。	繫辭下	古者包犧氏之王天下也，仰則觀象於天，俯則觀法於地。	《易》
《皇霸第一·五帝》	《易》：天立五帝以為相，四時施生，法度明察……禮文法度，奮事創業。	繫辭下		《易》
《皇霸第一·三王》	《易》稱：「湯、武革命」	革第四十九	湯、武革命，順乎天而應乎人。	《易》

〔註7〕吳則虞點校：《白虎通疏證》，中華書局，1994，頁438。
〔註8〕高亨：《周易大傳今注》，清華大學出版社，2010。

《正失第二》「宋均令虎渡江」	《易》稱:「大人虎變,其文炳;君子豹變,其文蔚。」	革第四十九.象曰	大人虎變,其文炳也。上六:君子豹變,小人革面,征凶,居貞吉。	《易》
《正失第二》「彭城相袁元服」	《易》稱:「天地大德曰生」	繫辭下	天地之大德曰生	《易》
《愆禮第三》「太原郝子廉」	《易》稱:「天地交,萬物生;人道交,功勳成。」	泰第十一	天地交而萬物通也,上下交而其志同也。	《易》
《愆禮第三》「南陽張伯大」	《易》設四科,出處語默	繫辭下	君子之道,或出或處,或默或語。	《易》
《過譽》「司空潁川韓稜」	《易》稱:「守位以仁」	繫辭下	何以守位曰仁	《易》
《十反第五》	《易》記:「出處默語」	繫辭上	子曰:「君子之道,或出或處,或默或語。」	《易》
《十反第五》「聘士彭城姜肱」	《易》稱:「君子之道,或出或處,或默或語。」	繫辭下	同上	《易》
《十反第五》「司徒九江朱倀」	臣聞《易》曰:「天垂象,見吉凶。」	繫辭上	天垂象,見吉凶,聖人象之。	《易》
《十反第五》「司徒九江朱倀」	「觀乎天文,以察時變。」	賁第二十二		《易》
《聲音第六》序	《易》稱:「先王作樂崇德,殷薦上帝,以配祖考。」	豫第十六.象曰		《易》
《聲音第六》「鼓」	《易》稱:「鼓之以雷霆,聖人則之。」	繫辭上	鼓之以雷霆,潤之以風雨。	《易》
《聲音第六》「缶」	《易》稱:「日昃之離,不擊缶而歌。」	離第三十.九三	日昃之離,不鼓缶而歌。	《易》
《窮通第七》小序	《易》稱:「懸象著明,莫大乎日月。」	繫辭上		《易》
《祀典第八》小序	《易》美西鄰之禴祭	既濟第六十三.九五	九五,東鄰殺牛,不如西鄰之禴祭,實受其福。	《易》
《祀典第八》「風伯」	《易》:「巽為長女也」	說卦	巽為木,為風,為長女。	《易》
《祀典第八》「雨師」	《易·師卦》:「師者,眾也。」	序卦		《易》

《怪神第九》「世間多有狗作變怪」	《易》曰：「其亡，斯自取災。」	否卦・九五	其亡其亡，繫於苞桑。	《易》
《山澤第十》小序	《易》稱：「山澤通氣」	說卦	天地定位，山澤通氣。	《易》
《山澤第十》「四瀆」	《易》：「河出圖，聖人則之。」	繫辭上	河出圖，洛出書，聖人則之。	《易》
《山澤第十》「麓」	《易》稱：「即麓無虞，以從禽也。」	屯第三・象曰		《易》
《山澤第十》「陵」	《易》曰：「伏戎於莽，升其高陵。」	同人第十三・九三		《易》
《山澤第十》「陵」	又：「天險，不可升，地險，山川丘陵。」	坎第二十九・彖曰		《易》
《佚文・市井》	《易》云：「井泥不食」	井第四十八・初六		《易》
《佚文・市井》	《易》云：「井渫不食」	井第四十八・九三		《易》
《佚文・市井》	《易》云：「井甃无咎」	井第四十八・六四		《易》
《佚文・獄法》「謹案：律者，法也」	《易》：「幢嗟為獄」	噬嗑第二十一・第四爻爻辭	亨，利用獄。	《易》
《佚文・陰教》「六宮采女」	《易》稱：「帝乙歸妹，以祉元吉。」	泰第十一・六五		《易》
《佚文・辨惑》「無恙」	《易傳》：「上古之世，草居露宿。」	繫辭下	上古穴居而野處	《易》
《佚文・徽稱》「易云」	《易》云：「利見大人」	乾第一・九五	飛龍在天，利見大人。	《易》
《佚文・徽稱》「易口師貞」	《易》曰：「師貞，丈人吉。」	師第七		《易》
《佚文・心政及其他》「易說天先春」	《易》：「天先春而後秋，地先生而後潤，日月先光而後幽，是以王者則之，亦先教而後刑。三皇結繩，五帝畫像，三王肉刑，五霸點巧，此言步驟稍有優劣也。」	今本《易》中未見此句，待考	今本《易》中不見此句，待考	《易》佚文

（二）《尚書》類

「夫《書》者，人君辭誥之典，右史記言之策。古之王者事總萬機，發號出令，義非一揆：或設教以馭下，或展禮以事上，或宣威以肅震曜，或敷和而散風雨，得之則百度惟貞，失之則千里斯謬」〔註9〕，《尚書》有《今文尚書》和《古文尚書》，但在西晉的永嘉之亂中均已遺失，現在通行本是東晉梅頤所獻的《偽古文尚書》，本文以 1999 年北大整理委員會整理的《尚書正義》為參照本進行梳理，具體如下：

《風俗通義》篇目	《風俗通義》原文	引書篇名	引書原文	引書名文
《風俗通義·序》	天子巡守，至於岱宗，觀諸侯，見百年，命大師陳詩，以觀風俗。	虞書·舜典	見諸侯，問百年，太師陳詩，以觀民風俗。	《尚書》
《皇霸第一·三王》	《尚書》說：文王作罰，刑茲無赦。	周書·康誥		《尚書》
《皇霸第一·三王》、《正失第二》「宋均令虎渡江」	《尚書》：武王戎車三百兩，虎賁八百人，擒紂于牧之野。	書序	武王伐紂，戎車三百兩，虎賁三百人，擒紂于牧之野。	《尚書》
《皇霸第一·三王》	惟十有三祀，王訪於箕子。	周書·洪範		《尚書》
《皇霸第一·三王》	經曰：有鰥在下曰虞舜，僉曰伯禹，禹平水土。	虞書·堯典		《尚書》
《正失第二》「封泰山禪梁父」	《尚書》、《禮》：「天子巡守，歲二月，至於宗。」	虞書·舜典		《尚書》
《過譽第四》	《書》曰：「安民則惠，黎民懷之。」	虞書·皋陶謨		《尚書》
《過譽》「長沙太守汝南郅惲」	《尚書》：「無曠庶官」	虞書·皋陶謨		《尚書》
《過譽第四》「度遼將軍安定皇甫規」	民之所欲，天必從之。	周書·太誓上		《尚書》
《過譽第四》「度遼將軍安定皇甫規」	天作孽，猶可違；自作孽，不可逭。	商書·太甲中		《尚書》
《十反第五》	《書》美：「九德咸事」	虞書·皋陶謨	九德咸事，俊乂在官。	《尚書》

〔註9〕《十三經注疏》整理委員會整理：《十三經注疏·尚書正義》，北京大學出版社，1999，頁 2。

《十反第五》「司徒九江朱倀」	《書》曰：「天威棐諶」	周書・康誥	天畏棐忱	《尚書》
《聲音第六》序	《書》曰：「擊石拊石，百獸率舞。」	虞書・堯典		《尚書》
《聲音第六》序	《書》：「八音克諧，無相奪倫。」	虞書・堯典		《尚書》
《聲音第六》「管」	《尚書大傳》：「舜之時，西王母來獻其白玉琯。」			《尚書》
《聲音第六》「磬」	《尚書》：「豫州錫貢磬錯」	夏書・禹貢	荊河惟豫州	《尚書》
《聲音第六》「柷」	《書》曰：「合止柷敔，笙鏞以間。」	虞書・益稷		《尚書》
《聲音第六》「琴」	《尚書》：「舜彈五弦之琴，歌《南風》之詩，而天下治。」			《尚書》無此文，當為《禮記・樂記》內容
《聲音第六》「簫」	《尚書》：舜作，「簫《韶》九成，鳳凰來儀。」	虞書・益稷		《尚書》
《窮通第七》「太傅汝南陳番」	《尚書》曰：「人惟求舊」	商書・盤庚下	遲任有言曰：「人惟求舊，器非求舊，惟新」。	《尚書》
《山澤第十》小序	《尚書》：「咸秩無文」	周書・洛誥		《尚書》
《山澤第十》「五嶽」	《尚書》：「歲二月，東巡狩，至於岱宗，柴。」「合時月正日，同律度量衡，修五禮……一死贄」、「望秩於山川，遂見東後」「五月南巡狩，至於南嶽」、「八月西巡狩，至於西嶽」、「十一月北巡狩，至於北嶽。」	虞書・舜典		《尚書》
《山澤第十》「林」	《尚書》：「堯禪舜，納於大麓。」	虞書・堯典		《尚書》
《山澤第十》「丘」	《尚書》：「民乃降丘度土」	夏書・禹貢	桑土既蠶，是將丘宅土。	《尚書》
《山澤第十》「墟」	《尚書》：「舜生姚墟」	虞書・堯典		《尚書大傳》

| 《山澤第十》「阜」 | 《春秋左氏傳》:「魯公伯禽宅曲阜之地」 | 周書・費誓 | 魯侯伯禽宅曲阜 | 《左傳》無此文,實為《尚書》 |
| 《山澤第十》「澤」 | 《尚書》:「雷夏既澤」 | 夏書・禹貢 | | 《尚書》 |

(三)《詩經》類

「夫《詩》者,論功頌德之歌,止僻防邪之訓,雖無為而自發,乃有益於生靈」,〔註10〕孔穎達在《毛詩正義序》中對《詩》的功能大加推崇,這也是對孔子「不學詩,無以言」的繼承,《風俗通義》中大量引用《詩經》原文,筆者以北京大學出版社的《毛詩正義》為參照本,具體如下:

《風俗通義》篇目	《風俗通義》原文	引書篇名	引書原文	引書名
《皇霸第一・三王》	詩說:有命自天,命此文王。	大雅・文王有聲		《詩經》
《皇霸第一・三王》	文王受命,有此武功。	大雅・靈臺		《詩經》
《皇霸第一・三王》	儀刑文王,萬國作孚。	大雅・文王		《詩經》
《皇霸第一・三王》	亮彼武王,伐襲大商。勝殷遏劉,耆定武功。	周頌・武		《詩經》
《皇霸第一・六國》	《詩》云:「翹翹車乘,招我以弓;豈不欲往,畏我友朋。」			《詩經》佚文,今本詩經不見此句。
《正失第二》「封泰山禪梁父」	《詩》云:「三后在天」	大雅・下武		《詩經》
《正失第二》「宋均令虎渡江」	《詩》美南仲「闞如哮虎」	大雅・常武		《詩經》
《愆禮第三》總目	《詩》云:「不愆不忘,帥由舊章。」	大雅・假樂		《詩經》
《愆禮第三》「南陽張伯大」	《詩》云:「如切如磋,如琢如磨。」	衛風・淇奧		《詩經》
《過譽第四》「長沙太守汝南郅惲」	《詩》云:「彼君子不素餐兮」	魏風・伐檀		《詩經》

〔註10〕《十三經注疏》整理委員會整理:《十三經注疏・毛詩正義》,北京大學出版社,1999,頁3。

《過譽第四》「度遼將軍安定皇甫規」	《詩》云：「淑人君子，其儀不忒；其儀不忒，正是四國。」	曹風·鳲鳩		《詩經》
《過譽第四》「江夏太守河內趙仲讓」	《詩》云：「不愆不忘，帥由舊章。」	大雅·假樂		《詩經》
《十反第五》「安定」太守汝南胡伊」	《詩》云：「雖無老成人，尚有典刑。」	大雅·蕩		《詩經》
《十反第五》「蜀郡太守穎川劉勝」	《詩》云：「雨我公田，遂及我私。」	小雅·大田		《詩經》
《聲音第六》序	《詩》云：「鍾鼓煌煌，聲管鎗鎗，降福穰穰。」	周頌·執競		《詩經》
《聲音第六》序	《詩》曰：「鶴鳴九皋，聲聞于天。」	小雅·鶴鳴		《詩經》
《聲音第六》「塤」	《詩》云：「天之誘民，如壎如篪。」	大雅·板		《詩經》
《聲音第六》「笙」	《詩》云：「我有嘉賓，鼓瑟吹笙。」	小雅·鹿鳴		《詩經》
《聲音第六》「鼓」	《詩》云：「擊鼓其鏜」	邶風·擊鼓		《詩經》
《聲音第六》「管」	《詩》云：「嘒嘒管聲」	商頌·那		《詩經》
《聲音第六》「管」	「簫管備舉」	周頌·有瞽		《詩經》
《聲音第六》「磬」	《詩》云：「笙磬同音」	小雅·鍾鼓		《詩經》
《聲音第六》「鐘」	《詩》:「鼓鐘於宮，聲聞于外。」	小雅·白華		《詩經》
《聲音第六》「琴」	《詩》云：「我有嘉賓，鼓瑟吹笙。」	小雅·鹿鳴		《詩經》
《聲音第六》「空侯」	《詩》云：「坎坎鼓我」	小雅·伐木		《詩經》
《聲音第六》「空侯」	《詩》云：「坎其擊缶，宛丘之道。」	陳風·宛丘		《詩經》
《聲音第六》「簧」	《詩》云：「吹笙吹簧，承筐是將。」	小雅·鹿鳴		《詩經》

《聲音第六》「簫」	《詩》云：「以簫不僭」	小雅・鍾鼓		《詩經》
《聲音第六》「篪」	《詩》云：「伯氏吹壎，仲氏吹篪。」	小雅・何人斯		《詩經》
《窮通第七》小序	《詩》美：「滔滔江漢，南北之紀。」	小雅・四月		《詩經》
《窮通第七》「太傅汝南陳番」	《詩》云：「雖有兄弟，不如友生。」	小雅・常棣		《詩經》
《窮通第七》「太傅汝南陳番」	《伐木》有鳥鳴之刺	小雅・伐木	伐木丁丁，鳥鳴嚶嚶，出自幽谷，遷于喬木。	《詩經》
《窮通第七》「太傅汝南陳番」	《谷風》有棄予之怨	小雅・谷風	習習谷風，維風及雨。	《詩經》
《祀典第八》「社神」	《詩》云：「迺立冢土」	大雅・綿		《詩經》
《祀典第八》「社神」	又曰：「以御田祖，以祈甘雨。」	小雅・甫田		《詩經》
《祀典第八》「稷神」	《詩》云：「吉日庚午，既伯既禱。」	小雅・吉日	吉日維戊，既伯既禱。	《詩經》
《祀典第八》「雨師」	《詩》云：「月離于畢，俾滂沱矣。」	小雅・漸漸之石		《詩經》
《祀典第八》「祖」	《詩》云：「韓侯出祖，清酒百壺。」	小雅・韓奕	韓侯出祖，出宿于屠。顯父餞之，清酒百壺。	《詩經》
《祀典第八》「祖」	《詩》云：「吉日庚午」	小雅・吉日		《詩經》
《祀典第八》「司命」	《詩》云：「芃芃棫樸，薪之槱之。」	大雅・棫樸		《詩經》
《山澤第十》「五嶽」	《詩》云：「泰山巖巖，魯邦所瞻。」	魯頌・閟宮		《詩經》
《山澤第十》「五嶽」	《詩》云：「嵩高惟嶽，峻極於天。」	大雅・崧高		《詩經》

《山澤第十》「四瀆」	《詩》曰：「河水洋洋」	衛風・碩人		《詩經》
《山澤第十》「四瀆」	《詩》云：「江漢陶陶」	大雅・江漢	江漢浮浮	《詩經》
《山澤第十》「四瀆」	《詩》云：「淮水湯湯」	大雅・鼓鍾		《詩經》
《山澤第十》「林」	《詩》云：「殷商之旅，其會如林。」	大雅・大明		《詩經》
《山澤第十》「麓」	《詩》云：「彼瞻旱麓」	大雅・旱麓		《詩經》
《山澤第十》「陵」	《詩》云：「如山如陵」	小雅・天保	如山如阜，如岡如陵。	《詩經》
《山澤第十》「丘」	《詩》云：「至于頓丘」	衛風・氓		《詩經》
《山澤第十》「丘」	《詩》云：「宛丘之下」	陳風・宛丘		《詩經》
《山澤第十》「阜」	《詩》云：「如山如阜」	小雅・天保		《詩經》
《山澤第十》「澤」	《詩》云：「彼澤之陂，有蒲與荷。」	陳風・澤陂		《詩經》
《佚文・服妖》「光和中」	《詩》云：「儀刑文王，萬國作孚。」	大雅・文王		《詩經》
《佚文・獄法》「謹案：律者，法也」	《詩》云：「宜犴宜獄」	小宛		《詩經》
《佚文・辨惑》「赤春」	《詩》曰：「春日遲遲，卉木萋萋。春日載陽，有鳴倉庚。」	豳風・七月		《詩經》
《佚文・辨惑》「謹案詩曰」	《詩》曰：「手如柔荑」	衛風・碩人		《詩經》
《佚文・嘉號》「車一兩」	《詩》曰：「葛履五兩」	齊風・南山		《詩經》
《佚文・徽稱》「士」	《詩》云：「殷士膚敏」	大雅・文王		《詩經》

（四）《禮》類

應劭在《風俗通義》中大量引用《禮》類文獻，其中包括《禮記》、《儀禮》、《周禮》，《禮記》又稱《小戴禮記》，是西漢戴聖所編，《儀禮》又稱《禮經》，

是春秋戰國的禮制彙編，漢初由高堂生傳下來，《周禮》為古文經，相傳為周公旦所作，在王莽時期被立為學官。本文以北京大學 1999 年的《十三經注疏》中的《禮記正義》〔註11〕、《儀禮正義》〔註12〕、《周禮正義》〔註13〕為參照本進行梳理，《風俗通義》所引的《大戴禮》歸入《禮記》，具體引用情況如下：

《風俗通義》篇目	《風俗通義》原文	引書篇名	引書原文	引書名
《愆禮第三》「九江太守武陵陳子威」	《禮》：「繼母如母，慈母如母。」	喪服		《儀禮》
《愆禮第三》「大將軍掾敦煌宣度」	《禮記》：「孔子之喪，門人疑所服，子貢曰……如父而無服。」	檀弓上		《禮記》
《愆禮第三》「大將軍掾敦煌宣度」	《禮》為謫妻仗，重於宗也。	喪服		《儀禮》
《愆禮第三》「河南尹太山羊嗣祖」	《禮》：「為舊君齊衰三月」	喪服	大夫為舊君，何以服齊衰三月也？	《儀禮》
《愆禮第三》「南陽張伯大」	《禮記》：「十年兄事之，五年肩隨之。」	曲禮	年長以倍，則父事之；十年以長，則兄事之；五年以長，則肩隨之。	《禮記》
《愆禮第三》「公交車徵士豫章徐孺子」	《禮》：「凡弔喪者，既哭，興踴，進問其故，哀之至也。」	雜記	凡喪服未畢，有弔者，則為位而哭，拜踴。	《禮記》
《過譽第四》「長沙太守汝南郅惲」	《禮》：「諫有五，風為上，狷為下。」		《禮》有五諫，諷為上。	《禮記》
《過譽第四》「南陽五世公」	《禮記》：「大夫三月葬，同位畢至。」	王制	大夫三月而葬	《禮記》
《過譽第四》「汝南戴幼起」	《禮》有東宮西宮，辟子之私，不足則資，有餘亦歸之於宗也。	喪服	故昆弟之義無分，然而有分者，則辟子之私也……有餘亦歸之於宗，不足則資之宗。	《儀禮》

〔註11〕 《十三經注疏》整理委員會整理：《十三經注疏‧禮記正義》，北京大學出版社，1999。
〔註12〕 《十三經注疏》整理委員會整理：《十三經注疏‧儀禮正義》，北京大學出版社，1999。
〔註13〕 《十三經注疏》整理委員會整理：《十三經注疏‧周禮正義》，北京大學出版社，1999。

《過譽第四》「江夏太守河內趙仲讓」	《禮記》:「戶有二履,不入。將上堂,聲必揚。」	曲禮	將上堂,聲必揚。戶外有二履,言聞則入,言不聞則不入。	《禮記》
《十反第五》「太尉掾汝南范滂」	《禮》不言事,辯杖而起。	喪服大記	既葬,與人立,君言王事,不言國事;大夫士言公事,不言家事。	《禮記》
《十反第五》「太尉掾汝南范滂」	《禮》:「父為士,子為天子。」	喪服小記	父為士,子為天子、諸侯,則祭以天子、諸侯,其尸服以士服。	《禮記》
《十反第五》「豫章太守汝南封祈」	《禮》:「斬衰,公、士、大夫眾君為其君。」	喪服斬衰經	公士大夫之眾臣為其君,布帶繩履。	《儀禮》
《十反第五》「宗正南陽劉祖」	保氏掌六藝之教,其一曰御。	地官・保氏	保氏掌諫王惡,而養國子以道……五曰六書,六曰九數。	《周禮》
《聲音第六》「鼓」	《周禮》六鼓:雷鼓八面,路鼓四面……皆二面。	地官・鼓人	鼓人掌教六鼓四金之音聲,以節聲樂……以晉鼓鼓金奏。	《周禮》
《聲音第六》「管」	《禮・樂記》:「管,漆竹,長一尺,六孔,十二月之音也,象物貫地而牙,故謂之管。」	樂記		今本《禮記》並無此句
《聲音第六》「柷」	柷,漆桶,方畫木,方三尺五寸……用柷止音為節。	樂記		今本《禮記》並無此句
《聲音第六》「箏」	《禮・樂記》:「箏,五弦,築身也。」	樂記	昔者舜作五弦之琴	《禮記》
《聲音第六》「笛」	《樂記》:武帝時丘仲之所作也……納之於雅正也。	明堂位・音儀		今本《禮記》並無此句
《聲音第六》「竽」	《禮・樂記》:「竽,三十六簧也,長四尺二寸。」	樂記		《禮記》有對「竽」的記載,但並無此句
《聲音第六》「簫」	《周禮》:「簫師氏掌教國子吹簫」	春官・簫師職		《周禮》

《聲音第六》「籟」	《禮·樂記》：「三孔籥也。大者謂之產，其中者謂之仲，小者謂之箹。」	樂記		《禮記》
《窮通第七》「太傅汝南陳番」	《周禮》九兩，「友以任得民」	天官·大宰	以九兩系邦國之民，一曰牧……八曰友，以任得民淵藪；九曰藪，以富得民。	《周禮》
《祀典第八》小序	《禮》：「天子祭天地山川歲遍」	曲禮下	天子祭天地，祭四方，祭山川，祭五祀，歲遍。	《禮記》
《祀典第八》小序	又曰：「淫祀無福」	曲禮下	凡祭，有其廢之，莫敢舉也；有其舉之，莫敢廢也。非其所祭而祭之，名曰淫祀，淫祀無福。	《禮記》
《祀典第八》「灶神」	《禮·器記》曰：「臧文仲安知禮？燔柴於灶。灶者，老婦之祭也。故盛於盆，尊於瓶。」	禮器	老婦，先炊者；盆、瓶，炊器也。明此祭先炊，非祭火神，燔柴似失之。	《禮記》
《祀典第八》「灶神」	《明堂月令》：「孟夏之月，其祀灶也。」	月令	孟夏之月，日在畢。	《禮記》
《祀典第八》「風伯」	《周禮》：「以有燎祀風師」	春官·大宗伯		《周禮》
《祀典第八》「桃梗葦茭畫虎」	《周禮》：「卿大夫之子名曰：門子。」	春官·小宗伯	其正室皆謂之門子	《周禮》
《祀典第八》「殺狗磔邑四門」	《月令》：「九門磔禳，以畢春氣。」	月令		《禮記》
《祀典第八》「臘」	《禮傳》：「夏曰嘉平，殷曰清祀，周曰大蠟，漢改為臘。」	月令疏	夏曰清祀，殷曰嘉平，周曰蠟，秦曰臘。	《禮記》
《祀典第八》「祖」	《禮傳》：「共工之子曰修，好遠遊，舟車所至……故祀以祖神。」	待考	玉函山房輯佚書載此文，據王利器先生，此處應出於荀爽《禮傳》	《禮記》
《祀典第八》「禊」	《周禮》：「男巫掌望祀，望衍，旁招以茅。」	春官		《周禮》

《祀典第八》「司命」	《周禮》：「以櫙燎祀司中、司命。」	春官		《周禮》
《怪神第九》小序	《禮》：「天子祭天地、五嶽、四瀆，諸侯不過其望也。大夫五祀……蓋其非鬼而祭之，諂也。」	曲禮下	天子祭天地，祭四方，祭山川，祭五祀，歲遍。諸侯方祀祭山川……士祭其先。	《禮記》
《怪神第九》小序	又曰：「淫祀無福」	曲禮下	非其所祭而祭之，名曰淫祀，淫祀無福。	《禮記》
《山澤第十》小序	傳曰：「五嶽視三公，四瀆視諸侯，其餘或伯或子南，大小為差。」	王制	天子祭天下名山大川，五嶽視三公，四瀆視諸侯。	《禮記》
《山澤第十》小序	《禮》：「名山大澤不以封諸侯」	王制	天子之縣內，方百里之國九，七十里之國……以為間田。	《禮記》
《山澤第十》「林」	《禮記》：「將至泰山，必先有事於配林。」	禮器	齊人將有事於泰山	《禮記》
《山澤第十》「溝」	《周禮》：「溝者，溝也，廣四尺，深四尺。」	匠人	遂、溝、洫、澮皆所以通水川也……深二仞。	《周禮》
《山澤第十》「洫」	《周禮》：「十里為成，成間廣八尺，深八尺，故謂之洫。」	匠人	遂、溝、洫、澮皆所以通水川也……深二仞。	《周禮》
《佚文・古制》	《周禮》：「五黨為州」	地官		《周禮》
《佚文・古制》	《周禮》：「百里曰同」	地官		與今本《周禮》內容不同
《佚文・古制》	《周禮》：「五家為鄰，四鄰為里。」	地官		與今本《周禮》內容不同
《佚文・喪祭》	《周禮》：「方相氏，葬日入壙，敲魎象。」	夏官司馬		與今本《周禮》內容不同

《佚文‧宮室》	《禮記》:「季武子入宮,不敢哭。」	檀弓上	季武子成寢,杜氏之葬在西階之下,請合葬焉,許之,入宮而不敢哭。	《禮記》
《佚文‧獄法》「謹案:律者,法也」	《周禮》:「凡萬民之有罪過,未離於法者,桎梏以上,坐諸嘉石,役諸司空。」	秋官		與今本《周禮》內容不同
《佚文‧獄法》「謹案:律者,法也」	《周禮》:「三王始作獄。」			今本《周禮》並無此句
《佚文‧獄法》「囚,遒也」	《禮》:「罪人寘諸圜土」			今本《周禮》並無此句
《佚文‧陰教》「周禮媒氏」	《周禮》媒氏,因三十之男,二十之女,冰泮鳴雁,於是乎合。			今本《周禮》並無此句
《佚文‧辨惑》「赤春」	《月令》:「衣青衣,服蒼玉。」	月令		《禮記》
《佚文‧辨惑》「俗說高祖」	《周官‧羅氏》:「獻鳩養老」	夏官	獻鳩以養國老	《周禮》
《佚文‧徽稱》「章帝時」	《禮》云:「群居五人,長者必異席。」	曲禮上	群居五人,則長者必異席。	《禮記》
《佚文‧徽稱》「祭酒」	《禮》云:「飲酒必祭,尊其先也。」	鄉飲		與今本《儀禮》內容不同
《佚文‧徽稱》「禮云十尺」	《禮》云:「十尺曰丈,成人之長頁。」	冠義		與今本《禮記》內容不同
《佚文‧徽稱》「簡不肖」	《禮》言:「簡不肖」	王制	簡不肖以絀惡	《禮記》

（五）《春秋》類

應劭在《風俗通義》中對春秋三傳中的《左傳》、《公羊傳》有大量引用,直接引用中並未見《穀梁傳》,筆者依然以北京大學 1999 年的《十三經注疏》

中的《春秋左傳正義》〔註14〕、《春秋公羊傳注疏》〔註15〕為參照本進行梳理，《風俗通義》所引《春秋》類典籍的具體情況如下：

《風俗通義》篇目	《風俗通義》原文	引書篇名	引書原文	引書名
《皇霸第一・三王》	春秋說：王者孰謂？謂文王也。	隱公元年	王者孰謂？謂文王也。疑三代，謂疑文王。	《春秋公羊傳》
《正失第二》「封泰山禪梁父」	《春秋》以為傳聞不如親見，親見之斯為審矣。	隱公元年	所見異辭，所聞異辭，所傳異辭。	《春秋公羊傳》
《正失第二》「淮南王安神仙」	《春秋》：「無將，將而必誅。」	昭公元年	君親無將，將而誅焉。	《春秋公羊傳》
《過譽第四》「汝南陳茂」	《春秋》：「王人之微，處於諸侯之上。」	僖公八年	春王正月……王人者何？微者也。	《春秋公羊傳》
《皇霸第一・三王》	文王率殷之叛國，以服事殷。	襄公四年		《春秋左氏傳》
《皇霸第一・五伯》	《春秋左氏傳》：夏后太康，娛於耽樂，不循民事，諸侯僭差。	先師說五霸		《春秋左氏傳》
《正失・第二》「葉令祠」	《春秋左氏傳》：葉公子高，姓沈名諸梁，令曰公……兼茲而事，固祠典之所先也。	哀公十六年	基本無差別，個別字有異。	《春秋左氏傳》
《愆禮第三》「弘農太守河內吳匡」	《春秋》：「大夫出使，聞父母之喪，徐行而不反，君追還之，禮也。」	宣公八年	大夫以君命出，聞喪，徐行而不反。	《春秋公羊傳》
《愆禮第三》	春秋譏宋伯姬女而不婦	襄公三十年	君子謂宋共姬女而不婦	《春秋左氏傳》
《過譽第四》「江夏太守河內趙仲讓」	左氏傳曰：「舊章不可無也」	哀公三年	舊章不可亡也	《春秋左氏傳》

〔註14〕《十三經注疏》整理委員會整理：《十三經注疏・春秋左傳正義》，北京大學出版社，1999。

〔註15〕《十三經注疏》整理委員會整理：《十三經注疏・春秋公羊傳注疏正義》，北京大學出版社，1999。

《十反第五》	傳曰：「人心不同，有如其面。」	襄公三十一年	子產曰：「人心不同，如其面焉。」	《春秋左氏傳》
《十反第五》「太原掾汝南范滂」	《春秋》之義，「因其可褒而褒之。」	隱公元年		《春秋公羊傳》
《十反第五》「高唐令樂安周璆」	《春秋》：「叔牙為慶父殺般……閔公大惡之甚。」	莊公三十二年		《春秋左氏傳》
《十反第五》「河內太守廬江周景」	《春秋左氏傳》：「夫舉無他也，唯善所在，親疏一也。」	昭公二十八年		《春秋左氏傳》
《十反第五》「安定太守汝南胡伊」	《春秋》尊公曰宰，其吏為士。	隱公元年	秋七月，天王使宰咺來歸……官也。	《春秋公羊傳》
《十反第五》「宗正南陽劉祖」	《春秋左氏傳》：「晉悼公即位，程鄭為乘馬御，訓群騶知禮。」	成公十八年	程鄭為乘馬御，六騶屬焉，使訓群騶知禮。	《春秋左氏傳》
《十反第五》「司徒九江朱倀」	傳曰：「心苟不競，何憚於病。」	僖公七年	諺有之曰：「心則不競，何憚於病。」	《春秋左氏傳》
《祀典第八》「先農」	《春秋左氏傳》曰：「夏四月，三卜郊不從，乃免牲……今既耕而卜郊，宜其不從也。」	襄公七年		《春秋左氏傳》
《祀典第八》「先農」	《春秋左氏傳》曰：「共公有子曰勾龍，佐顓頊，能平九土，為后土。」	昭公二十九年	共公氏有子曰勾龍，為后土。	《春秋左氏傳》
《祀典第八》「稷神」	《春秋左氏傳》：「有烈山氏之子曰柱，能殖百穀疏果，故立以為稷正也。周棄以為稷，自商以來祀之。」	昭公二十九年		《春秋左氏傳》
《祀典第八》「雨師」	《春秋左氏傳》說：「共工之子，為玄冥師。」	昭公元年	「昔金田氏有裔子曰昧，為玄冥師。」	《春秋左氏傳》
《祀典第八》「雨師」	《春秋左氏傳》說：「鄭大夫子產禳於玄冥」	昭公十八年		《春秋左氏傳》

《祀典第八》「桃梗葦茭畫虎」	《春秋左氏傳》曰：「魯襄公朝楚，會楚康王卒，楚人使公親禭……其出之也，桃弧棘矢，以除其災也。」	襄公二十九年，後引昭公四年	文字略異	《春秋左氏傳》
《祀典第八》「雄雞」	《春秋左氏傳》：「周大夫賓孟適郊，見雄雞自斷其尾，歸以告景王曰：『憚其為犧也』。」	昭公二十二年	王子朝、賓起有寵於景王……王弗應。	《春秋左氏傳》
《祀典第八》「祖」	《左氏傳》：「襄公將適楚，夢周公祖而遣之。」	昭公七年	襄公之適楚也，夢周公祖而行	《春秋左氏傳》
《怪神第九》「世間多有蛇作怪者」	《春秋》外蛇與內蛇鬥	莊公十四年	初，內蛇與外蛇鬥於鄭門中，內蛇死。	《春秋左氏傳》
《山澤第十》「林」	《春秋》：「沙麓崩」	僖公十四年	秋八月，辛卯，沙鹿崩。	《春秋左氏傳》
《山澤第十》「京」	《春秋左氏傳》：莫之與京。	莊公二十八年		《春秋左氏傳》
《山澤第十》「陵」	《春秋左氏傳》曰：殽有二陵，其南陵，夏后皋之墓也；其北陵，文王之所避風雨也。」	僖公三十二年		《春秋左氏傳》
《山澤第十》「培」	《春秋左氏傳》：「培塿無松柏」	襄公二十四年		《春秋左氏傳》
《山澤第十》「藪」	《尚書》：「紂為逋逃淵藪」	昭公七年		今本《尚書》無此文，見於《左傳》。
《山澤第十》「藪」	《春秋左氏傳》：「山藪藏疾」	宣公十五年		《春秋左氏傳》
《山澤第十》「藪」	又曰：「藪之薪蒸，虞侯守之」	昭公二十年		《春秋左氏傳》
《山澤第十》「澤」	《春秋左氏傳》：「澤之萑蒲，舟鮫守之。」	昭公二十年		《春秋左氏傳》

《山澤第十》「沛」	《春秋公羊傳》:「齊桓公,循海而東,師大陷沛澤之中。」	僖公四年		《春秋公羊傳》
《山澤第十》「沛」	《左氏傳》:「齊景田於沛,招虞人以弓。」	昭公二十年	十二月,齊侯田於沛,招虞人以弓,不進。	《春秋公羊傳》
《山澤第十》「林」	《春秋》:「沙麓崩」	僖公十四年	秋八月,辛卯,沙鹿崩。	《春秋左氏傳》
《佚文·古制》	《左氏傳》:曰:「上大父受縣,下大夫受郡。」	哀公二年	上大夫受縣,下大夫受郡	《春秋公羊傳》
《佚文·姓氏》	《春秋左氏傳》:「官有世功,則有官族,邑亦如之。」	隱公八年		《春秋左氏傳》
《佚文·嘉號》「馬稱匹者」	《春秋左氏傳》說:「諸侯相贈,乘馬束帛。束帛為匹,與馬相匹耳。」	隱公元年	以乘馬束帛,車馬曰賵。	《春秋左氏傳》

二、史書類

應劭在《風俗通義》中還直接徵引了很多史書類典籍,應劭對歷史典籍的徵引多是對其故事簡要復述,因此內容上與原文相差較大,由於《風俗通義》徵引的史書類內容篇幅都較長,在引用內容呈現時筆者只列出該部分內容的起止部分,史書的排序按照先秦、兩漢的順序進行排列。

(一)先秦史書

應劭在《風俗通義》中直接徵引的先秦史書有《戰國策》、《晏子春秋》、《國語》、《逸周書》四類,《戰國策》〔註16〕、《晏子春秋》〔註17〕、《國語》〔註18〕均以 2007 年中華書局版的為參照本,《逸周書》以上海古籍出版社出版的黃懷信、張懋鎔、田旭東等人集注的《逸周書匯校集注》〔註19〕為參照本,具體情況如下表所示:

〔註16〕繆文遠、羅永蓮、繆偉譯注:《戰國策》,中華書局,2007。
〔註17〕陳濤譯注:《晏子春秋》,中華書局,2007。
〔註18〕尚學鋒、夏德靠譯注:《國語》,中華書局,2007。
〔註19〕黃懷信、張懋鎔、田旭東:《逸周書匯校集注》,上海古籍出版社,2007。

《風俗通義》篇目	《風俗通義》原文	引書篇名	引書原文	引書名
《正失第二》「封泰山禪梁父」	傳曰：「五帝聖焉死，三王仁焉死，五伯智焉死。」	秦策	五帝之聖焉而死，三王之仁焉而死，五伯之智焉而死。	《戰國策》
《祀典第八》「桃梗葦茭畫虎」	《戰國策·齊語》：「孟嘗君將西入秦，諫者千數，而弗聽……則不知其可。孟嘗乃止。」	齊策三		《戰國策》
《過譽第四》「度遼將軍安定皇甫規」	傳曰：「一心可以事百君，百心不可事一君。」	內篇·問下	一心可以事百君，三心不可事一君。	《晏子春秋》
《正失第二》「葉令祠」	《周書》稱：「靈王太子晉，幼有盛德，聰明博達，師曠與言……傳稱王子喬仙。」	太子晉		《逸周書》
《十反第五》「豫章太守汝南封祈」	《春秋國語》：「民生於三，事之如之。」	晉語一		《春秋國語》
《祀典第八》小序	《春秋國語》：「凡禘、郊、宗、祖、報，此五者國之典禮……不在祀典矣。」	魯語上		《春秋國語》
《怪神第九》「城陽景王祠」	《春秋國語》：「以勞定國，能御大災。」	魯語上	夫聖王之制祀也……以勞定國則祀之，能御大災則祀之。	《春秋國語》
《怪神第九》「世間多有伐木血出以為怪者」	《春秋國語》：「木石之怪夔、魍魎。」	魯語下		《春秋國語》
《山澤第十》「京」	《國語》：「趙文子與叔向遊於九京」	晉語八	趙文子與叔向遊於九原	《春秋國語》
《山澤第十》「陵」	《國語》：「周單子會晉厲公於加陵」	周語下		《春秋國語》

《山澤第十》「湖」	《春秋國語》:「伍子胥諫吳王：與我爭五湖之禮，非越乎？」	吳語、越語		《春秋國語》
《佚文・古制》	《春秋國語》:「五家為軌,十軌為裏。」			《春秋國語》
《佚文・古制》	《春秋國語》:「疆有寓望」			《春秋國語》

（二）兩漢史書

　　《風俗通義》對《史記》和《漢書》中的內容多有直接徵引,《史記》以1982年中華書局版〔註20〕的為參照本,《漢書》以1964年中華書局版的為參照本〔註21〕,具體引用情況如下：

　　1.《史記》

《風俗通義》篇目	《風俗通義》原文	引書篇名	引書原文	引書名
《皇霸第一・五帝》	黃帝、顓頊、帝嚳、帝堯、帝舜是五帝也。	五帝本紀		《史記》
《皇霸第一・六國》	《太史公》記:「秦孝公據崤函之固,擁雍州之地,君臣戮力……制度文章,冠於百王矣。」	秦始皇本紀		《史記》
《正失第二》「封泰山禪梁父」	《封禪書》說:「黃帝升封泰山……黃帝之弓。」	封禪書	乃悉持龍髯,墮,墮黃帝之弓。	《史記》
《正失第二》「封泰山禪梁父」	《太史記》:「黃帝葬於橋山」	五帝本紀	黃帝崩,葬橋山。	《史記》
《正失第二》「燕太子丹」	《太史記》:「燕太子質秦,始皇遇之益不善……燕亦遂滅。」	刺客列傳		《史記》
《正失第二》「王陽能鑄黃金」	《太史記》:「秦始皇欺於徐市之屬……沙丘之禍。」	秦始皇本紀		《史記》
《聲音第六》「築」	《太史公記》:「燕太子丹遣荊軻欲刺秦王……舉築撲始皇,不中,於是遂誅。」	刺客列傳		《史記》

〔註20〕司馬遷撰:《史記》中華書局,1959。
〔註21〕班固著,趙一生點校:《漢書》,浙江古籍出版社,2002。

| 《聲音第六》「缶」 | 《太史公記》：「趙惠文王與秦昭王會於澠池……秦王為趙王擊缶也。」 | 藺相如列傳 | | 《史記》 |
| 《祀典第八》「殺狗磔邑四門」 | 《太史公記》：「秦德公始殺狗磔邑四門，以御蠱菑。」 | 封禪書 | | 《史記》 |

2.《漢書》

《風俗通義》篇目	《風俗通義》原文	引書篇名	引書原文	引書名
《風俗通義·序》	昔仲尼沒而微言闕，七十子喪而大義乖。	藝文志		《漢書》
《風俗通義·序》	百里不同風，千里不同俗，戶異政，人殊服。	王吉傳		《漢書》
《正失第二》「東方朔」	《漢書》：「東方朔，平原人也。孝武皇帝時……為天子大臣矣。」	東方朔傳		《漢書》
《正失第二》「淮南王安神仙」	《漢書》：「淮南王安天資辯博，善為文辭……國除為九江郡。」	淮南王傳		《漢書》
《正失第二》「王陽能鑄黃金」	《漢書》說：「王陽雖儒生……王陽能作黃金。」	王吉傳		《漢書》
《十反第五》	前漢詔曰：「海內大亂，兵革並起……上尊號曰太上皇。」	高帝紀		《漢書》
《聲音第六》「瑟」	《黃帝書》：「泰帝使素女鼓瑟而悲，帝禁不止，故破其瑟為二十五弦。」	郊祀志上		《漢書》
《聲音第六》「空侯」	《漢書》：「孝武黃帝賽南越，禱祠太乙、后土……侯以姓冠章耳。」	郊祀志上		《漢書》
《聲音第六》「菰」	《漢書》舊注：「菰，吹鞭也。」	所引不明		《漢書》
《聲音第六》「萩」	《漢書》注：「萩，篟也。」	所引不明		《漢書》
《祀典第八》「靈星」	《漢書·郊祀志》：「高祖五年，初置靈星，祀后稷也。驅爵簸揚，田農之事也。」	郊祀志		《漢書》
《怪神第九》「城陽景王祠」	《漢書》：「朱虛侯劉章，齊悼惠王子，高祖孫也，宿衛長安，有氣力……封城陽王，賜黃金千斤，立二年薨。」	高五王傳		《漢書》
《山澤第十》「溝」	《漢書》：「高祖與項羽要，割鴻溝以東為楚是也。」	高帝記·漢王四年		《漢書》
《佚文·辨惑》「錢刀」	《漢書》曰：「王莽造大錢，作契刀、錯刀、五銖錢，凡四品並行，故稱錢刀也。」	食貨志下		《漢書》

三、諸子類

應劭在《風俗通義》中大量徵引諸子典籍，其中徵引得最多的是儒家典籍，法家、雜家次之，道家最少。

（一）儒家類

「儒家者流，蓋出於司徒之官，助人君、順陰陽、明教化者也。游文於六經之中，留意於仁義之際，祖述堯舜，憲章文武，宗師仲尼，以重其言，於道最為高。孔子曰：『如有所譽，其有所試』。」〔註22〕應劭對儒家典籍的引用，除了以上的五經之外，還有「宗師仲尼」的《論語》、《孟子》、《孝經》、《爾雅》、《韓詩外傳》。除此之外還有在學術歸屬上一直飽受爭議的《晏子春秋》，雖然《漢書·藝文志》和《隋書·經籍志》將其劃分在儒家類，但對此學界爭議頗大，莫衷一是，因此筆者將其放入「其他類」。本文的《論語》〔註23〕、《孟子》〔註24〕、《孝經》〔註25〕、《爾雅》〔註26〕均以北京大學1999年的《十三經注疏》版本為參照本，《韓詩外傳》以中華書局版、許維遹校釋的《韓詩外傳集釋》為參照本〔註27〕，具體引用情況如下表所示：

1. 《論語》、《孟子》

《風俗通義》篇目	《風俗通義》原文	引書篇名	引書原文	引書名
《風俗通義·序》	幸苟有過，人必知之。	述而	丘也幸苟有過，人必知之。	《論語》
《風俗通義·皇霸第一》	惟天為大，唯堯則之，巍巍其有成功，煥乎其有文章。	泰伯	大哉！堯之為君也！巍巍乎惟天為大，唯堯則之。蕩蕩乎民無能名焉，巍巍乎有其成功也，煥煥乎其有文章。	《論語》

〔註22〕班固著，趙一生點校：《漢書》，浙江古籍出版社，頁1280。

〔註23〕《十三經注疏》整理委員會整理：《十三經注疏·論語注疏》，北京大學出版社，1999。

〔註24〕《十三經注疏》整理委員會整理：《十三經注疏·孟子注疏》，北京大學出版社，1999。

〔註25〕《十三經注疏》整理委員會整理：《十三經注疏·孝經正義》，北京大學出版社，1999。

〔註26〕《十三經注疏》整理委員會整理：《十三經注疏·爾雅注疏》，北京大學出版社，1999。

〔註27〕韓嬰撰，許維遹校釋：《韓詩外傳集釋》，中華書局，1980。

《皇霸第一·三王》	經美文王，三分天下有其二，王也始兆於此耳。	泰伯	三分天下有其二，以服事殷。	《論語》
《皇霸第一·五伯》	孔子稱：「民到於今受其賜」	憲問		《論語》
《皇霸第一·五伯》	齊桓正而不譎，晉文譎而不正。	憲問		《論語》
《正失第二》	孔子曰：「眾善焉，必察之，眾惡焉，必察之。」	衛靈公	子曰：「眾惡之，必察焉；眾好之，必察焉。」	《論語》
《正失第二》	《論語》：「名不正則言不順」	子路		《論語》
《正失第二》「封泰山禪梁父」	論語曰：「古皆沒」	顏淵	自古皆有死	《論語》
《愆禮第三》總目	《論語》：「不為禮，無以立。」	季氏	不學禮，無以立。	《論語》
《愆禮第三》「大將軍掾敦煌宣度」	觀過知仁		子曰：「人之過也，各於其黨。觀過，斯知仁矣。」	《論語》
《愆禮第三》「太原郝子廉」	《語》：「願車馬衣輕裘與朋友共，弊之而無憾。」	公冶長		《論語》
《愆禮第三》「太原郝子廉」	孔子疾時貪昧，退思狂狷，狷者有所不為。	子路	狂者進取，狷者有所不為也。	《論語》
《愆禮第三》「南陽張伯大」	《論語》：「恭而無禮則勞」	泰伯		《論語》
《愆禮第三》「南陽張伯大」	且晏平仲稱善與人交，豈徒拜伏而已哉！	公冶長	子曰：「晏平仲善與人交，久而敬之。」	《論語》
《愆禮第三》「公交車徵士汝南袁夏甫」	鯉趨而過庭，聞詩聞禮，而陳亢喜得於三。	季氏	陳亢問於伯魚曰：子亦有異聞乎……又聞君子之遠其子也。	《論語》
《過譽第四》	孔子稱：「大哉！中庸之為德，其至矣乎！」	雍也	子曰：「中庸之為德也，其至矣乎！」	《論語》
《過譽第四》	又曰：「君子之道，忠恕而已。」	里仁	曾子曰：「夫子之道，忠恕而已矣。」	《論語》
《過譽第四》	蓋舉善以教，則不能者勸。	為政	舉善而教不能，則勸。	《論語》

《過譽》「長沙太守汝南郅惲」	《論語》:「陳力就列,不能者止。」	季氏		《論語》
《過譽第四》「度遼將軍安定皇甫規」	《論語》:「夫子溫良恭儉讓以得之」	學而		《論語》
《過譽第四》「南陽五世公」	孔子稱:「可寄百里之命,託六尺之孤,臨大節而不可奪。」	泰伯	曾子曰:「可以託六尺之孤,可以寄百里之命,臨大節而不可奪也。君子人與?君子人也。」	《論語》
《過譽第四》「汝南戴幼起」	《論語》:「泰伯三讓,民無得而稱之焉。」	泰伯		《論語》
《過譽第四》「江夏太守河內趙仲讓」	《論語》:「升車,必正立,執綏,不內顧。」	鄉黨	升車,必正立,執綏,車中不內顧。	《論語》
《十反第五》「宗正南陽劉祖」	《論語》曰:「吾何執?執御乎?」	子罕	達鄉黨人曰:「大哉孔子……子聞之,謂門弟子曰……吾執御矣。」	《論語》
《十反第五》「司徒九江朱倀」	《論語》:「能以禮讓為國乎?何有?」	里仁	子曰:「能以禮讓為國乎?何有?不能以禮讓為國,如禮何?」	《論語》
《十反第五》「司徒九江朱倀」	夫子溫良恭儉讓以得之	學而	子禽問於子貢曰:「夫子至於是邦也……夫子之求之也,其諸異乎人之求之與?」	《論語》
《十反第五》「蜀郡太守穎川劉勝」	《論語》:「澹臺滅明非公事,未嘗至於偃之室也。」	雍也	子游為武城宰,子曰:「汝得人焉爾乎……非公事,未嘗至於偃之室也。」	《論語》
《十反第五》「蜀郡太守穎川劉勝」	君子思不出其位	憲問		《論語》
《聲音第六》「鼓」	《論語》:「小子鳴鼓而攻之可也」	先進		《論語》
《聲音第六》「磬」	《論語》:「子擊磬於衛,有荷蕢而過者,曰:『有心哉!』」	憲問		《論語》
《聲音第六》「鐘」	《論語》云:「樂云樂云,鐘鼓云乎哉!」	陽貨		《論語》

《窮通第七》小序	《論語》：「固天縱之，莫勝於聖。」	子罕	太宰問於子貢曰：「夫子聖者與？何其多能也？」子貢曰：「固天縱之將聖，又多能也。」	《論語》
《窮通第七》「太傅汝南陳番」	《論語》：「久要不忘平生之言。」	憲問		《論語》
《祀典第八》小序	《論語》：「非其鬼而祭之，諂也。」	為政		《論語》
《祀典第八》小序	是以泰山不享季氏之旅	八佾	季氏旅於泰山，子謂冉有曰：「女弗能救與？」對曰：「不能」。子曰：「嗚呼！曾謂泰山不如林放乎？」	《論語》
《祀典第八》「桃梗葦茭畫虎」	《論語》：「誰能不出戶」	雍也		《論語》
《怪神第九》小序	《論語》：「子不語怪、力、亂、神。」	述而		《論語》
《山澤第十》「丘」	《論語》：「他人之賢，丘陵也。」	子張	他人之賢者，丘陵也，猶可逾也。	《論語》
《山澤第十》「洫」	《論語》：「禹盡力乎溝洫」	泰伯		《論語》
《佚文·釋忌》「正月長了」	《論語》：「死生有命，富貴在天。」	顏淵		《論語》
《佚文·宮室》	《論語》：「夫子宮牆數仞」	子張	夫子之牆數仞	《論語》
《佚文·宮室》	《論語》曰：「譬如宮牆」	子張	譬之宮牆，賜之牆也及肩，窺見室家之好。	《論語》
《佚文·徽稱》「秦昭王」	孔子曰：「如有用我者，期月而已，三年有成。」	子路	苟有用我者，期月而已可也，三年有成。	《論語》
《佚文·徽稱》「論語曰」	《論語》曰：「君子上達」	憲問		《論語》
《佚文·徽稱》「匹夫匹婦」	《論語》曰：「匹夫匹婦」	憲問	豈若匹夫匹婦之為諒也。	《論語》
《十反第五》「高唐令樂安周璆」	傳曰：「於厚者薄，則無所不薄矣。」	盡心上	於所厚者薄，則無所不薄也。	《孟子》
《十反第五》「蜀郡太守潁川劉勝」	孟軻亦以達則兼濟天下，窮則獨善其身。	盡心上	窮則獨善其身，達則兼濟天下。	《孟子》

2. 《孝經》、《爾雅》、《韓詩外傳》

《風俗通義》篇目	《風俗通義》原文	引書篇名	引書原文名	引書名
《風俗通義·序》	移風易俗，莫善於樂。	廣要道	移風易俗，莫善於樂。	《孝經》
《正失第二》	傳言失指，圖景失形。			今本《孝經》無此內容
《愆禮第三》「公交車徵士汝南袁夏甫」	《孝經》:「生事愛敬，死事哀戚。」	喪親章	親生，則事之以愛敬；親死，則事之以悲戚。	《孝經》
《過譽第四》「太原周黨」	《孝經》:「身體髮膚，受之父母，不敢毀傷，孝之始也。」	開宗明義		《孝經》
《十反第五》「太原掾汝南范滂」	《孝經》曰:「敬其父則子悅」	廣要道章		《孝經》
《十反第五》「豫章太守汝南封祈」	《孝經》:「資於事父以事君。」	士章	資於事父以事母而愛同，資於事父以事君。	《孝經》
《佚文·釋忌》「徒不上墓」	《孝經》:「身體髮膚，受之父母。」	開宗明義		《孝經》
《山澤第十》「丘」	《爾雅》曰:「天下有名丘五，其三在河南，二在河北。」	釋丘	天下有名丘五，三在河南，其二在河北。	《爾雅》
《山澤第十》「藪」	《爾雅》:「藪者，澤也。藪之言厚也……鄭有圃田，周有焦護。」	釋地		《爾雅》
《山澤第十》「京」	《爾雅》:「丘之絕高大者為京」	釋丘	方丘胡丘，絕高為之京。	《爾雅》
《山澤第十》「澤」	傳曰:「水草交厝，名之為澤。」	釋水	水草交為湄	《爾雅》
《佚文·釋忌》「宅不西益」	《爾雅》曰:「西南隅謂之陳」	釋宮		《爾雅》
《佚文·辨惑》「赤春」	《爾雅》云:「春曰青陽」	釋天	春為青陽	《爾雅》
《愆禮第三》「南陽張伯大」、《十反第五》「聘士彭城姜肱」	傳曰:「朝廷之人，入而不能出；山林之人，往而不能反。」	卷五	「朝廷之士為祿，故入而不出；山林之士為名，故往而不反。」	《韓詩外傳》

（二）法家類

應劭在《風俗通義》中對《韓非子》、《管子》的徵引不像《詩經》、《論語》那樣，而是類似對《史記》、《漢書》的徵引，作者多是對《韓非子》和《管子》中的內容進行復述，本文的《韓非子》以趙沛注解的《韓非子》〔註28〕為參照本，《管子》以李山譯注的《管子》〔註29〕為參照版本，具體引用情況如下：

《風俗通義》篇目	《風俗通義》原文	引書篇名	引書原文	引書名
《風俗通義·序》	昔客為齊王畫者，王問：「畫孰最難，孰最易？」曰：「犬馬最難……不見故易。」	外儲說左上	客有為齊王畫者。齊王問曰：「畫孰最難者？」曰「犬馬最難……故易之也。」	《韓非子》
《皇霸第一·五伯》	對曰：「狄困於衛，復兵不救，須求乃往存之。仁不純，為霸君也。」	見尚書中候		今本《管子》無此內容
《祀典第八》	《韓子書》：「山居谷汲者，璁臘而遺水。」	五蠹	夫山居而谷汲者，膢臘而相遺以水。	《韓非子》
《怪神第九》「世間多見怪驚怖以自傷者」	《管子書》：「齊公出於澤，見衣紫衣……於是桓公欣然矣，不終日而病癒。」	見《莊子·達生》篇		今本《管子》無此內容
《佚文·徽稱》「管子云」	《管子》云：「先生施教，弟子則之。」	弟子職	先生施教，弟子是則。	《管子》
《佚文·宮室》	《弟子職》：「室中握手」	弟子職	堂上則播灑，室中握手。	《管子》

（三）道家類

《風俗通義》中只有一次引用了道家的《莊子》，本文以陳鼓應的《莊子今注今譯》〔註30〕為參照版本，具體引文如下：

《風俗通義》篇目	《風俗通義》原文	引書篇名	引書原文	引書名
《皇霸第一》	自昭昭而本冥冥	知北遊	夫昭昭生於冥冥	《莊子》

〔註28〕陳秉才譯注：《韓非子》，中華書局，2007。
〔註29〕李山譯注：《管子》，中華書局，2009。
〔註30〕陳鼓應注釋：《莊子今注今譯》，中華書局，1983。

（四）雜家類

《風俗通義》中引用了雜家的《淮南子》、《呂氏春秋》、本文以劉康德的《淮南子直解》﹝註31﹞、許維遹的《呂氏春秋集釋》﹝註32﹞為參照本，具體引文情況如下：

《風俗通義》篇目	《風俗通義》原文	引書篇名	引書原文	引書名
《正失第二》「丁氏家穿井得一人」	《呂氏春秋》：「宋丁氏無井……得一人之使，非得一人於井中也。」	察傳		《呂氏春秋》
《正失第二》「宋均令虎渡江」	傳曰：「山有猛虎，草木茂長。」	說山		《淮南子》
《祀典第八》「桃梗葦茭畫虎」	《呂氏春秋》：「湯始得伊尹，祓之於廟，薰以茭葦。」	本味	湯得伊尹，祓之於廟，爓以燧火，釁以犧豭。	《呂氏春秋》

四、其他類

應劭在《風俗通義》中還零零散散地引用了很多其他類文獻，如讖緯類的《易緯》、《孝經》緯、《春秋運斗樞》、《禮號嘉記》、《含文嘉》；音樂類的《鍾律書》、《世本》；辭賦類的《長笛賦》、《楚辭》；古代辭書類的《說文解字》、《方言》、《別錄》；小說家類的《青史子》、《百家書》；雜占類的《山海經》；兵家類的《孫子兵書》以及難以劃分學術歸屬的《晏子春秋》和有待考證的《春秋井田記》、《黃帝書》，由於本文的側重點不在文獻的考證和輯佚，加之筆者學力不逮，也難以承擔自己力不能及的考據工作，因此筆者只將其與現有的校注本文獻作對照梳理，如《楚辭》、《方言》等文獻，其他文獻只按《風俗通義》的引用情況和王利器的校注如實錄入。

（一）讖緯類

《風俗通義》篇目	《風俗通義》原文	引書原文	引書名
《祀典第八》「社神」	《孝經》說：「社者，土地之主。土地廣博，不可遍敬，故封土以為社而祀之，報功也。」	社者，土也，廣博不可備敬，故封土以為社而祀之，報功也。	《孝經》緯

﹝註31﹞劉康德撰：《淮南子直解》，復旦大學出版社，2001。
﹝註32﹞許維遹撰，梁運華整理：《呂氏春秋集釋》，中華書局，2009。

《祀典第八》「稷神」	《孝經》說：「稷者，五穀之長。五穀眾多，不可遍祭，故立稷而祭之。」	稷，五穀之長也。谷眾不可遍祀，故立稷神祀之。	《孝經》援神契
《山澤第十》小序	《孝經》曰：「聖不獨立，智不獨治。神不過天地，同靈造虛，由立五嶽，設三臺。」	神不過天地，造靈洞虛，猶立五嶽，設三臺。	《孝經》援神契
《皇霸第一・三王》	《禮號諡記》說：夏禹、殷湯、周武王是三王也。		《禮號諡記》
《皇霸第一・三皇》	《含文嘉》記：宓羲、燧人、神農。		《含文嘉》
《正失第二》	失之毫釐，差以千里。		《易緯》

（二）音樂類

　　《鍾律書》為西漢諸多鐘律學者參加、劉歆領銜編撰的音樂類文獻，《漢書・律曆志》保存了一些內容，但並非全貌，現今能考訂的只有《風俗通義》所引的《鍾律書》，《世本》為先秦史料叢編，戰國史官撰，記載自黃帝以來帝王公卿大夫的姓氏、世系、都邑等，其中有很多音樂類文獻，筆者將其合在一處，具體引用情況如下：

《風俗通義》篇目	《風俗通義》原文	引書名
《聲音第六》「商」	劉歆《鍾律書》：「商者，章也，物成熟可章度也……凡歸為臣。」	《鍾律書》
《聲音第六》「角」	劉歆《鍾律書》：「角者，觸也，物觸地而出……凡歸為民。」	《鍾律書》
《聲音第六》「宮」	劉歆《鍾律書》：「宮者，中也，居中央……凡歸為君。」	《鍾律書》
《聲音第六》「徵」	劉歆《鍾律書》：「徵者，祉也，物盛大而繁祉……凡歸為事。」	《鍾律書》
《聲音第六》「羽」	劉歆《鍾律書》：「羽者，宇也，宇覆之也……明聖者，述作之謂也。」	《鍾律書》
《聲音第六》「塤」	《世本》：「暴辛公作塤」	《世本》
《聲音第六》「笙」	《世本》：「隨作笙」	《世本》
《聲音第六》「瑟」	《世本》：「宓羲作」	《世本》

《聲音第六》「磬」	《世本》:「毋句作磬」	《世本》
《聲音第六》「鐘」	《世本》:「垂作鐘」	《世本》
《聲音第六》「琴」	《世本》:「神農作琴」	《世本》
《聲音第六》「簧」	《世本》:「女媧作簧」	《世本》
《聲音第六》「箎」	《世本》:「蘇成公作箎」	《世本》
《佚文・宮室》	《世本》:「鯀作城、郭」	《世本》

（三）詞賦類

《楚辭》以林家驪譯注的版本〔註33〕為參照本。

《風俗通義》篇目	《風俗通義》原文	引書篇名	引書名
《聲音第六》「笛」	馬融《笛賦》曰:「近世雙笛從羌起,羌人伐竹未及已……是謂商聲五音畢。」	長笛賦	《長笛賦》
《祀典第八》「風伯」	《楚辭》說:「後飛廉使奔屬」	離騷	《楚辭》
《怪神第九》「世間多有精物妖怪百端」	《楚辭》云:「鱉令屍亡,溯江而上,到岷山下蘇起,蜀人神之,尊立為王。」		今本《楚辭》無此文

（四）工具書類

《說文解字》以上海古籍出版社 1981 年版的《說文解字注》〔註34〕為參照本,《方言》以周祖謨的《方言校箋與通檢》〔註35〕為參照本。

《風俗通義》篇目	《風俗通義》原文	引書篇名	引書名
《山澤第十》「渠」	傳曰:「渠者,水所居也。」	水部	《說文解字》
《佚文・辨惑》「呼雞曰朱朱」	《說文解字》:「雔,二口為讙,州其聲也,讀若祝。」	門部	《說文解字》
《佚文・辨惑》「案方言」	《方言》:「豚,豬子也。」	方言第八・豬	《方言》
《佚文・徽稱》「無賴」	《方言》:「人不事事而放蕩,謂之無賴。」	方言第十・央亡	《方言》

〔註33〕林家驪:《楚辭譯注》,中華書局,2010。
〔註34〕許慎撰,段玉裁注:《說文解字注》,上海古籍出版社,1981。
〔註35〕周祖謨:《方言校箋與通檢》,上海古籍出版社,1981。

《佚文・古制》	劉向《別錄》義曰：「周宣王太史作大篆也。」	待考	《別錄》
《佚文・古制》	劉向《別錄》義曰：「讎校，一人讀書，校其上下，得謬誤為校；一人持本，一人讀書，若怨家相對為讎。」	待考	《別錄》

（五）其他

《風俗通義》還引用了其他典籍，如在學術歸屬上有頗爭議的《晏子春秋》、《山海經》、《孫子兵法》等，由於這些引書較少，筆者將其歸入「其他」，具體引用情況如下：

《風俗通義》篇目	《風俗通義》原文	引書篇名	引書名
《怪神第九》「世間多有惡夢變難必效」	《晏子春秋》：「齊景公病水十日……晏子不為奪人之功，占夢者不蔽人之能。」	內篇・雜下	《晏子春秋》
《過譽第四》	一心可以事百君，百心不可事一君。	內篇・問下	《晏子春秋》
《祀典第八》「雄雞」	《青史子》說：「雞者，東方之牲也，歲終更始，辨秩東作，萬物觸戶而出，故以雞祀祭也。	待考	《青史子》
《祀典第八》「桃梗葦茭畫虎」	《黃帝書》：「上古之時，有神荼與鬱壘昆弟二人……荼與鬱呈縛以葦索，執以食虎。」	待考	《黃帝書》
《祀典第八》「雄雞」	《山海經》曰：「祠鬼神皆以雄雞」	山經	《山海經》
《佚文・宮室》	《百家書》云：「公輸般之水上，見蠡，謂之曰：開汝匣，見汝形。蠡適出頭，般以足畫圖之，蠡引閉其戶，終不可得開，般遂施之門戶，欲使閉藏當如此周密也。」	待考	《百家書》
《佚文・辨惑》「城門失火」	《百家書》：「宋城門失火，因汲取池中水以澆灌之，池中空竭，魚悉露見，但就取之，喻惡之滋，並中傷良謹也。」	待考	《百家書》
《佚文・市井》	《春秋井田記》：「人年三十，受田百畝，以食五口，五口為一戶……交易而退，故稱市井也。」	待考	《春秋井田記》
《佚文・辨惑》「俗說有功」	《孫子兵書》：「日費千金」	作戰第二	《孫子兵書》

第二節 《風俗通義》所引「經典」特徵分析

一、《風俗通義》所引「經典」的數量特徵及分布情況分析

由於本節定量研究的目標主要是為了探究《風俗通義》引經據典言說方式背後的學術歸屬,《風俗通義》在目錄學分類上是屬子部儒家類還是子部雜家類,應劭的學術歸屬是儒家還是雜家,學界一直莫衷一是,對應劭所引經典的定量統計可以對其思想和學術歸屬有個雖不確切但直觀地觀照,本節依照傳統諸子的分類,將《風俗通義》所引書目分為儒家,法家,道家,雜家等類。

儒家類

引書名稱	出現次數
《易》經傳類	35 次
《詩經》類	57 次
《尚書》經傳類	31 次
《春秋》三傳	40 次
《孝經》經緯類	10 次
《論語》	45 次
《禮》類	55 次
孟子	2 次
爾雅	6 次
韓詩外傳	1 次

法家類

引書名稱	出現次數
《管子》	4 次
《韓非子》	2 次

雜家類

引書名稱	出現次數
《呂氏春秋》	2 次
《淮南子》	1 次

道家類

引書名稱	出現次數
《莊子》	1 次

　　以上是《風俗通義》全書直接徵引的諸子類書目及其所引著作出現的次數，其中儒家類著作有 10 種，引書共出現 282 次，法家類著作共有 2 種，引書出現 6 次，雜家類著作共有 2 種，引書出現 3 次，道家類著作出現 1 種，引書出現 1 次。從數據的統計情況來看，《風俗通義》直接徵引的諸子類書目共 16 種，儒家類書目 10 種，占總徵引書目種類的 62.5%，這個書目已經超過徵引書目種類的一半以上了。其中徵引的諸子類書目共出現了 292 次，其中儒家類引書出現了 282 次，占諸子類引書出現次數的 96.6%。

　　《風俗通義》除了以上對諸子類典籍的直接徵引外，還引用了史書、辭賦、工具書（如《方言》、《說文解字》）等，這些「其他類」典籍在全文中共出現 73 次，全書引文共有 365 次，儒家類共出現了 282 次，占總出現次數的 77.3%。從定量的統計來看，儒家類引書佔了全書的絕大部分。

　　除以上所引典籍在數量上的結構特徵外，《風俗通義》所引的典籍在全書的空間架構上也有如下三點特徵：

　　（一）多出現在各篇的篇首，作者多徵引《春秋》、《論語》、《儀禮》等儒家典籍為一篇的立論依據，如「過譽」篇的篇首為：「孔子稱：『大哉！中庸之為德也，其至矣乎！』又曰：『君子之道，忠恕而已』。至於訐以為直，隱以為義，枉以為厚，偽以為名，此眾人之所致譽，而明主所必討。蓋觀過知仁，謂中心篤誠而無妨於化者。故復其違理曰過譽也。」〔註36〕

　　（二）多出現在文中的「謹案」部分，即作者對其所記載的人或事的評價部分，應劭多引典籍中的句子作為對人或事的評價標準，如「司空潁川韓稜」這一故事記載了司空韓稜年青時擔任郡主簿，其上司葛興中風，韓稜暗

〔註36〕王利器：《風俗通義校注》，中華書局，2010，頁 168。

中輔佐，政從己出，後被人告發，韓稜獲罪免官。應劭在這個故事後的「謹案」部分，大量引用《易》、《尚書》、《詩》、《論語》等典籍中的語句對這件事進行評價，認為韓稜「為人謀而不忠，愛人而以姑息，凡人不可，況於君子乎！」〔註37〕

（三）多作為資料來源，對所記錄的材料進行解釋說明。這一特徵最集中體現在「聲音第六」中，該篇記載了大量的樂律、樂器的形制與製作情況。如對「宮」、「商」、「角」、「徵」等樂律以及「塤」、「笙」、「鼓」等樂器的記載中，應劭也大量引用了《詩》、《易》、劉歆的《鍾律書》等典籍中的內容。

從應劭所引典籍的數據結構和出現的空間結構可以看到他的思想與儒家思想淵源頗深，但光從結構特徵的分析上並不能完全斷定應劭的思想歸屬，因為「言說方式」最終是為「言說目的」而服務的，而「言說目的」與作者的思想歸屬是有密切聯繫的，結構特徵的分析難以呈現應劭的思想層面，但是這卻能為探究應劭學術思想歸屬提供一個最客觀也是最直觀的依據。

二、《風俗通義》所引「經典」的思想特徵分析

應劭在《風俗通義》中徵引的書籍種類繁多，據吳樹平先生在其《風俗通義校釋·引書索引》中統計，該書徵引的書籍多達 110 種〔註38〕，從應劭的引書可以看出應劭當時的閱讀視野，並從中窺見應劭的思想指向。作者選擇什麼樣的「言說方式」與作者的「言說目的」是息息相關的，作者不是為了言說而言說，作者要借著他的言說實現他言說的目的。結合《風俗通義》一書來看，作者為什麼選擇了引經據典的言說方式？作者選擇這種言說方式想要表達什麼？這些疑問最終無疑會導向對應劭思想的探討，而《風俗通義》一書最突出的言說特點就是引經據典，從應劭對所引「經典」的態度中最能看出應劭個人的思想取向，因此對應劭引書的思想特徵作分析是極其重要且必要的，這關乎到言說方式最深層的言說目的的探討，即作者為什麼會選擇這種言說方式？

應劭在開篇之初就為我們勾勒了他著作此書的背景：「漢興，儒者競復比誼會意，為之章句，家有五六，皆析文便詞，彌以馳遠……今王室大壞，九州幅裂，亂靡有定，生民無幾」，這裡應劭點明了漢代初興，屬社會上層的儒家知識分子「析文便詞」，使得章句之學極為繁盛，但是這樣的繁盛卻造成了人

〔註37〕王利器：《風俗通義校注》，中華書局，2010，頁 178。
〔註38〕吳樹平：《風俗通義校釋·引書索引》，天津人民出版社，1980，頁 565～570。

們價值判斷的混亂。加之漢末王室大壞，社會處於征戰混亂之中，民間所流傳的「俗間行語」又少有人去核實真假，因此應劭認為「為政之要，辨風正俗，最其上也。」應劭在此點明他著作該書的目的是為了「辨風正俗」，使「言通於流俗之過謬，而事該之於義理也」，應劭全書所引典籍雖多，但其中絕大部分是儒家類典籍，所引的儒家典籍在思想上又有哪些特質呢？

（一）辨物類名號，樹立儒家標準

對名號的重視是我國自古至今的傳統，名號是社會秩序和諧的重要保證，「其實從三代治世到東周亂世，古人幾乎一以貫之地強調以名治國絕非偶然，在禮樂鬱鬱的時代禮與名的功用是基本一致的，即如《荀子·正名》所言『上以明貴賤，下以辨同異』。到了禮崩樂壞的時代，禮與名的吻合雖不是一種實然的存在，但作為應然的價值仍然是諸子百家『皆務為治』的首選。」〔註39〕儒家對名號十分重視，從《詩·蒸民》中「天生蒸民，有物有則」、《詩·正月》中「維號斯言，有倫有跡」均可以看出儒家思想中對名號的重視。最能體現儒家對名號重視的是《左傳·成公二年》引用孔子的話：「唯器與名，不可以假人，君之所司也。名以出信，信以守器，器以藏禮，禮以行義，義以生利，利以平民，政之大節也。」〔註40〕春秋時代，禮崩樂壞，孔子希望通過這種方式使那些「亂臣賊子懼」。因此在《論語》中顏淵問夫子：「衛君侍子而為政，子將奚先？」孔子回答曰：「必也正名乎？名不正則言不順，言不順則事不成，事不成則禮樂不興，禮樂不興則民無所措手足。」〔註41〕這裡孔子提出了正名的重要性，只有名正才能言順，言順才能事成，才能興禮樂，才能使老百姓在日常生活中知道如何去做，所以在孔子思想中名號是禮制的前提。孔子的這一思想被荀子繼承，在漢代又被董仲舒發揚並推進，如董仲舒在《深察名號》篇稱：「名之為言鳴與命也，號之為言謞而效也，古之聖人，謞而效天地謂之號，鳴而命施謂之名……名號異聲而同本，皆鳴號而達天意者也，天不言，使人發其意；弗為，使人行其中。

〔註39〕王四達：《深察名號與漢儒對禮制秩序的價值探索》，載《學術研究》2011 年第 3 期，頁 33。

〔註40〕《十三經注疏》整理委員會整理：《十三經注疏·春秋左傳正義》，北京大學出版社，1999，頁 702。

〔註41〕《十三經注疏》整理委員會整理：《十三經注疏·論語注疏》，北京大學出版社，1999，頁 171。

名則聖人所發天意，不可不深觀也。」〔註42〕董仲舒認為名號是聖人效法天地而制定的，因此對名號的順從就是對天意的順從。「其後漢儒繼承了這一思想方法，特別是為漢章帝制漢禮作理論清理的《白虎通義》更是把名號的道德價值貫穿到禮制的各個領域之中」〔註43〕，而與《白虎通義》相類似的《風俗通義》也正是繼承了「深察名號」的觀念。

《風俗通義》開篇第一章為「皇霸」，應劭開宗明義地為全書定下了以儒家思想作為辨風正俗標準的基調，全書第一章的第一個序言〔註44〕為：

> 蓋天地剖分，萬物萌毓，非有典藝之文，堅基可據……故《易》
> 記三皇，《書》敍唐虞，惟天為大，唯堯則之，巍巍其有成功，煥乎
> 其有文章。自是以來，載籍昭晰。然而立論者人異，綴文者家咮。
> 斯乃楊朱哭於歧路，墨翟悲於練素者也。是以上述三皇，下記六國，
> 備其終始曰：《皇霸》。〔註45〕

應劭序言中大力推崇《易》、《尚書》對三皇、唐虞的記載和堯的偉大功績，應劭根據《尚書》、《禮記》等儒家經典「上述三皇，下記六國，備其終始」。首先在全文的體制上表達了作者正名號的思想，因為正名號才能遵循禮制所規定的宗法等級，使尊卑有序，才能「合乎禮」。應劭在全書第一章便開始辨別「皇」、「帝」、「王」、「伯」、「霸」等名號間的不同，這裡僅舉一列，即應劭對「伯」、「霸」的辨別：

> 《春秋》說：「齊桓、晉文、秦繆、宋襄、楚莊是五伯也」〔註46〕
>
> 伯者，長也，白也。言其咸建五長，功實明白。或曰：霸者，
> 把也，駁也。言把持天子政令，糾率同盟也。〔註47〕

應劭結合《左傳》對以上五人的記載，認為「晉文譎而不正……繆公受鄭甘言，置戍而去，違黃髮之計，而遇殽之敗，殺賢臣百里奚，以子車氏為殉……襄公不度德量力，慕名二不綜實，六鶂五石，先著其異，覆軍殘身，終為儌笑。

〔註42〕董仲舒撰，凌曙注：《春秋繁露》，中華書局，1978，頁353。
〔註43〕王四達：《深察名號與漢儒對禮制秩序的價值探索》，載《學術研究》2011年第3期，頁35。
〔註44〕按：《風俗通義》一書散軼嚴重，因此很多章節的順序已經不得而知，但是在現存的各個版本中，《皇霸》作為第一章是確定無誤的。
〔註45〕王利器：《風俗通義校注》，中華書局，2010，頁1。
〔註46〕王利器：《風俗通義校注》，中華書局，2010，頁18。
〔註47〕王利器：《風俗通義校注》，中華書局，2010，頁19。

莊王僭號，自下摩上，觀兵京師，問鼎輕重，恃強肆忿，幾亡宋國，易子析骸，闕禍亦巨。」〔註48〕應劭認為以上四人在德行和功業上「皆無興微繼絕，尊王室之功」，因此不能稱為「伯」，記載此事的人「不詳查其本末，至書於竹帛，同之伯功，或誤後生，豈不暗乎！」應劭接著又引用了管仲與齊桓公的對話認為齊桓公「仁不純，為霸君也」。由作者正「伯」、「霸」之名號可以窺見應劭對儒家「禮」的推崇，也可看出應劭以儒家的「禮」和「仁」作為品評古代帝王的標準，為施政者樹立應該遵循儒家治國之道的意識。

應劭除了深察帝王名號之外，還對祭祀非常重視。《左傳·成公十三年》說：「國之大事，在祀與戎。」〔註49〕這無疑道出了祭祀在國家政治生活中的重要地位，「對於一個政權來說，祭祀是它的合法性的獲得的途徑、鞏固的措施和宣示的手段。一個政權通過各類祭祀活動建立與各種神靈、大地山川的隱秘的、神意的關聯，從而獲得對土地、人民的合法支配權。」〔註50〕而漢代「自高祖受命，郊祀祈望，世有所增。武帝尤敬鬼神，於時盛矣。至平帝時，天地六宗已下及諸小神凡千七百所，今營寓夷，宰器闕亡」〔註51〕，應劭有感當時人們祭祀的混亂，認為「淫祀無福」，對祭祀的神靈、山川也深察名號，期望為人們的祭祀樹立一個標準，保證祭祀的尊卑有序，因此他在《祀神篇》對祭祀的神祇如先農、社神、稷神等進行考證辨別，在《山澤篇》也對五嶽、四瀆等山川大澤的名號進行考察。應劭深察名號，期望通過名號的辨別為世人的行事為人樹立「禮」的統一標準。

（二）以禮統俗，崇儒復禮

《皇霸》篇首先通過辨物類名號突出了儒家「禮」所強調的尊卑有序並闡釋了儒家聖賢被後人推崇的原因，作者延續這一思路又在《正失》篇中以孔子的「眾善焉，必察之；眾惡焉，必察之」、孟子「堯舜不勝其美，桀紂不勝其惡」作為立論根據，對當時「傳言失指，圖景失形」之類的謬誤加以辨別，達到「糾其繆」的「復禮」目的，這都使人們對儒家的價值取向有了更清晰地認識。《愆禮》篇則在前兩篇的基礎上繼續深入，明確了禮的標準。「夫聖人之制

〔註48〕王利器：《風俗通義校注》，中華書局，2010，頁 19。
〔註49〕《十三經注疏》整理委員會整理：《十三經注疏·尚書正義》，北京大學出版社，1999，頁 1911。
〔註50〕喬清舉：《論儒家的祭祀文化及其生態意義》，載《現代哲學》2012 年第 4 期。
〔註51〕王利器：《風俗通義校注》，中華書局，2010，頁 350。

禮也，事有其制，曲有其防」〔註52〕，禮因為有了標準才可以讓「賢者俯就，不肖跂及」，才能在後世「可傳」、「可繼」。漢代非常重視倫理關係，但東漢末期由於政治的混亂、察舉制的弊端等原因，士人往往通過違背禮來博取聲譽，坐養身價。

應劭因此在《風俗通義》中記載了當時大量混亂的社會風氣，而從《風俗通義》僅存的十章中，記載當時違禮的社會風氣的就有《愆禮》、《過譽》、《十反》、《窮通》等章，除去《正失》、《祀典》、《怪神》對當時人信仰狀況的記載，對社會風氣的記載佔了現有《風俗通義》全書的將近一半，由此可見應劭對當時「風俗」的重視，筆者將紛繁複雜的違禮行為主要分為兩大類，分別為：倫理關係上的違禮、政治活動中的違禮。

（1）倫理關係上的違禮

我國漢代非常重視倫理關係，但是由於察舉制的弊端，士人往往通過違背禮制來沽名釣譽，在《風俗通義》「愆禮」、「過譽」、「十反」的 31 個故事中，就有 9 個故事是涉及到違背倫理上的禮制，現舉兩例如下：

> 九江太守武陵陳子威，生不識母，常自悲感。遊學京師，還於陵谷中，見一老母，年六十餘，因就問：「母姓為何？」曰：「陳家女李氏。」「何故獨行？」曰：「我孤獨，欲依親家。」子威再拜長跪自白曰：「子威少失慈母，姓陳，舅氏亦李。又母與亡親同年，會遇於此，乃天意也！」因載歸家，供養以為母。〔註53〕

這則故事講述的是九江太守陳子威在路上遇到一個與自己母親同齡同姓的婦人，載回家中按侍奉母親之道奉養。這一故事與漢代出現的丁蘭刻母故事很接近，它從一個側面反映了漢代以孝治天下的狀況，但是這樣的行為明顯是荒誕而違背禮制的。《儀禮》上說「繼母如母，慈母如母」，繼母如同母親，沒有子女的父妾如同母親，關係如此親密的人也僅僅只是「如母」，沒有人把在路上遇到的一位與母同齡同姓的婦人當做母親來侍奉，應劭說「直可收養，無事正母之號耳。」收養即可，不必當做母親供養。這樣的母子關係不倫不類，是對禮制的破壞，同時也可看出當時士人為了博取聲譽，帶頭違禮的一個側面。除了母子關係上違禮，其他倫理關係如夫妻關係、兄弟關係、姐弟關係、朋友關係、師生關係無不違背禮制，沽名釣譽，博取社會輿論的關注，現再舉

〔註52〕王利器：《風俗通義校注》，中華書局，2010，頁137。
〔註53〕王利器：《風俗通義校注》，中華書局，2010，頁138。

一例如下：

> 山陽太守汝南薛恭祖，喪其妻不哭，臨殯，於棺上大言：「自同
> 恩好四十餘年，服食祿賜，男女成人，幸不為夭，夫復何恨哉！今
> 相及也。」〔註54〕

這則故事講的是山陽太守薛恭祖在妻子的喪禮上沒有因妻子的逝去傷心流淚，反而大言不慚的大發議論。應劭引用《儀禮》等典籍對薛恭祖的行為進行批判，應劭認為妻子既嫁給了自己，「澄漠洒灃，契闊中饋，經理蠶織，垂統傳重」，妻子為家庭辛苦勞作，在家事上已經盡心盡力了，微賤的鳥獸失去同伴尚且巡視掛念，何況是與自己相處了四十多年的妻子，應劭認為薛恭祖的行為是「此之矯情，偽之至也！」以上所列舉的只是倫理上違禮的兩種，筆者將書中涉及違反倫理禮制的行為以表格的形式全部呈現於下：

原文出處	倫理關係	違禮行為
《愆禮》大將軍掾敦煌宣度條	師生關係	為老師執哀仗，將老師與父親等同。
《愆禮》九江太守武陵陳子威條	母子關係	路遇與母同姓同齡婦人以之為母
《愆禮》山陽太守汝南薛恭祖條	夫妻關係	妻死不哭，臨殯於棺上大言。
《愆禮》太原郝子廉條	姐弟關係	曾過姊飯，留十五錢，置於席下。
《愆禮》南陽張伯大條	兄弟關係	年齡相仿且非親兄弟，卻以兄弟之禮相待，坐養身價。
《愆禮》公交車徵士汝南袁夏甫條	母子關係	母在，閉戶不出，遙拜母親，母親去世，不列服位。
《愆禮》公交車徵士豫章徐孺子條	朋友關係	徐孺子與黃瓊相善，瓊薨，徐孺子沒有謁刺，徑直弔喪，事迄便去。
《過譽》汝南戴幼起條	兄弟關係	弟讓財於兄，博取聲譽，舉為孝廉。
《過譽》太尉掾汝南范滂條	父子關係	貶低父親，抬高自己。

（2）政治活動中的違禮

漢代實行察舉制，但是東漢末年政治混亂，官場舉薦不實的事情多有發生，「舉秀才，不知書，察孝廉，父別居。寒索清白濁如泥，高弟良將怯似雞」的現象層出不窮。「對於大多數出身平民、家境貧寒的士人來說，要靠學問出眾而成名難乎其難，品行上達到『孝廉』或名士的水平倒相對容易一些」〔註55〕，一些

〔註54〕王利器：《風俗通義校注》，中華書局，2010，頁142。
〔註55〕葛劍雄：《大漢王朝》，長春出版社，2007，頁215。

人為了博取聲譽，往往故意做出很多違背禮制的行為。在東漢末年儒學式微的情況下，這些違禮的行為往往不被詬病卻被認為是名士風流，「世人誤之，猶以為高」〔註56〕，並且由於官吏的選拔是由上級官員舉薦地方上優秀的人才給國家，因此被舉薦的人與舉薦者便形成了一種朦朧的君臣關係，「知識分子就只能擠在成名和做官的獨木橋上了」〔註57〕，應劭在《風俗通義》所記政治上違背禮制的行為也大多涉及「成名」和「做官」兩種，而「做官」中下級和上級朦朧的君臣關係又是違禮行為中最多的。現各舉一例如下：

> 長沙太守汝南郅俊君章，小時為郡功曹。郡俗冬饗，百里內縣
> 皆持牛酒到府宴飲。時太守司徒歐陽歙臨饗禮訖，教曰：西部督郵
> 鮌延，天資忠貞……俊前跪曰：「司正舉觥，以君之罪，告謝於天。
> 明府有言而誤，不可覆掩。按延資性貪邪，外方內圓……君雖傾危，
> 臣子扶持，不至於亡，俊敢再拜奉觥。」歙甚漸。〔註58〕

　　這則故事講的是汝南人郅俊年輕時候擔任郡功曹，在一次冬饗上，當眾揭發督郵鮌延在上任期間的罪過，言辭激烈，讓本來誇讚鮌延的太守歐陽歙非常尷尬且慚愧。應劭引《大戴禮記》上的「風為上，狷為下。故入則造膝，出則詭辭，善則稱君，過則稱己」作為自己的評價標準，認為郅俊的這一行為實際上是譁眾取寵，博取聲譽，違反「君子不臨深以為高，不因少以為多」的美德。

> 弘農太守河內吳匡伯康，少服職事，號為敏達，為御史，與長
> 樂少府黃瓊共佐清河王事，文書印成，甚嘉異志。後匡去濟南相，
> 瓊為司空，比比援舉，起家拜尚書，遷弘農，班詔勸耕，道於澠池，
> 聞瓊薨，即發喪制服，上病，載輦車還府。〔註59〕

　　這則故事記載的是弘農郡太守吳匡年輕時候與黃瓊一起輔佐清河王劉蒜，以敏達著稱，後來吳匡擔任濟南相這一職位，黃瓊擔任司空，黃瓊多次引薦吳匡，吳匡相繼擔任尚書、弘農太守。吳匡頒詔勸勉農耕，經過澠池，聽到黃瓊的死訊後立即辦理喪事，穿起喪服，皇上生病才乘輦車回府。應劭認為吳匡雖為黃瓊所舉薦，但是既然按照考察選拔出來的吳匡和黃瓊並沒有君臣關

〔註56〕王利器：《風俗通義校注》，中華書局，2010，頁228。
〔註57〕王利器：《風俗通義校注》，中華書局，2010，頁216。
〔註58〕王利器：《風俗通義校注》，中華書局，2010，頁169。
〔註59〕王利器：《風俗通義校注》，中華書局，2010，頁145。

－62－

係，自然也沒有上下之分。《春秋公羊傳》「大夫出使，聞父母之喪，徐行而不反，君追還之，禮也」〔註60〕，大夫奉國君的命令出使他國，即使聽到父母的喪事也只能慢慢走而不可返回，國君召他回來他才能回，這才符合「禮」的要求，而吳匡竟然為了一己私恩，為引薦他的朋友發喪制服，這種政治行為是違背國家禮制的。以上兩例分別是為「成名」、「做官」而違反禮制的代表性的例子，《風俗通義》中類似這樣的事例還很多，在此不一一列舉，現以表格呈現於下：

原文出處	政治上違禮行為	違禮目的
《愆禮》弘農太守河內吳匡	與同事黃瓊互相引薦提拔，黃瓊薨，違禮為其發喪制服	博取聲譽，報答同事
《愆禮》長沙太守汝南郅俊	鄉饗之時，以下犯上，公開揭露他人過失	博取聲譽，以求高官
《過譽》汝南陳茂	友人犯罪，先救之，後害之。	未說明
《過譽》司空潁川韓陵	上司中風，瞞而不報，政從己出。	保住自己的官位
《愆禮》河南尹太山羊嗣祖	士大夫為前任長官母親服齊衰	違禮成風，不違禮反成另類。
《過譽》度遼將軍安定皇甫規	設計陰謀避位，使弟弟得以徵召。	使弟弟得以做官
《過譽》南陽五世公	顧念私恩，察舉同事之子，不以賢而以長。	報答已故同事段遼叔
《過譽》江夏太守河內趙仲讓	為官時詭詐放縱，進退放任自由。	矜好大言，博取「高士」聲譽。
《十反》唐高令樂安周璆	侄子殺人被捕，周璆沒有盡力營救，卻顯示自己剛正不阿。	博取聲譽
《十反》河內太守廬江周景	舉薦人才不詳覈善惡	未說明
《十反》河內太守司徒潁川韓演	舉薦人才不為善是從，不切實際，一味擯棄。	未說明
《十反》安定太守汝南胡伊	樊紹被貶，沒有據禮離職。	未說明
《十反》宗正南陽劉祖	臣下恃己為皇室後裔，拒絕為長官駕車。	未說明，但提及此事讓劉祖得舉為孝廉。

〔註60〕　《十三經注疏》整理委員會整理：《十三經注疏·春秋公羊傳注疏正義》，北京大學出版社，1999，頁1911。

《十反》聘士彭城姜肱	韋著為宦官曹節效力，無德政，唯戮是聞。	未說明
《十反》司徒九江朱倀	朱倀年老，拒絕退位讓賢。	保住官位
《十反》蜀郡太守穎川劉勝	杜密離官回家，不在其位謀其政。	博取聲譽
《十反》豫章太守汝南封祈	周乘不為舉薦者服喪，治政沒有聲譽，棄職。	未說明

應劭列舉了當時社會上各種沽名釣譽、違背禮制的事情，引用儒家的典籍一一批判，為復禮給出行為實踐上的指導。應劭用「禮」來統攝「俗」，對社會上普遍存在的違背禮制的世風、政風進行批判，企圖以儒家的「禮」為社會提供一個「可繼」、「可傳」的行為規範。

（3）崇雅正之樂，移風易俗

「中國封建統治階級歷來非常重視音樂，『作樂』與『制禮』並行所以樂律、樂器的製作以及音樂的演奏都很講究。」〔註61〕《易經》中記載「先王作樂崇德，殷薦之上帝，以配祖考」〔註62〕，《尚書》中記載：「八音克諧，無相奪倫」〔註63〕，《荀子·樂論》中說：「樂者，聖人之所樂也，而可以善民心，其感人深，其移風易俗，故先王導之以禮樂而民和睦。」〔註64〕《論語·泰伯》提出「興於詩，立於禮，成於樂」。〔註65〕董仲舒在《天人三策》中認為「故王者成功作樂，樂其德也，治定制禮。樂者，所以變民風、化民俗也，其變民也易，其化人也著。故聲發於和而本於情。」〔註66〕從這些文獻的記載來看，古人很早就認識到了「樂」對人教化的重要作用，它感人至深，先王以禮樂來移風易俗。「儒家很早就注意到了音樂文化改良社會、輔佐王道的功能與價值」〔註67〕，儒家特別強調禮樂教化，儒家的樂中包含「德」的因素，因此不管是平頭百姓還是作為統治階級的君王也無不需要接受「樂」的薰陶。應劭在《風

〔註61〕趙泓譯注：《風俗通義全釋》，貴州人民出版社，1998，頁223。
〔註62〕《十三經注疏》整理委員會整理：《十三經注疏·周易正義》，1999，頁85。
〔註63〕《十三經注疏》整理委員會整理：《十三經注疏·尚書正義》，北京大學出版社，1999，頁45。
〔註64〕王先謙、沈嘯寰、王星賢：《新編諸子集成：荀子集解》，中華書局，1988，頁44。
〔註65〕《十三經注疏》整理委員會整理：《十三經注疏·論語注疏》，北京大學出版社，1999，頁104。
〔註66〕班固著，趙一生點校：《漢書》，浙江古籍出版社，2002，頁792。
〔註67〕孟心：《風俗通義聲訓及其文化探析》，重慶師範大學2012年碩士學位論文。

俗通義》「聲音第六」章中引經據典，記載了大量的有關音樂方面的知識，如五聲、八音、樂器的形制、製作者等。其中最能反映應劭儒家思想的是這章的序言以及應劭對晉平公聽瑟的記載，在序言中應劭認為：

> 《易》稱：先王作樂崇德，殷薦之上帝，以配祖考。《詩》云：鍾鼓鍠鍠，聲管鎗鎗，降福穰穰。《書》曰：擊石拊石，百獸率舞。鳥獸且猶感應，而況於人乎！況乎鬼神乎！夫樂者，聖人所以動天地，感鬼神，按萬民，成性類者也。故皇帝作《咸池》，顓頊作《六莖》，嚳作《五英》，堯作《大章》，舜作《韶》，禹作《夏》……《夏》，大乘二帝也。《韶》，繼堯也。《大章》，章之也。《五英》，英華茂也。《六莖》，及根莖也。《咸池》，備矣。〔註68〕

　　應劭引用儒家經典對「樂」的重要性予以闡發，認為先王制樂推崇道德，可以感動天地鬼神，安撫萬民，使有生命的萬物得以成長。但是「樂」又要與人的德行相配。應劭在對「瑟」的記載中大篇幅地引用了《春秋》中師曠為晉平公奏樂的事情。師曠初為晉平公奏清徵之音時有十六隻黑鶴飛來，再奏，黑鶴排列成行而來，接著再奏，黑鶴翩翩起舞，聲音震動雲天。晉平公大悅，要求師曠為他奏更好聽的清角之音，但師曠認為晉平公「主君德薄，不足以聽之，聽之將恐有敗」，師曠在晉平公的要求下不得已奏了清角之調，「一奏之，有雲從西北起，再奏之，暴風亞至，大雨豐沛，裂帷幕，破俎豆，墮廊瓦，坐者散走。平公恐懼，伏於室側，身遂疾痛，晉國大旱，赤地三年。」應劭也借這個故事表達了自己對君王治國理政的要求，即「不務德治而好五音，則窮身之事也」，君王不致力於德政而沉湎於音樂，那就是自取其辱了。除此之外，應劭在對諸多樂器的記載中無不包含著他對禮樂的推崇，如：

> 笛者，滌也，所以蕩滌邪穢，納之於雅正也。〔註69〕

> 箛者，憮也，言其節憮威儀。〔註70〕

　　應劭認為笛子可以滌蕩人內心的淫邪污穢，起到淨化心靈的作用，而箛可以節制人的惆悵之情，它的音節可以令人想起莊嚴的儀容舉止，因此能夠增強人的信心，使人哀而不傷，精神振奮。從應劭對這兩種樂器的記載，我們也可以看出作者非常重視樂器的社會教化功能，應劭認識到音樂在教化民眾中的

〔註68〕王利器：《風俗通義校注》，中華書局，2010，頁 267。
〔註69〕王利器：《風俗通義校注》，中華書局，2010，頁 304。
〔註70〕王利器：《風俗通義校注》，中華書局，2010，頁 312。

重要作用，對禮樂的推崇可以端正人心，改善社會風氣，以裨補於政教。不僅如此，應劭在文章中摘錄的《詩經》引文共有 57 條，其中《大雅》18 條，《小雅》21 條，二者占引文的一大半以上，而與此形成鮮明對比的則是「風」的部分引用極少。《詩經》中的「雅」即雅正之樂，主要是貴族宮廷演奏或祭祀時的音樂，「風」則多來自民間，其中不少篇章帶有怨恨憤懣的情緒。由應劭的引用情況可以看出他對雅正之樂的推崇。

《隋書・經籍志》將《風俗通義》列入子部雜家類，並談到「雜者，蓋出史官之職也。」〔註71〕《隋書・經籍志》釋「雜家」曰：「雜者，兼儒、墨之道，通眾家之意……雜錯漫羨，無所指歸。」自此以後的傳統目錄學家多將《風俗通義》歸入子部雜家類，但有些學者已經認識到這樣分類的偏頗，如宋代的洪邁、清代的張之洞。洪邁在其《容齋隨筆》中寫道：「晉唐至今，諸儒訓釋六經，否則自立佳名，蓋各以百數，其書曰傳、曰解、曰章句而已。若戰國迨漢，則其名簡雅，一曰故，故者，通其指義也；《書》有《夏侯解故》，《詩》有《魯故》、《后氏故》、《韓故》也。《毛詩故訓傳》，顏師古謂：『流俗改「故訓傳」為「詁」字，失真耳。』小學有杜林《倉頡故》。二曰微，謂釋其微指，如《春秋》有《左氏微》、《繹氏微》、《張氏微》、《虞卿微傳》。三曰通，窪丹《易通論》名為《窪君通》，班固《白虎通》、應劭《風俗通》，唐劉知幾《史通》、韓混《春秋通》」〔註72〕。洪邁將故、微、通列為漢代以降諸儒訓釋六經的三種書體形式，其言外之意是將《風俗通義》歸為子部儒家類。

張之洞在《書目問答》中將《風俗通義》歸入子部儒家類，他認為「雜記事實者入雜史，雜考經史者入儒家」，儒家類「為讀一切經、史、子、集之羽翼」〔註73〕。隨著研究的深入，後世學者如毛英萍、許殿才在《應劭與〈風俗通義〉》一文中提到「《風俗通義》是一本特殊性質的史著，其書『以記述歷代風俗禮儀為中心，上至考察古代歷史，下至評論時人流品，旁及音樂、地理、怪異傳聞等』意圖通過『辨物類名號，釋時俗嫌疑』，起到齊風俗、明義理、正人心的作用，以往的目錄書往往把它作為雜家之言而歸入子部雜家類，考慮似乎有些欠妥。」〔註74〕對《風俗通義》的目錄學分類和應劭的學術思想指歸

〔註71〕魏徵、令狐德棻撰：《隋書》，中華書局，1973，頁 1010。
〔註72〕洪邁：《容齋隨筆》，上海古籍出版社，2015，頁 464。
〔註73〕張之洞著，范希曾編：《書目答問補正》，江蘇古籍出版社，2000，頁 187。
〔註74〕許殿才，毛英萍：《應劭與風俗通義》，載《中國社會科學院研究生院學報》
　　　　2009 年第 3 期。

的考查最不能忽略的就是《風俗通義》這一著作本身，而《風俗通義》全書引經據典是最為明顯與突出的言說特徵，因此對《風俗通義》所引書目進行考查的重要性就此凸顯出來了。筆者綜合以上對《風俗通義》引書的結構特徵和思想特徵的分析，認為《風俗通義》所引儒家典籍不僅在數量占絕大部分，而且應劭引書中的儒家思想也是一以貫之的。應劭引用儒家經典作為自己立論的依據，評判人、事的標準，因此應劭的思想歸屬當屬儒家，這是顯而易見而又確定無疑的，因此筆者認為《風俗通義》當歸於子部儒家類，而不當歸於子部雜家類。

第三節　引經據典言說方式的時代探因

應劭在《風俗通義》的撰寫過程中大量地引經據典，並且以儒家的經典為自己品評人、事的標準，即依經立意。應劭引經據典，依經立義是其個人寫作的特色，還是在那個時代創作風氣影響下的個體呈現？我們不難理解應劭引經據典、依經立意的目的是為了達到他「移風易俗」的創作意圖，使「言通於流俗之過謬，而事該之於義理」。作者引經據典是用當時人們公認的道理、原則，或者是人們普遍承認的「應然的」道理作為論據來證明自己觀點的正確性。應劭對經典的引用除了使自己的論述更加透徹和充分之外，更為自己的論述提供了合法性和權威性，引經據典和依經立意互相連接起來，引經據典是為了依經立意，是為了在言說上取得話語的強勢地位，使自己的言說成為評述對象的標準，是「義理」的維護者與「流俗」的批判者。筆者縱觀漢代相關的文學作品如漢初陸賈的《新語》、賈誼的《新書》，董仲舒的《春秋繁露》，漢昭帝時期桓寬的《鹽鐵論》、東漢章帝時期班固的《白虎通義》、王充的《論衡》、東漢末期仲長統的《昌言》、徐幹的《人物志》等著作中發現引經據典、依經立義不僅僅是應劭個人的創作特色，這更是四百多年的漢代的文章特色。由應劭《風俗通義》的引經據典、依經立義可以推衍到整個漢代文章的經學特色，因此對應劭「引經據典」的探究不僅僅可以解決應劭個人創作特色的源流問題，還可以管窺到整個漢代經學、政治、文化的大背景。筆者認為應劭「引經據典」創作風格的形成是由漢初奏議的文風鋪墊、漢武帝「罷黜百家，獨尊儒術」的文化導向，漢儒「通經致仕」的政治訴求，應劭個人對「通學」的追求所共同導致的。

一、引經據典與漢初奏議的文風鋪墊

「奏議是我國古代社會臣下上奏帝王文書的統稱，也是最高統治者掌握情況、進行決策的重要依據，甚至是其加強統治的工具」〔註75〕，長年的秦末農民戰爭、楚漢戰爭都留給漢代一個經濟凋敝、百廢待興的爛攤子，劉邦雖然只是布衣出身卻非常善於用人，他善於聽取採納他人的意見。開國之初，劉邦就非常注意對歷史經驗的總結，他讓列侯、將領評說他得天下、項羽失天下的原因，要求直言不諱。劉邦希望通過廣開言路的方法為漢代總結歷史經驗教訓，這一求直言、容直言的作風被漢代後來的許多君王所繼承，因此漢代的奏議非常興盛，清代劉開在《與阮芸臺宮保論文書》中對此現象評價道：「文莫盛於西漢，而漢人所謂文者，但有奏對封事，皆告君之體耳。」

「再從漢初的文化人方面看，作為文化人，他們對自身的政治權利和責任，具有高度的自覺性，出於在秦受冷落後的補償心理，他們迫切希望在新政權中發揮其政治文化作用。」〔註76〕因此在漢初，持各家學說的士人都是有用武之地的，「高祖立國到武帝獨尊儒學這七十年，士子的思想還是很自由開放的，戰國時期自由爭鳴的學風猶在，思想界還沒有出現一統的局面」〔註77〕，但儒家學說一開始便在漢代的政權中表現了長於守成的優勢。「漢五年，已併天下，諸侯共尊漢王為皇帝於定陶，叔孫通就其儀號。高帝悉去秦苛儀法，為簡易。群臣飲酒爭功，醉或妄呼，拔劍擊柱，高帝患之」〔註78〕，在劉邦為群臣飲酒爭功時的放肆而深感憂慮的時候，叔孫通適時地提出為漢朝制禮作樂的主張，數月之後劉邦檢閱群臣，大為欣喜，感慨「吾乃今日知為皇帝之貴也」。儒家在漢代一開始便表現出了「夫儒者難與進取，可與守成」的優勢，許多懷抱儒家理想的士人認識到要使漢代長治久安，推崇儒學是非常必要的，因此高祖時期的陸賈「時時前說稱《詩》、《書》。高帝罵之曰：『乃公居馬上得之，安事《詩》、《書》』！陸生曰『馬上得之，寧可馬上治乎？且湯武逆取而以順守之，文武並用，長久之術也……向使秦以併天下，行仁義，法先聖，陛下安得而有之？」劉邦被陸賈這麼一問，問得「不懌，有慚色」，因此劉邦讓陸賈為他進言「秦之所以失天下，吾所以得之者，及

〔註75〕王啟才：《漢代奏議的文學意蘊與文化精神》，人民出版社，2009，頁1。
〔註76〕王啟才：《漢代奏議的文學意蘊與文化精神》，人民出版社，2009，頁46。
〔註77〕韓維志：《察舉制度與兩漢文學關係之研究》，世界圖書出版公司，2014，頁164。
〔註78〕司馬遷撰：《史記》中華書局，1959，頁2722。

古今成敗之國」的原因。〔註79〕陸賈為此撰寫奏議十二篇,「每奏一篇,高帝未嘗不稱善,左右呼萬歲,稱其書曰《新語》。」陸賈的《新語》雜糅著儒家和縱橫家的氣質,「但看他上奏給高祖的文章,縱橫氣僅是外表,他的文章的真正特質和內核還是儒家。如陸賈在其《新語》一書一開篇就開始引經據典,依經立意,以成「道基」:

> 傳曰:「天生萬物,以地養之,聖人成之。」功德參合,而道術
> 生焉……仁者,道之紀,義者,聖之學。學之者明,失之者昏,背
> 之者亡。陳力就列,以義建功,師旅行陣,德仁為固,仗義而強,
> 調氣養性,仁者壽長,美才次德,義者行方。君子以義相褒,小人
> 以利相欺,愚者以力相亂,賢者以義相治。穀梁傳曰:「仁者以治親,
> 義者以利尊。萬世不亂,仁義之所治也。」〔註80〕

　　陸賈開篇第一章就大量地引經據典,據王利器先生考證,陸賈在開篇第一章「道基」中所引的儒家典籍就有《春秋》、《尚書》、《易》、《詩經》、《論語》、《韓詩外傳》、《荀子》、《孟子》等。陸賈認為漢代要長治久安就一定要使帝王明白儒家典籍中治國安邦的道理,所以全書第一篇取名為「道基」。該篇引經據典,依經立義,為《新語》一書奠定了以儒家為治國之道的思想基調。《四庫全書總目》對陸賈《新語》的評價是「大旨皆崇王道、黜霸術……皆以孔氏為宗,所援據多《春秋》、《論語》之文」〔註81〕,四庫館臣對陸賈的評語也再次表明了陸賈希望通過引用儒家經典來表達其「崇王道、黜霸術」的政治理想,即「引經據典,依經立義」,「陸賈這一有別於漢初諸子的文章特徵,就是漢代奏議依經立義、引經據典的最早源頭。」〔註82〕

　　除了高祖時期極力推崇儒家思想的陸賈,文帝時期的賈誼和賈山等人也積極地推崇儒家的治國之道,賈誼、賈山在他們奏疏代表作的《新書》和《至言》中都極力推崇儒家的治國之道,二人在奏疏的創作上均繼承了陸賈「引經據典,依經立義」這一文章特徵,寫作中廣泛徵引的儒家典籍有《詩經》、《論語》、《孟子》等。這些奏疏「引經據典,依經立意」的言說特徵在武帝之前還是很少的,「在漢武帝以前的察舉疏奏基本上是就事論事,除非必要,很少引

〔註79〕司馬遷撰:《史記》中華書局,1959,頁 2699。
〔註80〕陸賈:《新語校注》,中華書局,1986,頁 1。
〔註81〕紀昀等:《印景文淵閣四庫全書子部一六八·雜家類》,臺灣商務印書館,1983,頁 89。
〔註82〕韓維志:《察舉制度與兩漢文學關係之研究》,世界圖書出版公司,頁 165。

用經典，因此文風爽利而簡潔，論事深刻而透闢」〔註83〕，但是在諸儒的努力推崇下，引經據典、依經立義的奏疏特徵成了武帝後期極為常見的文章特點。漢初三子為使儒學成為國家意識形態不懈努力，在文學上首開漢代文章「引經據典、依經立義」的經學的言說方式，為武帝後期以及東漢的文學創作都作了文風上的鋪墊，奏議中引經據典、依經立義的言說方式成為兩漢最主流的話語方式。應劭雖遲為東漢末年之人，但是他的奏議無不體現著「引經據典、依經立義」的言說方式特徵，如《後漢書·楊李翟應霍爰徐列傳》中記載了應劭的一篇駁議：

> 初，安帝時河間人尹次、潁川人史玉皆坐殺人當死，次兄初及玉母軍並詣官曹，求代其命，因縊而物故。尚書陳忠以罪疑從輕，議活次、玉。劭後追駁之，據正典刑，有可存者。其議曰：《尚書》稱：「天秩有禮，五服五章哉。天討有罪，五刑五用哉。殺人者死，傷人者刑……此百王之定制，法之成科。高祖入關，雖尚約法，然殺人者死，亦無寬降。夫時化則刑重，時亂則刑輕。《書》曰「刑罰時輕時重」，此之謂也。
>
> 今次、玉，公以尚書陳忠清時釋其私憾，阻兵安忍，僵屍道路。朝恩在寬，幸至冬獄，而初、軍愚狷，妄自投斃。昔召忽親死子糾之難，而孔子曰「經於溝瀆，人莫之知。朝氏之父非錯刻峻，遂能自隕其命」……今殺無罪之初、軍，而活當死之次、玉，其為枯菙，不亦然乎？陳忠不詳制刑之本，而信一時之仁，遂廣引八議求生之端。夫親故賢能，功貴勤賓，豈有次、玉當罪之科哉？若乃小大以情，原心定罪。此為求生，非謂代死可以生也。敗法亂政，悔其可追。〔註84〕

這則故事記載了安帝年間尹次、史玉因為殺人而應判為死罪，尹次的哥哥、史玉的母親為了能使他們免於死罪而上弔自殺，尚書陳忠欲從輕發落以使尹次、史玉免於死罪。應劭「據正典刑」，對這一行為發表議論並駁斥了陳忠。應劭在其駁議一開篇便引用了《尚書》中的原話認為上天懲罰有罪之人，接著又引用荀子、孔子的話，認為「殺無罪之初、軍，而活當死之次、玉」的行為是違反天道的。應劭批評陳忠的行為是為「一時之仁」而違法了國家的法紀，

〔註83〕韓維志：《察舉制度與兩漢文學關係之研究》，世界圖書出版公司，頁164。
〔註84〕范曄著，李賢等注：《後漢書》，中華書局，1965，頁1610～1611。

是「敗法亂政」的行為。應劭雖遲為東漢末期的人，但是他的駁議卻與漢初的陸賈、賈誼、賈山的奏議在「引經據典、依經立義」的言說方式上沒有什麼差別，而且比漢初更加注重對經典的引用。應劭的《風俗通義》雖不是奏議，但該書在創作上也極明顯的體現出應劭奏議中「引經據典，依經立義」的文章特徵，漢初三子與東漢末期的應劭雖時隔百年，但在創作思想和寫作方法上對「引經據典，依經立義」的遵守卻如出一轍，因此應劭《風俗通義》「引經據典」的言說方式特徵可溯源到漢初首開「引經據典」特徵的奏議文風是明顯而又確切的。

二、引經據典與武帝「罷黜百家，獨尊儒術」的文化導向

　　漢初經濟凋敝，休養生息便顯得極其重要，因此漢初占統治地位的是黃老學說，實行無為而治，不干擾人民，使「載其清靖，民以寧壹」〔註85〕，但漢初實行無為政策的初衷和目的都是維護漢代的大一統，「至於黃老道家集大成之作《淮南子》，更是在完全肯定統一的思想下講無為而無不為的政治，不但它的立論基礎──道，是『覆天載地，廓四方，柝八極』（《淮南子·原道訓》），是統一的、無所不包的，它『觀天地之象，通古今之事』，種種議論都是要『以通天下，理萬物，應變化，通殊類』（《淮南子·要略》）」〔註86〕。漢初在黃老思想的指導下確實取得了很大的成效，國力也日漸強盛起來。文帝、景帝在位的三十多年裏，黃老思想十分盛行，但至武帝時期，朝廷內部和外部均出現了很大的變化。國家內部各諸侯國勢力日益膨脹，至景帝時期的七國之亂，更讓統治者看到了加強中央集權的必要性，而此時西北匈奴的勢力也是異常雄厚，常常侵略中原，威脅漢代的安全。在這種內憂外患之下，黃老思想日益暴露了其不足之處，而此時的儒學勢力在叔孫通、陸賈、賈誼、賈山等人的努力下也逐漸恢復，儒道兩家的矛盾因此日益尖銳起來，正如《史記·老莊申韓列傳》中所謂的「世之學老子者則絀儒學，儒學亦絀老子，道不同不相為謀，豈謂是邪？」。

　　黃老之學已經不能滿足漢代加強中央集權的需要了，強調大一統的儒家開始進入漢武帝的視野。在漢武帝繼位之初，漢武帝就「詔丞相、御史、列侯、中二千石、二千石、諸侯相舉薦賢良方正、直言極諫之士」，作為丞相的衛綰

〔註85〕班固著，趙一生點校：《漢書》，浙江古籍出版社，頁 667。
〔註86〕熊鐵基：《秦漢文化史》，東方出版中心，2007，頁 80。

上奏武帝，主張「所舉賢良，或治申、商、韓非、蘇秦、張儀之言，亂國政，請皆罷」。衛綰的建議使漢武帝正式設置了「《詩》《書》《禮》《易》《春秋》」的「五經博士」，這標誌著儒家思想在意識形態上得到了統治者的認可。隨著竇太后的去世，黃老之學退出了政治舞臺，董仲舒「罷黜百家，獨尊儒術」的理想得以順利實現。元光元年，董仲舒在漢武帝詔舉賢良對策上對策三篇，在策文中董仲舒闡釋了「罷黜百家，獨尊儒術」的主張，董仲舒在其《天人三策》中引經據典，依經立義。

僅以董仲舒第一策為例，董仲舒在第一策中首先表明自己的觀點來源於《春秋》，「臣謹案《春秋》之中」，以此表明自己以《春秋》為立論之根據，引儒家經典為自己的策論提供政治合法性。董仲舒在第一段的末尾便直接引用「《詩》曰：『夙興匪解』，《書》曰：『茂哉茂哉』」來勸勉漢武帝要勤於學問；接著又引用「孔子曰：人能弘道，非道能弘人也」，告誡漢武帝「故廢亂治興在於己，非天降命不得可反」，希望漢武帝能勤於政事；接著又引用《尚書·泰誓》中的「白魚入於王舟，有火復於王屋，流為烏」的原文，並用論語中的「德不孤，必有鄰」來論證君王若積善成德便有詳瑞出現。〔註87〕董仲舒在天人三策中以儒家經典為立論依據，或直接引用或化用儒家經典中的句子為自己的表達，在此不一一列舉。董仲舒在天人三策中大量引用了《詩經》、《易》、《尚書》、《春秋》、《論語》等典籍為其「諸不在六藝之科、孔子之術皆絕其道，勿使並進」的言說目的提供了合法性和權威性，這也充分表現了「漢文本色」。「董仲舒的奏疏是漢代文章經學化的最典型的案例，在陸賈、賈誼、賈山和晁錯那裡習見的縱橫捭闔、氣象開闊，雜引儒典和百家經典的現象，在董仲舒這裡一變而為中和典雅，紆徐有度、惟引儒典。」〔註88〕

漢武帝採納董仲舒的建議，並於元朔五年為博士官設弟子員，因此儒家學說終於在武帝時期上升到統治思想的高位，完成了統治思想的轉折，而這一轉折對以後官員和帝王的言說方式都產生的極大的影響。雖然「漢家自有法度，本以霸王道雜之」，但隨著「罷黜百家，獨尊儒術」政策的採納和施行，不管是帝王還是臣子都形成了一種「宗經」的主流意識形態，「武帝以來儒學的神聖化與經典的神聖化造成了儒家經典的被崇拜，於是大量引用經典語句和先

〔註87〕班固著，趙一生點校：《漢書》，浙江古籍出版社，頁798。
〔註88〕韓維志：《察舉制度與兩漢文學關係之研究》，世界圖書出版公司，頁169。

聖意見」〔註89〕，引經據典、依經立義的言說方式成為漢武帝之後直到東漢末期最主流的言說方式。正如劉勰在《文心雕龍》「詔策」、「才略」中說的：「雄、向以後頗引書以助文」、「中興之後，群臣稍改前轍，華實所附，斟酌經辭」。〔註90〕皇帝提倡經學，如西漢的漢宣帝、東漢的漢章帝均以國家最高統治者的身份主持石渠閣經學會議和白虎觀經學會議。經學明達者可以位列三公，唯有引經據典才能讓他人信服，在這樣的文化氛圍中不管是帝王還是臣子都積極引經據典。皇帝在自己的詔書中就頗為積極地「引經據典」，上有所好，下必甚焉！帝王之舉無疑對社會具有強烈的導向作用，如《漢書·雋疏於薛平彭傳》中記載漢昭帝對雋不疑善用《春秋》斷衛太子之案的激賞，要求「公卿大臣當用經術明於大誼」。而皇帝自己的詔書中也常常要求大臣「以經對」，如《漢書·成帝紀》中記載了成帝「壯好經書，寬博謹慎」，成帝的詔書有很明顯的「引經據典」的示範作用：

> 詔曰：乃者，火災降於祖廟，有星孛於東方，始正而虧咎孰大焉！《書》云：「惟先假王正厥事。」群公孜孜，帥先百僚，輔朕不逮。崇寬大，長和睦，凡事恕己，毋行苛刻。其大赦天下，使得自新。〔註91〕

> 詔曰：乃者，日蝕星隕，謫見於天，大異重仍。在位默然，罕有忠言。今孛星見於東井，朕甚懼焉。公卿大夫、博上、議郎其各悉心，惟思變意，明以經對，無有所諱。〔註92〕

由上面成帝的兩則詔書可以管窺「引經據典」這一言說方式在漢代的重要地位，由於皇帝的親自表率並且下詔書提倡，這對漢代臣子奏議、文章中的引經之風起到了極大的導向作用，而遲至東漢末期的應劭也無不體現著這一言說特點，建安元年應劭奏《漢儀》時說：

> 夫國之大事，莫尚載籍。載籍也者，決嫌疑，明是非，賞刑之宜，允獲厥中，俾後之人永為監焉。故膠東相董仲舒老病致仕，朝廷每有政議，數遣廷尉張湯親至陋巷，問其得失。於是作《春秋決獄》二百三十二事，動以經對，言之詳矣。

〔註89〕韓維志：《察舉制度與兩漢文學關係之研究》，世界圖書出版公司，頁164。
〔註90〕劉勰著，范文瀾注：《文心雕龍注》，人民文學出版社，1978，頁495。
〔註91〕班固著，趙一生點校：《漢書》，浙江古籍出版社，頁75。
〔註92〕班固著，趙一生點校：《漢書》，浙江古籍出版社，頁82。

從應劭的奏議中我們看到他對儒家典籍的重視以及對董仲舒的推崇，應劭認為儒家的典籍具有「決嫌疑、明是非、賞刑厥中」的重要作用，應劭對董仲舒的評價中透漏著他對「動以經對」的宗經意識的推崇，這說明帝王對「引經據典」的要求已經內化為漢代士人自身的內在追求了。「從西漢的武帝朝開始，一直到東漢的滅亡為止，儒生寫作疏奏沒有一個可以擺脫『依經立義』的框框」，《風俗通義》一書雖不是應劭的奏疏，但是應劭的思想確是一以貫之的，《漢儀》中引經據典的言說方式與《風俗通義》中引經據典並無二致，都是以儒家經典為立論依據，儒家典籍被應劭看為治國理政的大經大法，這其中無不透露出應劭以及兩漢極其顯著的「宗經」意識。《風俗通義》引經據典的言說方式和漢武帝「罷黜百家，獨尊儒術」的文化導向有著極其重要的關聯，引經據典、依經立義的言說方式是「罷黜百家，獨尊儒術」導向下的直接產物。

三、引經據典與漢儒「通經致用」的政治訴求

漢代民間有句諺語叫「遺子黃金滿籯，不如一經」〔註93〕或「遺子黃金萬兩，不如教子一經」，劉師培說：「兩漢之世，戶習七經，雖及子家，必緣經術」〔註94〕，從這些語句中我們不難看出漢代人對讀經之重視，社會上讀經風氣之盛大。漢代士人之所以重視讀經是與漢代的選官制度有著極為密切關係的，漢代士人「通經」是為了「致仕」，是為了實現其政治理想。漢武帝採納董仲舒「罷黜百家，獨尊儒術」的建議，儒家思想成為國家的意識形態，因此儒學在形式上獲得了合法性，是官方支持的唯一的意識形態。察舉人才至早在漢高祖時期就已經出現了，但是察舉制度卻是在漢文帝和漢武帝時期得到發展和完善的。儒術的獨尊是通過察舉制度一步一步加以實現並鞏固的，「察舉制是以儒家的原則作為人才選舉的標準，這使得儒學和權力，儒學和社會利益有著直接的聯繫，使得對儒學的熟知變成為改變社會地位的主要途徑，這深刻影響著儒學的傳播。」〔註95〕漢武帝令大臣、諸侯王向朝廷舉薦「賢良方正，直言極諫之士」，而「公孫弘以治《春秋》為丞相封侯，天下學士靡然鄉風矣。」〔註96〕公孫弘一介布衣卻因為治春秋「策奏，天子擢弘

〔註93〕班固著，趙一生點校：《漢書》，浙江古籍出版社，頁945～946。
〔註94〕劉師培：《中國中古文學史》，人民文學出版社，1959，頁11。
〔註95〕李輝：《漢代察舉制度及其意義》，蘭州大學2011年碩士學位論文，頁14。
〔註96〕班固著，趙一生點校：《漢書》，浙江古籍出版社，頁1076。

對為第一。召見，容貌甚麗，拜為博士，待詔金馬門」〔註97〕，公孫弘的青雲直上更極大地激發了當時讀書人對儒家經典的熱情，同樣專治《春秋公羊傳》的董仲舒也脫穎而出。

漢代非常重視取用那些精通儒家經典的士人，讓他們擔任政府要職，「一歲皆課，能通一藝以上，補文學掌故缺；其高弟可以為郎中，太常籍奏。即有秀才異等，輒以名聞。其不事學若下材，及不能通一藝，罷之，而請諸能稱者……自此以來，公卿大夫士吏彬彬多文學之士矣。」國家對人才的選拔、罷免是以其是否「通經」為標準，對官員所任職位高低的決定是以其「通經」的數量來決定。漢代這樣的人才選拔方式在武帝之後愈來愈凸出，正如《漢書·儒林列傳》所記載的「昭帝時，舉賢良文學，增博士弟子員滿百人，宣帝末，增倍之。元帝好儒，能通一經者復。數年，以用度不足，更為設員千人，郡國置五經百石卒史。成帝末，或言孔子布衣養徒三千人，今天子太學弟子少，於是增弟子員三千人。歲餘，復如故。」從武帝到東漢末期，國家對儒生的需求都在不斷地擴大，這樣的人才選拔制度必然需要有一個與之相適應的教育制度。

漢武帝採取了董仲舒在天人三策中提出的興辦太學的建議，「太學者，賢士之所關也，教化之所本原也。今以一郡一國之眾對，亡應書者，是王道往往而絕也。臣願陛下興太學，置名師，以養天下之士，數考問以盡其材，則英俊宜可得矣。」〔註98〕漢武帝採納了董仲舒的建議，設立了五經博士，由於《樂經》在漢代已經失傳，因此沒有設立博士，太學請那些精通儒家經典的經學大師為「博士」，招收「十八以上儀狀端正者」為「博士弟子」，課程設置以「通經致仕」為原則，以儒家經典為教材，「博士弟子」經考核合格後被授予官職。漢武帝這一行為「把秦始皇時的博士之業，《詩》、《書》和『百家之言』分開了，這是一個急劇的轉變，使得此後博士的執掌不為『通古今』而為『作經師』。換句話說，學術的道路從此限定只有經學一條了」〔註99〕，漢代的太學生從武帝時期的五十人發展到西漢末年「四海之內，學校如林，庠序盈門」，再到東漢時期最多的三萬多人，從中我們可以看到漢人對「通經致仕」的狂熱追求，正如夏侯勝所言：「士病不明經術，經術苟明，其取青紫如俯拾地芥耳。學經

〔註97〕班固著，趙一生點校：《漢書》，浙江古籍出版社，頁816。
〔註98〕班固著，趙一生點校：《漢書》，浙江古籍出版社，頁797。
〔註99〕顧頡剛：《秦漢的方術和儒生》，上海古籍出版社，1978，頁64。

不明，不如歸耕」〔註100〕，《漢書·儒林列傳》中的人大多也是因為明經術而得高官的。

意識形態上，經學開始了一統天下的局面，讀書人對「通經致仕」的狂熱追求使得儒家典籍成了國家的大經大法，士人不管做什麼都要在儒家經典裏引申出儒家精義作為行事準則，即通過引經據典、依經立義來為自己的行為提供合法性。當時的人們便以《詩經》為諫書，以《春秋》斷獄，以《禹貢》治河，以《洪範》察變，以《周易》判事，儒家典籍成了兩漢社會上的根本大法，正如東漢王充在《論衡》中所記載的：「君子敦貞之質，察敏之才，攝之以良朋，教之以明師，文之以《禮》《樂》，導之以《詩》《書》，贊之以《周易》，明之以《春秋》，其不有濟乎？」〔註101〕由此可以看出經學在漢代一統天下的局面，引經據典、依經立義自然成為當時最主流的言說方式，士人崇拜儒家經典、研讀儒家經典，而作為國家的統治者也大力提倡經學，鼓勵讀經。西漢漢宣帝大力提倡儒學，「博徵群儒，論定『五經』於石渠閣」，宣帝在甘露三年於石渠閣召開了一次重大的經學討論會，請諸儒講『五經』異同，宣帝對五經經義異同的問題以行政的手段加以決斷。經學在西漢具有極其重要的政治地位，而東漢較之西漢更盛，東漢初年，重建今文十四博士，興辦太學，太學生的數量越來越多，到漢質帝時太學生達到三萬多人，較之西漢為百倍之上，「太學諸生三萬餘人，郭林宗、賈偉節為其冠」〔註102〕。除了官辦的太學，東漢懸帳授徒的私學也極其繁榮。與西漢的「石渠閣」會議相似，漢章帝於白虎觀召開經學大會，講論「五經」異同，皇帝稱制臨決，儘管到東漢末期由於「黨錮之禍」，經學衰微，但是統治者對經學的推崇並未就此減弱，如漢靈帝採納蔡邕的建議於熹平四年「邕乃自書於碑，使工鐫刻立於太學門外」〔註103〕，於太學門外樹立石經在當時引起了極大的轟動，「及碑始立，其觀視及摹寫者，車乘日千餘兩，填塞街陌。」

由此，漢代在官吏選拔上建立了「通經致仕」為主導的選官原則，而這一原則又與當時的太學教育緊密結合，政權與教育的聯姻必然導致漢代士人對學習儒家經典的狂熱追求。上至王侯將相下到平民百姓，無不形成了濃烈的讀

〔註100〕班固著，趙一生點校：《漢書》，浙江古籍出版社，頁961。
〔註101〕黃暉撰：《論衡校釋》，中華書局，1990，頁621。
〔註102〕范曄著，李賢等注：《後漢書》，中華書局，1965，頁2186。
〔註103〕范曄著，李賢等注：《後漢書》，中華書局，1965，頁1990。

經氛圍，引經據典、依經立義成為漢代最主流的言說方式，「在當時，人們不論做什麼事情都要到經書中去找依據，上自朝廷的封禪、巡狩、郊祀、宗廟一類大事，下至庶民的冠婚吉凶、終始制度，都以儒家為準繩。官僚上朝言事，禮儀外賓，縉紳大夫待人接物、舉措應對，都必須引經據典。就連皇帝的詔書也引經據典」〔註104〕，自武帝後的帝王無不以引經據典為尚，「據統計《漢書》諸帝紀中保存西漢詔書約180篇，這些詔書共徵引經文35次，其中武帝時凡引8次，成帝時引10次。《後漢書》諸帝紀保存東漢詔書約120篇，徵引經文約50次，其中徵引經文最多的是章帝，約20餘次。被徵引的經典中，以《詩經》、《尚書》引用頻率最高。」〔註105〕

上有所好，下必甚焉，作為深受儒學家風薰染的應劭，無不懷揣「通經致仕」、「通經致用」的政治理想。應劭《風俗通義》一書中引經據典，從儒家經典中找到其評判當時風俗的理論依據，為自己的評判提供理論合法性，這是大的時代風氣在其身上的客觀投射，也是應劭要實現自己「為政之要，辨風正俗，最其上也」目標的主觀努力，引經據典、依經立義不僅是應劭在《風俗通義》中最重要的言說方式，更是綿延四百餘年的漢代最重要的言說方式。

四、引經據典與應劭對「通學」的時代追求

應劭引經據典的言說方式除了與上述漢初奏議的文風鋪墊、「罷黜百家、獨尊儒術」的文化導向、通經致仕的政治訴求有著極大的關聯外，還與漢末的「通學」有著密切的聯繫。應劭該書「舉爾所知，方以類聚，凡十一卷，謂之《風俗通義》」，後世學者認為該書考證掌故與《白虎通義》類似。明代的朱君復認為《風俗通義》與《白虎通義》伯仲之間，而何為「通義」？引經據典與「通」有什麼關聯？「通」的背後與東漢「通學」的時代追求又有何關聯？

我們不妨考察一下應劭在其書兩次提到的「通」：

> 舉爾所知，方以類聚，凡十一卷，謂之《風俗通義》。言通於流俗之過謬，而事該之於義理也。〔註106〕

應劭在開篇自序中表明自己著作此書是為了使「言通於流俗之過謬，而事該之於義理也」，對於當時流俗中的種種錯誤和荒誕，作者要使用何「言」

〔註104〕蕭東發，李勇：《教化於民——太學文化與私塾文化》，現代出版社，2014，頁42。

〔註105〕王啟才：《漢代奏議的文學意蘊與文化精神》，頁124。

〔註106〕王利器：《風俗通義校注》，中華書局，2010，頁4。

才能疏通各種流俗中的「過謬」而使得紛繁複雜的事情符合「義理」呢？上面的論述已經表明作者採用的是儒家聖人之言，要使各種風俗、事情符合儒家的「義理」，作者的「言」和「義理」不是自己杜撰出來的，而是以儒家之「言」、儒家之「義理」一以貫之，而「通義」一詞最早出現在《孟子·滕文公上》：「治於人者食人，治人者食於人，天下之通義也。勞心者，君也，勞力者，民也，君施教以治理之，民竭力治公田以奉養其上，天下通義所常行也。」〔註 107〕孟子在這裡所提到的「通義」指的是普天之下都適用的道理與法則，我們由此反觀《風俗通義》，「通義」一詞不正是應劭在充滿荒誕謬誤的風俗中以儒家之「義理」辨風俗、齊人心的一種努力麼？以儒家之「言」、儒家之「義理」辨風正俗便與引經據典言說方式的選擇有了一種自然而然的聯繫。而應劭第二次提到「通」的是：

> 儒者，區也，言其區別古今，居則習聖哲之詞，動則行典籍之道，稽先王之制，立當時之事，綱紀國體，原本要化，此通儒也。
>
> 若能納而不能出，能言而不能行，講誦而已，無能往來，此俗儒也。
>
> 章帝時，以賈逵為通儒，時人語曰：「問事不休賈長頭」〔註 108〕

應劭沒有單獨來談「通」，而是將同為儒生的「通儒」與「俗儒」進行對比，在對比中表明了他對「通」的認識，應劭認為只有潛心學習聖人典籍並將其落實到自己的行動中才算為「通」，考察先王的典章制度並且能夠應用於當世，有益於國家、民眾的人才是「通儒」，而那些只能學習卻不會應用，能說聖人之言卻不能有聖人之行的人則是「俗儒」。對章帝時期的賈逵，應劭也持贊許的態度，認為賈逵即為「通儒」。從應劭的簡短記載中我們可以窺見在應劭心中「通」是「知行合一」，不僅要學習「聖哲之言」，還要努力踐行儒家典籍上所教導的行為，有益於國家和民眾，應劭對「通」的評價體現了其價值觀念中強烈的現實主義傾向。應劭《風俗通義》一書大量引用儒家經典，開篇即為「皇霸」篇，他著重考察「三皇」、「五帝」、「三王」等名號，從中我們可以看到應劭對「聖哲之詞」、「先王之制」的學習和考察，而應劭《風俗通義》一書對大量風俗的記載並不是出於對風俗的興趣，作者更關注的是風俗背後的社會秩序、國家現狀。作者引經據典，以儒家典籍中的價值作為

〔註 107〕《十三經注疏》整理委員會整理：《十三經注疏·毛詩正義》，北京大學出版社，1999，頁 136。

〔註 108〕王利器：《風俗通義校注》，中華書局，2010，頁 619。

評判風俗的標準，如他在開篇的自序中便直接指出：「為政之要，辨風正俗，最其上也」，作者引經據典是為了「辨風正俗」，而「辨風正俗」的目標是「為政」，因此應劭對其著書目的的陳述正符合其對「通儒」的推崇與追求，即「立當時之事，綱紀國體，原本要化」。應劭著《風俗通義》正是他立「當時之事」的明顯體現，作者引經據典、評判風俗正是以「原本要化」來「綱紀國體」。應劭對「通儒」的追求使其在《風俗通義》的寫作上自然而然地選擇了「聖哲之詞」、「典籍之道」、「先王之制」。作者服膺儒家典籍中的道德觀，儒家聖哲的道德觀即是應劭自己的道德觀，因此應劭對「通儒」的追求在文學創作上最直觀的體現即是「引經據典」，而應劭對「通」的追求更是東漢士人對「通學」追求的一個側影，對「通學」的追求，不是應劭一個人的追求，更是一個時代的普遍追求，而何為「通學」？「所謂通學，就是以古文經為主的經今、古文的合流。」〔註 109〕

早在漢武帝時期，司馬遷便喊出了「究天人之際，通古今之變，成一家之言」的時代呼聲，「通」古今之變，在紛繁的事、物中尋求一種能一以貫之的大道成為兩漢士人的追求，而這一追求隨著今古文之爭的加劇而越來越強烈。經學在漢代確立了一統天下的局面，但是經學並不是鐵板一塊，經學內部今文經和古文經之間的爭論卻從未停止。二者因為經義的不同，為能否立為學官的政治利益而彼此攻訐。今文經擅長義理即「微言大義」，而古文經更重在文字的訓詁。兩漢時期今文經學被立為學官，在政治上具有優勢，因此對今文經的研習成為士人極大的風尚，但是這樣的局面卻也導致了對今文經解讀的混亂，如應劭在開篇自序中便記載道：「漢興，儒者競復比誼會意，為之章句，家有五六，皆析文便辭，彌以馳遠；綴文之士，雜襲龍鱗，訓注說難，轉相陵高，積如丘山，可謂繁富者矣。」〔註 110〕儒生競相附會，割裂字句而辨解文義，經學著作堆積如山，今文經學走向了瑣碎支離的道路，加之今文經與古文經之間的論爭越來越激烈，使得經學內部「異端紛紜，互相詭激」〔註 111〕，而這現象使得人們在價值選擇上無所適從。經學內部的爭論不利於國家意識形態的統一，早在漢哀帝時，統治者對這方面的焦慮便已存在，哀帝擔心這樣的

〔註 109〕 楊廣偉：《論鄭玄通學產生的歷史原因》，載《復旦學報（社會科學版）》1982年第 5 期。

〔註 110〕 王利器：《風俗通義校注》，中華書局，2010，頁 4。

〔註 111〕 范曄著，李賢等注：《後漢書》，中華書局，1965，頁 1213。

爭論會導致「文學錯亂」〔註 112〕。到了東漢，今古文經之間的爭論一浪高過一浪，光武帝在詔書中便提到：「五經章句繁多，議欲減省。」〔註 113〕這一現象一直困擾著漢代的統治者，漢章帝為了調和今古文經無休止的爭論，在白虎觀召開了經學會議，使「諸儒共正經義」，「將議五經異同」，五經中「通」的部分是統治者極為看重的。白虎觀會議的召開標示著東漢帝王自上而下的對「通」的一種導向，而應劭所推崇的賈逵和《白虎通義》的作者班固正是作為古文經代表與今文經代表參與駁辯的，求同的「通學」成了漢代經學發展必然要選擇的方向。

白虎觀會議內容經班固整理成《白虎通義》，班固在《白虎通義》中同樣有對「通」的推崇：「通者，何也？聖者，通也，道也，聲也。道無所不通，明無所不照，聞聲知情，與天地合德，日月合明，四時合序，鬼神合其凶。」〔註 114〕班固認為「通」是天地間的一種大道，「通」是聖人的代名詞，對「通」的追求即是對「聖」的追求，而班固同時期的王充對「通」也同樣推崇，「故夫能說一經者為儒生，博覽古今者為通人」、「儒生勝俗人、通人勝儒生」。〔註 115〕古文經學經過賈逵、馬融、許慎等人的發展慢慢與今文經學融合，「通學」成了經學發展的必然方向，而鄭玄順應了歷史潮流，他以「齊百家之學」作為自己的宗旨，「括囊大典，網羅眾家，刪裁繁誣，刊改漏失」〔註 116〕，創立了「通學」，「今古文學由對立而融合，產生了『通學』。而鄭玄『通學』不愧為漢代的最高成就」〔註 117〕。

而與鄭玄同時期的應劭，無不受到當時「通學」時代潮流的影響，應劭對「通儒」的定義、對賈逵的推崇無不體現著東漢「通學」的時代特色。應劭在《風俗通義》中引用大量的經典無不是為其追求「通學」而服務的，「東漢古文學蔚成風氣，而應劭不拘一家之學，對今古文學兼容並包。」〔註 118〕應劭在《風俗通義》中廣泛地徵引儒家典籍，博通經文經、古文經，作者引經據典的言說方式除了受到上述的三個方面的客觀影響外，更是作者在「通學」追求

〔註 112〕班固著，趙一生點校：《漢書》，浙江古籍出版社，頁 639。
〔註 113〕范曄著，李賢等注：《後漢書》，中華書局，1965，頁 782。
〔註 114〕吳則虞點校：《白虎通疏證》，中華書局，1994，頁 438。
〔註 115〕黃暉撰：《論衡校釋》，中華書局，1990，頁 543。
〔註 116〕范曄著，李賢等注：《後漢書》，中華書局，1965，頁 1213。
〔註 117〕許道勳，徐洪興：《中國經學史》，上海人民出版社，2006，頁 137。
〔註 118〕林鶴韻：《風俗通義述評與文獻學價值初探》，復旦大學 2012 年碩士學位論文。

上的主觀選擇，作者廣泛徵引今文、古文經正是其「立當時之事，綱紀國體，原本要化」的體現。「如果說《史記》和《漢書》尚未有『通儒』的記載，那麼在《後漢書》中論及『通儒』則可謂屢見不鮮，例如董鈞『博古通今』，『當世稱為通儒』。丁恭『學義精明，當世稱之大儒』。程曾著書百餘篇，皆『五經通難』……范曄撰《儒林傳》時，聲稱『但錄其能通經名家者』。這裡強調了『通經名家』，反映了東漢一代『通學』的逐漸發展狀況。」〔註119〕范曄撰寫《儒林傳》對入傳者的要求再次證明了東漢士人對「通學」的時代追求，「引經據典」使今古文合流正是這一時代追求下的必然選擇。引經據典的言說方式不僅是應劭的主觀選擇，也是東漢士人的共同選擇。

第四節　引經據典言說方式的價值和意義

一、引經據典言說方式與《風俗通義》的「辨風正俗」

引經據典的言說方式是《風俗通義》一書最突出的言說方式，而所引的典籍均集中在《風俗通義》的「總題」和「謹按」中，其議論性特徵是最為明顯的，這在應劭的自序中也可見一斑：「私懼後進，益以迷昧，聊以不才，舉爾所知，方以類聚，凡一十卷，謂之《風俗通義》。言通於流俗之過謬，而事該之於義理也。」〔註120〕作者提到自己這本書要使「言通於流俗之過謬，而事該之於義理也」，即表明本書的創作目的是要洞曉流俗中的謬誤，又用「義理」貫通各類事務，最終實現「辨風正俗」的目的。從中我們很明顯地看出《風俗通義》一書是富有說理性的，因此該書最大的特徵便是議論性特徵，而引經據典的言說方式對《風俗通義》的議論性特徵有什麼影響呢？

（一）為辨風正俗提供論據的合法性

「在漢儒看來，儒家經典是對治政的最好指導，其中包含的經典教義，正是千百年來治政經驗的總結，以這些文獻作為自己論證的依據，具有極強的說服力」〔註121〕，應劭著《風俗通義》也是從「為政」的實用性出發，其最終目的是要實現自己「為政之要，辨風正俗，最其上也」的目標，但是以何來「辨」、

〔註119〕許道勳，徐洪興：《中國經學史》，上海人民出版社，2006，頁127。
〔註120〕王利器：《風俗通義校注》，中華書局，2010，頁4。
〔註121〕戴建業，李曉敏：《論王符對漢代經學散文風格的突破》，載《甘肅社會科學》2013年第2期。

以何來「正」流俗呢？既然要「辨」、要「正」，就要說明誰對誰錯，即作者所言的「言流俗之過謬」。判斷流俗中的對與錯總要有一個判斷的標準，在應劭看來這個標準就是所有事情都要符合的「義理」。從上文《風俗通義》所引的典籍分析中我們已經知道了應劭所謂的「義理」就是儒家的道德標準，應劭在《風俗通義》中大量引用儒家經典正是為其辨風正俗提供思想標準的，應劭所處的東漢末期雖然「王室大壞、九州幅裂，亂靡有定，生民無幾」，但是儒家思想依然是統治階級的正統思想，儒家的道德標準也是應劭自己的價值標準。

應劭熟讀經史，在寫作中常常能信手拈來，應劭在《風俗通義》每章開始部分先以儒家經典引出自己要討論的議題，並通過這一方式為自己「辨風正俗」提供了理論上的合法性。在全書的「謹案」處再次引經據典，以辨風正俗，這在全書的「愆禮」、「過譽」、「十反」、「窮通」、「怪神」中被廣泛應用。如應劭在《愆禮》中一開始便借《詩經》中的「不愆不忘，帥由舊章」和《論語》中的「不為禮，無以立」樹立了「禮」的合法性，接著作者在記述各個故事後便在文末的「謹案」處引《儀禮》、《禮記》等典籍對故事中人物的行為進行評價。應劭在《風俗通義》所引典籍以及所引典籍出現的次數詳見第二節的統計表格，應劭引經據典的言說方式為其「辨風正俗」提供了論據的合法性，為其「辨風正俗」提供了思想標準。

（二）為辨風正俗提供論據的真實性

應劭採用引經據典的言說方式除了為其論證提供理論的合法性，還為其「辨」、「正」提供了論證材料。應劭所引典籍為《風俗通義》提供了大量的論據，表明了論證的史料來源及其審慎處理的態度。漢代經歷了惠帝廢除禁書令，廣開獻書之路後，官府藏書和民間藏書都非常豐富，加上「儒者競復比誼會意，為之章句」，漢代章句之學大興。儒生「析文便詞」、「訓注說難」，儒生皓首窮經，一經可以引申至百萬言，最終經典雖多，「積如丘山，為謂繁複者矣」，但對經典大義的把握卻是「彌以馳遠」，最終導致人們「紛然淆亂，莫知所從」。應劭在此便表明了漢代儒生對典籍過多的主觀闡釋使得人們對儒家的價值標準產生了混亂，最終使得人們「莫能原察」，而這也導致了漢末風俗中出現很多違背儒家禮制的愆妄之事，因此「辨風正俗」首先就要保證自己所引材料的真實性，因此需要回到史料的本來面目。應劭所引典籍為他「考鏡源流、辨章學術」提供了豐富的史料，表現了應劭所論有本，尊重事實，尊重證據，不憑空捏造的審慎的態度。

如在考證《皇霸》篇中「五帝」、「三王」名號時，應劭便廣徵博引《禮記》、《史記》、《禮號謚記》等漢代著作中對「五帝」、「三王」的記載，引用《易》、《尚書》、《詩經》、《論語》中的諸多材料，並結合訓詁，認為以上書中所記載的「五帝」、「三王」是名副其實的。但也對漢代的一些史書或注解表示懷疑，如對「五伯」的認識。如漢代對《春秋》的注解普遍認為齊桓公、晉文公、秦繆公、宋襄公、楚莊王是「五伯」，應劭對此存疑，他審慎地考察了《左傳》、《論語》、《詩經》中對以上五人的記載和評價，認為齊桓公「九合一匡，率成王室」、晉文公「為踐土之會，修朝聘之禮」，並引孔子對二人的評價，認為齊桓公和晉文公可以稱為「伯」，應劭結合史料認為其他三人不僅「無興微繼絕，尊王室之功」，而且給國家和人們帶了嚴重的災禍，不應該被為「伯」。

應劭以經典為資料來源，以考證為主要手段，不僅對漢代史書、注解中的謬誤進行了考訂，還對當時民間流傳的一些奇談怪論進行了考證，如「樂正后夔一足」中應劭引用《呂氏春秋》中的記載，否定了民間所流傳的夔只有一隻腳因而用心專一，最終使得音樂和暢的傳言。除此之外，民間還廣泛流傳著關於「葉令祠」、「燕太子丹」、「孝文帝」、「東方朔」、「王陽」、「宋均」等人的神話傳說，應劭廣泛地考察了相關史料，如《易》、《左傳》、《尚書》、《禮記》、《史記》、《漢書》等典籍，作者以史料的真實性來說話，使這些對流俗傳說在作者詳實的史料考證中不攻自破了。

二、引經據典言說方式對《風俗通義》語言風格的影響

（一）雍容典雅、溫柔敦厚的宗經色彩

「經學影響下的漢代散文，強化了作家的宗經意識，在思維模式上主張『依經立意』，在引《詩》論政上強調『美刺』觀念，在文章風格上要求『溫柔敦厚』」〔註122〕，作為具有強烈儒學信仰的應劭也不例外。他在書中的「總題」和「謹案」處大量引經據典，其中引用《詩經》最多，共有 57 次。《風俗通義》一書在某種程度上就是借風俗為對象，闡釋儒家經典意義的著作。引經據典的言說方式無疑也對《風俗通義》一書的語言風格產生了極大的影響。引經據典的言說方式是應劭以及漢代士人所普遍崇尚的，從引經自然而然就開始擬經，楊雄模仿《論語》創作《法言》、模仿《易》作《太玄》，首開漢代擬

〔註122〕戴建業，李曉敏：《論王符對漢代經學散文風格的突破》，載《甘肅社會科學》2013 年第 2 期。

經之風氣，而應劭在《風俗通義》序文中便表達了他對楊雄的推崇（詳見第二章論述）。擬經之風同時也影響到應劭，光從《風俗通義》的序和各章的「總題」便可窺見一斑。

《風俗通義》的「序」為我們交代了作者著作此書的緣起、目的，這相當於《風俗通義》的大序，是對全書總的交代，類似於《史記·太史公自序》和《漢書·敘傳》的體例。除了有統攝全書的大序外，應劭在書中每章開頭部分再次引經據典，為各章交代著作此章的緣由以及此章題名的來歷。四庫館臣也認識到這一體例，將其命名為「總題」，而這「總題」在實質上就是起到小序的功能，有統攝全書的大序，各章又俱有小序，正是大小序的結合，頗有點類似《毛詩序》，而這樣的「序」本身也是一種文體，它正來自應劭所引的儒家經典。《文心雕龍·宗經》有言：「論說辭序，則《易》統其首」〔註123〕，顏之推在其《顏氏家訓》中也認為：「序述論議，生於《易》者也」〔註124〕，而《風俗通義》對《易》的直接徵引就有 35 次之多，我們僅僅從「引經據典」言說方式出現較多的「序」的外在體例上便可以窺見《風俗通義》宗經的傾向。

以上所述的「序」只是「引經據典」言說方式在外在體例上的呈現，那麼「引經據典」言說方式在語言風格上又有什麼表現呢？我們還是可以從《風俗通義》「序」、「總題」、「謹案」各舉一例來看，應劭在「序」和「總題」、「謹案」中使用最多的句型是四言句，在「詩教」和「德政」觀念的影響下東漢中後期士人著作大多援引《詩經》，《詩經》的四言句型被認為是典雅宏麗的象徵，而《風俗通義》也不例外，全書所引典籍最多的也是《詩經》，共 57 次，僅僅從《詩經》被引的數量上來看，《風俗通義》一書受《詩經》語言風格的影響也是顯而易見的，下面我們來看下應劭自序中的部分內容：

> 昔仲尼沒而微言闕，七十子喪而大義乖。重遭戰國，約從連橫，好惡殊心，真偽紛爭。故《春秋》分為五，《詩》分為四，《易》有數家之傳。並以諸子百家之言，紛然淆亂，莫知所從。

> 漢興，儒者競復比誼會意，為之章句，家有五六，皆析為便詞，彌以馳遠；綴文之士，雜襲龍鱗，訓注說難，轉相陵高，積如丘山，可謂繁複者矣。而至於俗間行語，眾所共傳，積非習慣，莫能原察。

〔註123〕劉勰著，范文瀾注：《文心雕龍注》，人民文學出版社，1978，頁 460。
〔註124〕顏之推撰，王利器集解：《顏氏家訓集解》，上海古籍出版社，1980，頁 221。

今王室大壞，九州幅裂，亂靡有定，生命無幾。私懼後進，益以迷昧，聊以不才，舉爾所知，方以類聚，凡一十卷，謂之《風俗通義》。言通於流俗之過謬，而事該之於以理也。〔註125〕

以上是《風俗通義》序中的前半部分，應劭在這裡為讀者交代了他寫作《風俗通義》的背景和著書目的，在這兩百四十八字的內容中應劭共使用 41 個句段，其中四字的句段共有 28 個，而其他二字、五字、八字的句段共有 13 個，從使用句段的比例上我們便直觀地看到應劭大量使用四字句段作為其序的主要構成，這是對《詩經》語言風格的模仿，讀起來富有節奏，文氣闡緩，具有一種古樸典雅、深厚溫醇之感，引經據典的言說方式直接導致了作者在語言風格上強烈的宗經色彩。

大量使用四言句段除了在以上的「序」中有所體現，在《風俗通義》各章中「總題」和「謹案」中更是比比皆是，由於「總題」和「謹案」內容較多，在此筆者現僅列舉一章中「總題」和部分「謹案」內容為例：

孔子稱：「大哉！中庸之為德，其至矣乎！」又曰：「君子之道，忠恕而已。」至於許以為直，隱以為義，枉以為厚，偽以為名，此眾人之所致譽，而明主之所必討。蓋觀過知仁，謂中心篤誠而無妨於化者，故覆其違禮曰：過譽也。〔註126〕

以上為《風俗通義》第四章「過譽」的總題，作者在全章之初就引用孔子的感歎「大哉！中庸之為德，其至矣乎！」，孔子在《論語・雍也》中的這聲感歎在《過譽》開章之首橫空出世，頗有氣勢。作者接著引用《論語・里仁》中的「君子之道，忠恕而已」，「總題」開篇便用四言句段開始，除了使得其論據具有不可辯駁的「義理」之外，讀來頗有古雅之氣，接著作者又大量使用四字句段對當時的風俗狀況做一總結，點明自己著作此章的目的。

作者在「總題」中表明自己的著作論據和著作緣由後便列舉了許多人為求名而違禮的行為，雖然有的人獲得時人的稱讚，應劭亦結合儒家禮制引經據典，毫不留情地揭露了其人的虛偽和無知。如「司空潁川韓稜」中作者為我們講述了韓稜年輕時為郡裏的主簿，由於長官葛興中風，韓稜政從己出最後被揭發的故事，作者在文末的「謹案」中表達了他對這件事和韓稜的評價：

《易》稱：「守位以仁。」《尚書》：「無曠庶官。」《詩》云：「彼

〔註125〕王利器：《風俗通義校注》，中華書局，2010，頁 1～4。
〔註126〕王利器：《風俗通義校注》，中華書局，2010，頁 168。

君子不素餐兮。」《論語》:「陳力就列,不能者止。」《漢典》:吏病百日,應免,所以恤民急病,懲俗遺愆也……上令興負貪昧之罪,子被署用之愆,章問洵赫,父子湮沒。執事如此,謂禮義何!稜宜禁錮終身,中原非是。〔註127〕

作者在其「謹案」中首先引《易》、《尚書》、《詩經》、《論語》、《漢典》為據,說明如何為官才符合儒家義理。從應劭所引典籍的內容我們也可看到它們均是以四字句段為主,接著作者以儒家的為官標準評價葛興和韓稜的行為,認為葛興「官尊任重,經略千里」,應當「所訟侍祠,班詔勸課,早朝旰食,夕惕若厲,不以榮祿為樂,而以黔首為憂」。可葛興為保住自己的官位,讓韓稜暗中輔佐自己的行為乃是「位過招映,靈督其宜,風疾恍忽,有加無瘳」。應劭在此批評了葛興的「貪昧之罪」,接著便開始了對韓稜的評價,應劭認為「韓統機括,知其虛實,當聽上病,以禮選引」,然而韓稜卻為一己之私「上欺天子,中誣方伯,下誆吏民!扶輔耄亂,政自己出,雖幸無闕」,雖然「章帝即位,一切原除」,但是應劭認為其「罪不容誅」,應該「禁錮終身」。應劭不僅注意引用四字句段的儒家經典,自己對人事的評價也極力傚仿《詩經》的語言風格,從上面對葛興、韓稜的評價可見一斑。《風俗通義》中四字句段比比皆是,筆者不再一一贅舉。

僅從以上僅有 101 字的簡短「總題」以及應劭對他人的簡短評論文字中我們便可窺見「引經據典」的言說方式為《風俗通義》的語言賦予了明顯的宗經色彩。《風俗通義》全書多用四字句段,表現出應劭對《詩經》語言風格的傚仿,語言體現出古樸典雅、深厚溫醇、富有節奏、文氣闡緩的宗經風格。

(二)對仗工整、聲律鏗鏘的駢儷傾向

《風俗通義》除了帶有明顯的《詩經》語言風格之外,還很講究對仗的工整,聲律的鏗鏘齊整,具有較為明顯的駢文傾向。何為駢文?張仁青、莫道才在《中國駢文發展史》、《駢文通論》中並沒有直接給出定義。張仁青將歷史上的駢文分為二十五種,莫道才將駢文歸納為十三項,按照不同的歷史時期介紹駢文名稱和內涵的演變,二人均談到駢文語言上的特徵。譚家健先生在其《關於駢文研究的若干問題》中給駢文下了定義:「駢文是以對偶句為主,介乎散文與韻文之間的一種美文。這句話包括三點:一、以對偶句為主,這是駢文本

〔註127〕王利器:《風俗通義校注》,中華書局,2010,頁 178。

質所在，捨此不成其為駢文；二、對音律的要求在散韻之間；三、講究辭藻華麗的美學效果。」〔註 128〕筆者也頗為認同譚家健先生簡潔卻含義豐富的這一定義，從字源學上也可以直觀地看出駢文的大致內涵。許慎《說文解字》對「駢」的解釋是：「駢，駕二馬也。從馬，並聲。」〔註 129〕「駢」字的本意是指兩匹馬同時拉一輛車子，同拉一輛車的兩匹馬分列左右，「駢」字本身便表現出兩物對仗的意思，而「駢文」在最本質上也表現出對仗工整的特徵，正如譚家健先生所言的「駢文首先必須以對偶句為主，這是駢文的本質所在」。排偶、用典、注意音韻使用、追求辭藻華麗這是駢文在後來發展中慢慢具備的文體特徵。從駢文的定義出發，筆者考察《風俗通義》的語言風格，發現《風俗通義》一書具有很明顯的駢儷傾向，其中最突出的地方當屬《十反第五》中開章之首的「總題」以及這一章的「小序」部分，現舉《風俗通義・十反》部分內容如下：

> 《易》記出處默語，《書》美九德咸事，同歸殊途，一致百慮，
> 不期相反，各有云尚而已。是故：
>
> > 伯夷讓國以采薇，展禽不去於所生；
> > 孔丘周流以應聘，長沮隱居而耦耕；
> > 墨翟摩頂以放踵，楊朱一毛而不為；
> > 干木息偃以藩魏，包胥重繭而存郢；
> > 夷吾朱紘以三歸，平仲辭邑而濯纓；
> > 惠施從車以百乘，桑扈徒步而裸形；
> > 寧戚商歌以干祿，顏闔逾牆而遁榮；
> > 高柴趣門以避難，季路求入而隕零；
> > 端木結駟以貨殖，顏回縷空而弗營；
> > 孟獻高宇以美室，原憲蓬門而株楹；
>
> 傳曰：人心不同，有如其面，古今行事，是則然矣，比其舛曰
> 十反。〔註 130〕

應劭在這一章列舉了諸多為人處世截然相反的事蹟，說明「人心不同，有

〔註 128〕譚家健：《關於駢文研究的若干問題》，載《文學評論》1996 年第 3 期，頁 110。

〔註 129〕許慎撰，段玉裁注：《說文解字注》，上海古籍出版社，1981，頁 829。

〔註 130〕王利器：《風俗通義校注》，中華書局，2010，頁 178。

如其面」的道理。應劭在這一「小序」即四庫館臣所言的「總目」中首先就直接引經據典，以「《易》記出處默語，《書》美九德咸事」這樣對稱的五字句開篇，兩句對仗工整，接下來的「同歸殊途，一致百慮，不期相反，各有云尚而已」也基本保持四字句的句式，在結構上也非常對稱，應劭在接下來的內容中雖沒有直接引用典籍中的語句，但作者卻是真正地「用典」。在短短的 160 字中引用了 20 個歷史典故，每個典故均以 8 字概括，從《春秋》、《尚書》到《史記》、《漢書》，所引典故範圍之廣、人物之多實在讓讀者不得不佩服應劭無比淵博的學識、對語言極其高超的駕馭能力，而且所引典故每兩兩都是截然相反的事蹟。伯夷禮讓國君之位而去采薇，展禽三黜而不離開父母之邦，「讓國」與「不去」截然相反；孔子周遊列國以求實現政治理想，而長沮甘願隱居山林，躬耕原野，一「周流」一「隱居」，一動一靜，赫然紙上，「應聘」與「耦耕」對稱得天衣無縫。一百六十句，兩兩一組，共為八組，每組句子內容截然相反，而且在句式上完全對稱，對仗極其工整，這篇「小序」還非常講求音韻的使用，全篇極其完美地壓上古音韻中的「耕」韻，全篇讀來朗朗上口，聲律鏗鏘，莊重典雅而活躍跳動，讀來給人舒暢淋漓，一瀉千里之感，美哉！妙哉！漢字是方塊字，字音和字義的整齊對稱可以給人抑揚頓挫的音樂感，句式的嚴整對仗更能讓人感到應劭文章平衡的視覺美、建築美。

　　《風俗通義》除了以上極其工整的對仗、排偶以及妥貼、精巧、繁富地用典之外，還存在著大量四字句的對仗，上一節筆者已經談到這樣的句式是對《詩經》語言風格的傚仿，這與本節所言的「駢儷傾向」並不矛盾，因為《詩經》在語言結構上也是非常對稱的。從古人往往將駢文稱為「四六文」即多四字句或六字句也可以看出《詩經》本身所蘊含的駢儷因素。《風俗通義》中對仗工整的句子還有很多，如《風俗通義》全書開篇便以「昔仲尼沒而微言闕，七十子喪而大義乖」這樣的工整的偶對開始，文章駢儷的氣息撲面而來。又如在《皇霸第一》中的「推當今以覽太古，自昭昭而本冥冥，乃欲審其喪而建其論，董其是非而綜其詳矣」，這句話的前兩句是對《淮南子・人間訓》中的「人能由昭昭於冥冥，則幾於通矣」的間接引用，作者在其基礎上加以創造，形成了非常對稱的七言句式，而後兩句作者並沒有引用經典，純粹只是議論，表明作者寫作本章的目的，但是作者為了使其對仗工整，非常有意識地使用了「乃」、「矣」這樣的虛詞，使得後兩句話均保持九字句式，而且上下句在結構上也非常對稱。其實在說理過程中這樣的虛詞是可有可無的，但是作者卻加上

「乃」和「矣」這樣的虛詞，從中我們可以看出《風俗通義》駢儷的語言風格不僅是其引經據典言說方式的客觀使然，也是作者在引經基礎上主觀追求駢儷語言風格的體現。

《風俗通義》中這樣對仗工整、聲律鏗鏘的駢句非常多，如《聲音第六》中的「聞其宮聲使人溫潤而廣大，聞其商聲使人方正而好義，聞其角聲使人整齊而好禮，聞其徵聲使人惻隱而博愛，聞其羽聲使人善養而好施。」〔註131〕作者對音樂給人影響的評價中，每句均為11字，五句話均保持著「聞其……而……」的結構，字數雖多但句式齊整，具有極強的形式美，讀來聲律鏗鏘，順暢優美。又如《怪神·第九》中的「仲尼不許子路之禱，而消息之節平；荀英不從桑林之祟，而晉侯之間疾」，應劭在這段話中所引典故分別出自《論語·述而》和《左傳·襄公十年》，《論語》對孔子生病、子路為孔子祈禱的記載共有三十二字，《左傳》對晉悼公生病，荀英拒絕祈禱的記載也有一百多字，但是應劭分別用十五字將二者概括，句式整齊，上下句對仗工整而句意截然相反，由此再次窺見應劭對語言駕馭之功。《風俗通義》中這樣的句式還有很多，筆者不再一一列舉。

應劭引經據典的言說方式使其語言風格具有強烈的駢儷化傾向，應劭在《風俗通義》中對先秦典籍的引用有《易》、《詩經》、《尚書》、《春秋》三傳等，這些典籍當中最具駢體色彩的當屬《詩經》和《尚書》，四字句式在《風俗通義》中的大量出現即為明證。據筆者統計應劭對《詩經》和《尚書》的引用都非常多，《詩經》共有57次，為全書之最，《尚書》共引31次，這其中還不包括間接引用。應劭所引秦漢典籍主要以《史記》、《漢書》為主，還有對漢賦的引用，如《聲音·笛》中應劭直接引用馬融的《笛賦》：「近世雙笛從羌起，羌人伐竹未及已。龍鳴水中不見已，截竹吹之音相似……君明所加孔後出，是謂尚聲五音畢。」〔註132〕而駢體文與《史記》、《漢書》、漢賦之間有著千絲萬縷的聯繫，張新科先生在其《從唐前史傳論贊看駢文的演變軌跡》中用列表的形式非常清晰地闡釋了駢體文與《史記》、《漢書》「論贊」的淵源，「就傳統的『論』而言，《史記》散化，《漢書》逐漸齊整，進而對偶句排比句增多，到後來講究聲律，語言向駢儷的方向發展。」〔註133〕《風俗

〔註131〕王利器：《風俗通義校注》，中華書局，2010，頁278。

〔註132〕王利器：《風俗通義校注》，中華書局，2010，頁304～305。

〔註133〕張新科：《從唐前史傳論贊看駢文的演變軌跡》，載《文學評論》2007年第6期，頁29。

通義》中有大量內容皆是來自《史記》、《漢書》，應劭「謹案」與《史記》的「太史公曰」、《漢書》的「贊曰」雖名稱不同，但在本質上並無二致，均是表達對人、事的評價，也屬張新科先生所言的「論贊」，加之漢賦對駢體文的影響，「漢賦從它產生之初起就與駢儷結下了不解之緣，漢賦是最便於產生並容納駢儷的土壤」〔註134〕、「辭賦作為漢魏晉六朝的經典性文體，對駢文影響最大。就發展路向而言，是賦的日益駢偶化，再到用賦的方法做文章，最後形成駢文，就其實現方式而言，則是各類辭賦日益駢偶化，然後為各體文章所利用和借鑒，最終形成駢文。」〔註135〕應劭對《史記》、《漢書》、漢賦的引用和模仿使其語言風格自然而然地表現出駢儷的傾向。

應劭對「引經據典」言說方式的選擇，特別是對那些具有駢體特徵的典籍的徵引，加之作者有意對駢偶的追求，使得《風俗通義》存在大量的「駢句」、「儷詞」，但是它還不是真正意義上的駢體文。「散文、駢文之分不在駢偶對仗之有無，而在其數量多少」及其對「文章風格的追求」〔註136〕，《風俗通義》在駢散數量和「文章風格」上還是以散文和議論為主，不能稱《風俗通義》為駢文，只能說「引經據典」的言說方式使《風俗通義》在語言風格上具有「對仗工整、聲律鏗鏘的駢儷傾向」。

（三）疏宕不拘、自然流暢的散文風格

《風俗通義》雖然大量使用四言句式和駢體句，但是全書在風格上主要還是散文風格，應劭直接引用的典籍原文在句式上多體現為四言句式，引用歷史典故時多用對仗工整的駢體表達，這些句式都是為一個共同目的服務，即「辨風正俗」。《風俗通義》以說理、議論為主，但是如果一味地追求句子的形式必然使說理的自由和論述的深度受到制約，如果僅僅只引用經典中的原話並注意對仗，雖在體式上優美，但在說理上卻捉襟見肘，這對一篇以說理、議論為目的的著作來說是致命傷，應劭充分認識到這一點，他在採用「引經據典」言說方式的同時也注意句式的構造，既要援引經典，使得文章古樸典雅，又要使議論疏暢從容，因此應劭在《風俗通義》中寓駢於散，長短相間，「引經據典」言說方式為文章提供了莊重典雅的底蘊，錯落有致的句式構造使得典籍的醇

〔註134〕姜逸波：《漢賦屬駢文之一體》，載《湘潭大學社會科學學報》2000 年第 6 期。

〔註135〕郭建勳，邵海燕：《賦與駢文》，載《北方論叢》2006 年第 4 期。

〔註136〕譚家健：《關於駢文研究的若干問題》，載《文學評論》1996 年第 3 期，頁111。

厚和議論的自由融為一體，共同造就了《風俗通義》疏放參差、流暢自然的散
文風格。如：

> 《易》稱：「玄象著明，莫大乎日月。」然，時有昏晦。
>
> 《詩》美：「滔滔江漢，南北之紀。」然，時有壅滯。
>
> 《論語》：「固天縱之，莫盛於聖。」然，時有困否。
>
> 日月不失其體，故蔽而復明；
>
> 江漢不失其源，故窮而復通；
>
> 聖人不失其德，故廢而復興。
>
> 非唯聖人俾爾宣厚，夫有恆者亦允臻。是故君子厄窮而不閔，勞
> 辱而不苟，樂天知命，無怨尤焉。故錄先否後喜曰窮通也。〔註137〕

作者先引用《易經》、《詩經》、《論語》中的原文，但作者不是簡單地直接引
用，而是在引文後加上自己的簡短論述，如應劭在引《易經》、《詩經》、《論語》
中對日月、江漢、聖人的記載後，作者認為日月固然明亮但也有昏暗不明的時候，
江漢之水即便滔滔不絕也有壅塞不通的時候，聖人固然偉大也有艱難窘迫的時
候。這三段話兩兩對照來看，具有很明顯的駢體色彩，但是作者加上了自己的簡
短論述，又不是嚴格的駢體，確切的說是散體，但駢散結合，融為一體。作者在
引經據典後總結出「日月不失其體，故蔽而復明；江漢不失其源，故窮而復通；
聖人不失其德，故廢而復興」的觀點，這一觀點的上下句兩兩對照來看字數相同，
對仗嚴整，較上面的三段具有更加明顯的駢體色彩，但是三句話連在一起看則又
不是駢體，而是散體的論述。這六段話的句式也都體現著這一特點，從句子與句
子間的外部關係來看為駢體，但結合在一起來看又是散體，而且句子內部大都體
現出駢散結合的句式特點，站在整個大段落的角度來看，這段「總題」或「小序」
中的句式呈現出由駢到散的特點，這種駢散結合，寓駢於散，駢散相間的語言風
格在《風俗通義》中還有多處體現，在此不再贅舉。

應劭引經據典時除了非常注意句子的駢散相間，還非常注意所引典籍中
句子的長短，使句子呈現出長短交替、錯落有致的美學風格，我們依然還可以
再看以上所引的「總題」，這一段的「總題」在句式上分別是前長—中短—後
長，這樣錯落有致的句式遍布《風俗通義》全書，下面僅舉一例，民間流傳九
江太守宋均能令老虎渡江，應劭引經據典駁斥民間虛妄之言，其「謹案」內容
為：

〔註137〕王利器：《風俗通義校注》，中華書局，2010，頁314。

《尚書》：武王戎車三百兩，虎賁三千人，擒紂於牧野。言猛怒如虎之奔赴也。《詩》美南仲「闞如嘯虎」。《易》稱：「大人虎變，其文炳；君子豹變，其文蔚。」傳曰：「山有猛虎，草木茂長。」故天之所生，備物致用，非以傷人也。然時為害者，乃其政使然也。今均思求其政，舉清黜濁，神明報應，宜不為災……堯舜欽明在上，稷、契允懿於下，當此時也，寧復有虎耶？若均登據三事，德被四海，虎豈可抱負相隨，乃至鬼方絕域之地乎！〔註138〕

應劭在「謹案」開篇之首便引用《尚書》武王伐紂的原句，「戎車三百兩」、「虎賁三千人」，伐紂大軍裝備之全、人數之多、氣勢之盛躍然紙上，這樣富有力量的長句一出，格局頓開，使得文氣剛健疏蕩而又頗有氣勢。接著應劭引用了《詩經·大雅》對南仲作戰勇猛之誇讚「闞如嘯虎」，該句為短句，在氣勢表達沒有上句強烈，至此文章氣勢稍稍減弱，接著應劭又引用了《易·革卦》中大人虎變，小人豹變的句子，《易》經這句話在以上三句中最長，但是這句話是用較為平靜的語氣道出君子氣質的改變，紆徐平緩。

文章至此文氣趨於平靜，接著作者引用了「山有猛虎，草木茂長」，句子較短，語氣客觀平淡。前四句的句子在結構上呈現出長—短—短—長的過程，迴環往復，富有變化，讀來饒有趣味。作者從其所引的典籍中得出了「天之所生，備物致用，非以傷人」的結論，認為出現虎患當是為政使然。作者接著以此為論據評價九江老虎渡江是因為宋均考求善政，激濁揚清，在對宋均的評價中應劭多以四字短句和六七字長句交替使用，句式疏放參差，錯落有致。《風俗通義》長短句交替使用不僅在「謹案」處大量存在，在記述風俗故事中也是作者最為常用的表達方式，但其中只用來敘事，不引用典籍。

引經據典的言說方式以及應劭對語言高超的駕馭之功使得《風俗通義》在句式上呈現出寓駢於散、駢散結合、長短交替、錯落有致的語言風格，應劭既注重整體的和諧對稱，又注重和諧中的節奏變化，將「引經據典」的典雅醇厚和議論的自由活潑融為一體，而這樣的語言風格也使得《風俗通義》行文具有疏宕不拘、自然流暢的散文風格。

（四）雅俗共存、亦莊亦諧的語言風貌

應劭在《風俗通義》中大量徵引先秦典籍中的句子，在引用的時候又非常

〔註138〕 王利器：《風俗通義校注》，中華書局，2010，頁124。

注意句式的調整，使得文章駢散相間、疏宕自由，語言風格上具有濃鬱的「雅正」意味，雍容典雅，深厚溫醇。較之先秦典籍，《風俗通義》對《史記》、《漢書》中原話的直接引用較少，但是在記述歷史人物、故事時以二書所載為本，特別是以《漢書》為主，這在《風俗通義》「皇霸」、「正失」、「窮通」三章中表現得最為明顯。應劭作為史官在創作上也受到《史記》、《漢書》的影響，其中以《漢書》影響較大。引經據典的言說方式使得應劭對所引典籍的創作手法也頗為重視，應劭在《風俗通義》中除了引用那些具有典雅風格的句子，還非常注重對民間諺語、俗語、俚語的引用，對鄉野之語的引用在《史記》、《漢書》中均有出現，在《風俗通義》中出現得更多，現在只列舉部分作為對照：

　　　諺曰：「人貌榮名，豈有既乎？」《史記・遊俠列傳・贊》〔註139〕

　　　諺語：「力田不如逢年，善仕不如遇合。」《史記・佞倖列傳》〔註140〕

　　　語曰：「千金之裘，非一狐之腋也；臺榭之榱，非一木之枝也；三代之際，非一士之智也。」信哉！《史記・劉敬叔孫通列傳・贊》〔註141〕

　　《史記》中除了上面的「諺曰」和「語曰」還有「鄙俗云」、「鄙語曰」等形式，《漢書》中也有類似的俗語。這些都是民間流傳較廣的俗語，《風俗通義》在創作上也深受所引《史記》、《漢書》的影響，在文中也有對諺語的引用，造成一種雅俗共存、亦莊亦諧的語言風格，《風俗通義》也存在著較多的「諺曰」、「語曰」、「謠曰」、「俚語」、「俗曰」，具體見以下表格：

《風俗通義》篇目	所引俗語
《皇霸第一・六國・楚之先》	百姓哀之，為之語曰：「楚雖三戶，亡秦必楚。」
《皇霸第一・六國・趙之先》	此童謠曰：「趙為號，秦為笑，以為不信，視地上生毛。」
《皇霸第一・陳完》	國人歌之曰：「松耶柏耶，亡建共者客耶！」
《皇霸第一・三王》	亮彼武王，伐冀大商。勝殷遏劉，制定武功。
《正失第二》「宋均令虎渡江」	俚語：「狐欲渡河，無尾奈何」
《過譽第四》「南陽五世公」	語曰：「白頭如新，交蓋如舊。」

〔註139〕司馬遷撰：《史記》中華書局，1959，頁3189。
〔註140〕司馬遷撰：《史記》中華書局，1959，頁3192。
〔註141〕司馬遷撰：《史記》中華書局，1959，頁2726。

－93－

《窮通第七》「太傅汝南陳番」	翟公疾之，乃書其門：「一死一生，乃知交情。一貴一賤，交情乃見。」自古患焉，非直今也。
《祀典第八》「雄雞」	俗說：「雞鳴將旦，為人起居。」
《祀典第八》「殺狗磔邑四門」	俗說：「狗別賓主，善守禦，故著四門，以辟盜賊也」
《佚文‧釋忌》「不舉並生三子」	俗說：「生子至於三，似六畜，言其妨父母，故不舉之也。」
《佚文‧釋忌》「不舉寤生子」	俗說：「見墜地便能開目視者，謂之寤生，舉寤生子，妨父母。」
《佚文‧釋忌》「五月五日生子」	俗說：「五月五日生子，男害父，女害母。故田文生而嬰告其母勿舉，且曰：長與戶齊，將不利其父母。」
《佚文‧釋忌》「不舉鬤鬚子」	俗說：「人十四五，乃生鬤鬚，今生而有之，妨害父母也。」
《佚文‧釋忌》「不宜歸生」	俗云：「令人衰。案：婦人好以女易他男，故不許歸。」
《佚文‧釋忌》「宅不西益」	俗說：「西者為上，上益宅者，妨家長也。」
《佚文‧釋忌》「祝、阿不食生魚」	俗說：「祝、阿凡有賓婚吉凶大會，有異饌，飯食自極至蒸魚也。」
《佚文‧釋忌》「臨日月」	俗說：「臨日月薄蝕而飲，令人蝕口。」
《佚文‧釋忌》「臨日月」	俚語：「不救蝕者，出行遇雨。」
《佚文‧釋忌》「雷鳴」	俗說：「雷鳴不得作醬，雷已發聲作醬，令人腹內雷鳴。」
《佚文‧釋忌》「五月到官」	俗云：「五月到官，至免不遷。」
《佚文‧釋忌》「二人共澡手」	俗說：「二人共澡手，令人爭鬥。」
《佚文‧釋忌》「坐不移樽」	俗說：「凡宴飲者，移轉酒樽，令人鬥爭。」
《佚文‧釋忌》「帷帳不可作衣」	俗說：「帷帳不可作衣，令人病癘。」
《佚文‧釋忌》「臥枕戶砌者」	俗說：「臥枕戶砌者，鬼陷其頭，令人病顛。」
《佚文‧釋忌》「正月長子」	俗說：「正月長子解浣衣被，令人死亡。」
《佚文‧釋忌》「正月長子」	諺曰：「正月標，二月初，自憘妃女煞丈夫。」
《佚文‧釋忌》「正月長子」	俚語：「大暑在七，大寒在一。」
《佚文‧釋忌》「徒不上墓」	俗說：「新遭刑罪原解者，不可以上墓祠祀，令人死亡。」
《佚文‧服妖》「桓帝之初」	謠曰：「直如弦，死道邊；曲如鉤，反封侯。」
《佚文‧服妖》「桓帝之初」	桓帝之初，京師童謠曰：「車班班，入河間。」

《佚文‧服妖》「桓帝初」	桓帝之末，京師童謠曰：「遊平賣印自有評，不避豪強與大姓。」
《佚文‧服妖》「桓帝之末」	桓帝之末，京師童謠曰：「茅田一頃中有井，四方吱吱不可整。嚼復嚼，今年尚可後年鐃。」
《佚文‧服妖》「京師歌謠」	京師歌謠曰：「烏臘，烏臘。」
《佚文‧服妖》「千里草」	千里草，何青青，十日卜，不得生。
《佚文‧喪祭》	俗說：「凡祭祀先祖，所以求福。」
《佚文‧喪祭》	俗說：「亡人魂氣飛揚，故作魌頭以存之，言頭體魌魌然盛大也。或謂魌頭為觸壙，殊方語也。」
《佚文‧宮室》	俚語云：「越陌度阡，更為客主。」
《佚文‧市井》	俗說：「市井者，謂至市鬻賣者，當於井上洗濯，令其物香潔，及自嚴飾，乃到市也。」
《佚文‧獄法》「囚，遒也」	俚語曰：「縣官漫漫，冤死者半。」
《佚文‧情遇》「百里奚」	其一曰：「百里奚，五羊皮，憶別時，烹伏雌，炊扊扅，今日富貴忘我為。」
《佚文‧情遇》「百里奚」	其二曰：「百里奚，初娶我時五羊皮，臨當別時烹乳雞，今適富貴忘我為。」
《佚文‧情遇》「百里奚」	其三曰：「百里奚，百里奚，母已死，葬南谿，填以瓦，覆以柴，春黃藜，搤伏雞，西入秦，五羖皮，幾日富貴捐我為。」
《佚文‧情遇》「河南平陰龐儉」	時人為之語曰：「盧裏諸龐，鑽井得銅，賣奴得公。」
《佚文‧情遇》「陳留太守吳文章」	觀者復曰：「兄校弟，不得報兄。」
《佚文‧陰教》「兩袒」	俗說：「齊人有女，二人求之，東家子丑而富，西家子好而貧，父母疑不能決，問其女：定所欲適，難指斥言者，偏袒令我知之。」女便兩袒，怪問其故，云：「欲東家食西家宿」。此為兩袒者也。
《佚文‧辨惑》「俗有」	俗有□□語，謂之東野之言。
《佚文‧辨惑》「俗說」	俗說：「天地開闢，未有人民，女媧摶黃土作人，務劇力不暇供，乃引繩於泥中，聚以為人，故富貴者黃土人也，貧賤者繩人也。」
《佚文‧辨惑》「無恙」	俗說：「恙，病也。凡人相見，及通書問，皆曰無恙。」
《佚文‧辨惑》「無恙」	俗說：「膊，闊大脯也。」
《佚文‧辨惑》「俗說」	俗說：「人飲如犢。人飲酒無量如犢也。」

《佚文·辨惑》「菟髕」	俗說：「臘正旦食得菟髕者，名之曰幸，賞以寒酒。幸者，善祥，令人吉利也。」或曰：「食菟髕者，令人面免生髕，露見醜惡，今覺得之，嘉不為己疾也。」
《佚文·辨惑》「呼雞曰朱朱」	俗說：「雞本朱氏翁化而為之，今呼雞皆朱朱也。」
《佚文·辨惑》「呼虎曰李耳」	俗說：「虎本南郡中廬李氏公所化為，呼李耳因喜，呼班便怒。」
《佚文·辨惑》「肅肅蝦蟆」	俗說：「蝦蟆一跳八尺，再跳丈六，從春至冬，袒裸相逐，無他所作，掉尾肅肅。」
《佚文·辨惑》「戶律」	俗說：「漢中、巴、蜀、廣漢，土地溫暑，草木早生晚枯，氣異中國，夷、狄畜之，故令自擇伏日也，論功定封，加以金帛，重複寵異，令自擇伏日，不同於凡俗也。」
《佚文·辨惑》「赤春」	俗說：「赤春從人假貸，皆自乏之時。」或說：「當言斥春，春舊穀已□，新穀未登，乃指斥此時，相從假貸乎？斥與赤，音相似耳。」
《佚文·辨惑》「五月五日」	五月五日，賜五色續命絲，俗說以益人命。
《佚文·辨惑》「八月秋穫」	俗說：「家人燒黍穰，則使田中瓜枯死也。」
《佚文·辨惑》「俗說高祖」	俗說：「高祖劉邦與項羽戰，敗於京、索間，遁叢薄中，羽追求之，時鳩正鳴其上，追者以為必無人，遂得脫，及即位，異此鳥，故作鳩杖以賜老人也。」
《佚文·辨惑》「禹入裸國」	俗說：「禹治洪水，乃播入裸國，君子入俗，不改其恒，於是欣然而解裳。」
《佚文·辨惑》「眾口鑠金」	俗說：「有美金於此，眾人咸其詆訾，言其不純，賣金者欲其必售，故取煆燒以見真，此謂眾口鑠金。」
《佚文·辨惑》「眾心成城」	俗說：「人同心者，可共築起一城；同心共飲，洛陽酒可盡也。」
《佚文·辨惑》「錢刀」	俗說：「害中有利，利旁有刀，言人治生，卒多得錢財者，必有刀劍之禍也。」
《佚文·辨惑》「城門失火」	俗說：「司門尉姓池，名魚，城門火，救之，燒死，故云然耳。」
《佚文·辨惑》「俗說鴞」	俗說：「鴞白日目無見，常隱丘藪之間，亦深竄牆穴之內，因無得見兔鼠之無遺失於人屋下庭中。鴞貪鼠殘姦邪，眾所憎疾，有此異者，令人死亡也。」

《佚文・辨惑》「夜条」	俗說：「市買者當清旦而行，日中交易所有，夕時便罷，無人也，今乃也条穀，明其癡騃不足也。凡靳不施惠者曰夜条。」
《佚文・辨惑》「俗說殤」	俗說：「齊人有空車行，魯人有負釜者，便持釜置車中，行二三百里，臨別，取釜，各不相問為誰，後車家繫獄當死，釜主徑往募人取之，穿壁未達，曰：極哉！車者怒，不肯出，釜主慚，欲與俱死。明日，主者以事白齊君，齊君義而原之。」
《佚文・辨惑》「俗說有功」	俗說：「有功得賜黃金者，皆黃金也。」
《佚文・辨惑》「咸如炭」	俗說：「咸亦與熱正等，炭火不可以入口，人食得大咸，亦吐之。」
《佚文・辨惑》「俗說騧」	俗說：「騧馬啖賓客。宴食已闕，主意未盡，欲復飲酒，無餘所施，更出脯鮓，椒薑鹽豉，言其速疾如騧馬之傳命。」
《佚文・辨惑》「俗說大餓」	俗說：「大餓不在車飯，謂正得一車飯，不復活也。」或曰：「輔車上飯，小小不足濟也。」
《佚文・辨惑》「瘦馬不能度繩」	俗說：「馬羸不能度繩索，言其極也。」或云：「不能度菜畦勝也」
《佚文・辨惑》「殺君馬者」	俗說：「長吏食厚祿，匃」稿肥，馬肥希出，路旁小兒觀之，卻驚致死。
《佚文・辨惑》「桑車榆輪」	俗說：「凡人揉桑作車，又以榆為輪，牢強朗徹，聲響乃聞數里。」
《佚文・辨惑》「俗云亂如蘊者」	俗云：「亂如蘊者，糞除不潔，帥芥集眾，火就燒之，謂之蘊，言其煙氣縕縕，取其稀有涽亂。」
《佚文・辨惑》「案俚語」	俚語：「厚哉！鮑、管，探腸案腹。」
《佚文・嘉號》「馬稱匹者」	俗說：「相馬比君子，與人相匹。」或曰：「馬夜行，目明照前四丈，故曰一匹。」或說：「度馬縱橫，適得一匹。」或說：「馬死得一匹帛」或云：「《春秋左氏傳》說：諸侯相贈，乘馬束帛。束帛為匹，與馬相匹耳。」
《佚文・徽稱》「章帝時」	時人語曰：「問事不休賈長頭」
《佚文・徽稱》「禮云十尺」	俚語曰：「八尺男子膚」，夫者，膚也，言其知能膚敏弘毅也，故曰丈夫。

　　《風俗通義》非常注重對俗語的引用，可以看出應劭在引《史記》、《漢書》的同時亦受到二書對俗語記載的影響。歌謠、俚語、俗說等都是來自民間，是人們對生活經驗淺顯而質樸的總結，雖然不如典籍的厚重、典雅，但一般也蘊含哲理、言簡意賅、說理形象，或是普通百姓樸素的觀念、信仰。劉勰在《文心雕龍》中說：「諺者，直語也。喪言亦不及文，故弔亦稱諺……夫文詞鄙俚，莫過於諺，而聖賢詩書，採以為談，況逾於此，豈可忽哉？」〔註142〕由此可見，這些俗語雖然具有鄙俗之味，但不可以否認其價值，它包含了一些真理的成分。漢儒對包括諺語在內的俗語引用較少，在漢儒看來這些俗語都是不登大雅之堂的，戴建業、李曉敏有對《漢書》、《後漢書》、《全漢文》以及漢代子書引用俗語、諺語的統計〔註143〕，為了更好地與《風俗通義》作對比，現轉引於下：

著　者	篇　名	引用次數	文獻出處
路溫舒	《上書言尚德緩刑》	1	《漢書·路溫舒傳》
賈誼	《上疏陳政事》	2	《漢書·賈誼傳》
賈誼	《過秦論》	1	《史記·秦始皇紀》
王充	《言毒》	1	《論衡》
司馬相如	《上書諫獵》	1	《史記·司馬相如傳》
王嘉	《諫益封董賢等封事》	1	《漢書·王嘉傳》
桓譚	《啟寤》《道賦》《閔友》	4	《新論》
桓寬	《崇禮》	1	《鹽鐵論》
王符	《崇禮》	9	《潛夫論》
陳蕃	《諫封賞內寵疏》	1	《後漢書·陳蕃傳》
李固	《駁發荊楊兗豫卒赴日南議》	1	《全後漢文》
陳琳	《諫何進招外兵》	1	《後漢書·何進傳》
程苞	《征討板盾蠻方略對》	1	《全後漢文》
崔寔	《政論》	1	《後漢書·崔寔傳》

〔註142〕司馬遷撰：《史記》中華書局，1959，頁460。
〔註143〕戴建業，李曉敏：《論王符對漢代經學散文風格的突破》，載《甘肅社會科學》2013年第2期。

　　筆者對《風俗通義》中所引的俗語（包括諺語、童謠、俚語、歌謠等）作了一個統計，全書除了那些記載民間禁忌的簡短「俗說」外，共有 22 處對俗語的引用，「就漢代政論散文可觀的總數來看，漢人引用民間諺語的次數少得可憐，合計 27 次，其中王符一人引用就有 9 次之多，雖然我們需要考慮到文獻流傳過程中缺失的情況，但就概率而言，這種現象也深值得我們注意。」〔註 144〕由此觀之《風俗通義》一書，全書所引次數為 22 次，是王符所引的兩倍多，非常接近戴、李二人所統計的總數。

　　應劭對風俗的記載為這些俗語的出現提供了客觀的條件，但是應劭在對《史記》、《漢書》的閱讀與引用過程也使其重視了對俗語的價值。引經據典言說方式間接影響了應劭對俗語的記載，這些俗語雖然質樸無華，可是適當的引用卻能使文章在說理上更深刻，在表達情感上更真摯。如《皇霸第一‧六國楚之先》簡要地介紹了楚國的歷史，在文章最後引用了「百姓哀之，為之語曰：『楚雖三戶，亡秦必楚』」作結〔註 145〕，形象地表達了楚國人亡國的傷痛和對秦國的憎惡。應劭在對楚國歷史嚴肅而簡潔的記載後以俗語結尾，使得文章既有歷史的深度和莊重又形象活潑。又如在《佚文‧服妖》「千里草」中應劭引用了民間所流傳的諺語：「千里草，何青青，十日卜，不得生」〔註 146〕，千里草即為董，十日卜即為卓，這句話很形象地表達了當時人們對董卓作亂的怨恨，讀來饒有趣味。又如：「俗說：『大餓不在車飯，謂正得一車飯，不復活也。』或曰：『輔車上飯，小小不足濟也』」，太餓的人即使吃一車的飯也難以存活，此話雖然鄙俗，但是說理卻是深刻的。又如「俗云：五月到官，至免不遷」〔註 147〕，表達了當時人們做官的禁忌。這些俗語或是表達情感，或是說理，或是表現當時的風俗，它都使《風俗通義》帶有「俗」的色彩。

　　引經據典的醇厚典雅和俗語的活潑質樸使《風俗通義》在語言色彩上雅俗共存、亦莊亦諧，餘味無窮。從中也可以看出應劭的民間情懷，他對民間的俗語不是一味地否定，對於其中哲理深刻，情感真誠的「俗語」、「俗諺」還是非常重視的，如果說「王符這種以民諺、俗語論政的實踐，恰是對『依經立意』

〔註 144〕戴建業，李曉敏：《論王符對漢代經學散文風格的突破》，載《甘肅社會科學》2013 年第 2 期，頁 33。

〔註 145〕王利器：《風俗通義校注》，中華書局，2010，頁 28。

〔註 146〕王利器：《風俗通義校注》，中華書局，2010，頁 570。

〔註 147〕王利器：《風俗通義校注》，中華書局，2010，頁 546。

政論思維的悄然突破」〔註148〕，那麼應劭在引經據典中對俗語的記載某種程度上也實現了自我內部的解構，也是對「依經立意」的悄然突破，「《風俗通義》語言質樸，明白曉暢，精練簡達，與漢代儒生們繁瑣的解經式的語言大不相同。」〔註149〕范曄也認識到《風俗通義》這一語言風格，他在《後漢書》中寫道：「撰《風俗通》，以辯物類名號，識時俗嫌疑，文雖不典，而後世服其洽聞。」

綜上可知：「引經據典」的言說方式為應劭「辨風正俗」提供了論據以及論據的合法性，而且這樣的言說方式深刻地影響了《風俗通義》的語言風格，使得《風俗通義》具有雍容典雅、溫柔敦厚的宗經色彩，對仗工整、聲律鏗鏘的駢儷傾向，疏宕不拘、自然流暢的散文風格，雅俗共存、亦莊亦諧的語言風格，除此之外「引經據典」的言說方式客觀上保存了當時的文獻典籍以及民俗資料，具有很高的文獻學價值和歷史學價值，基於已有較多學者研究，筆者在此不再贅述。

〔註148〕戴建業，李曉敏：《論王符對漢代經學散文風格的突破》，載《甘肅社會科學》2013 年第 2 期。
〔註149〕孫芳芳：《文學視野下的風俗通義研究》，華中師範大學 2012 年碩士學位論文，頁 40。

第三章 「謹案」的言說方式

第一節 「謹案」言說方式舉隅

　　言說方式也指作者如何敘述一件事情，即怎麼說，言說方式在內容上即體現在作者如何講述一件事情，作者使用哪些手段為自己的敘事來服務，但一本書作為一個整體，在形式上，書的謀篇布局即書的體例也是作者的一種言說方式。作者採用某一種體例不是隨意的，哪一章放在前，哪一章放在後也是有講究的。如《風俗通義》雖然版本眾多，各個版本中各章的排序也不一樣，但是各個版本中「皇霸」篇均是第一章，作者之所以選擇把「皇霸」篇放在第一章是有作者的意圖的。作者在開篇第一章中便正三皇五帝的名號，頗有一番正本清源的意味，這表明了應劭具有強烈的儒家正統意識，而作者這樣的結構安排是與作者的儒家思想有著密切聯繫的。「皇霸篇」作為開篇之首也為全書奠定了「辨物類名號，識時俗嫌疑」的基調，因此一本書的結構安排也是作者潛在的不明顯的言說方式，即著作的體例作為一種潛在的言說方式最終是為言說目的服務的。

　　應劭《風俗通義》一書除了引經據典的言說方式極為凸顯之外，全書在結構安排上也非常有特色，四庫館臣在《四庫全書總目·風俗通義提要》中記載道：「各卷皆有總題，題目各有散目。總題後略陳大意，而散目先詳其事，以謹案云云辯證得失。《皇霸》為目五，《正失》為目十一，《愆禮》為目九……

《怪神》為目十五，《山澤》為目十九。」〔註1〕四庫館臣非常清晰地認識到《風俗通義》這一極具特色的結構安排，這樣的體例既不同於我國史書中常見的編年體、紀傳體、紀事本末體，也不同於國別體、斷代史、通史等體例。《風俗通義》現存的十卷在結構安排上幾乎都呈現出四庫館臣記載的「各卷皆有總題」的體例特徵。如《風俗通義》的「皇霸第一」、「正失第二」、「山澤第十」等為各卷的總題，「題目各有散目」即「皇霸」卷下面有「三皇」、「五帝」、「三王」、「五伯」、「六國」等散目。「總題後略陳大意，而散目先詳其事，以謹案云云辯證得失」，這句話高度總結了《風俗通義》全書的結構，下面以「正失第二」為例。

「正失」為《風俗通義》第二卷的「總題」，應劭接著便在「正失」這一總題下開始鋪陳大意，解釋了何為「正失」：「孔子曰：『眾善焉，必察之；眾惡焉，必察之。』孟子曰：『堯舜不勝其美，桀紂不勝其惡。』傳言失指，圖景失形，眾口鑠金，積毀消骨，久矣其患之也。是故樂正后夔有一足之論，晉師己亥渡河有三豕之文。非夫大聖至明，孰能原析之乎？《論語》：『名不正則言不順。』易稱：『失之毫釐，差以千里。』故糾其謬曰正失也。」〔註2〕應劭在此引用儒家典籍指出要用理性的精神探求事務真相，對俗傳謬說的糾正即為「正失」。「正失卷」下有「樂正后夔一足」、「丁氏家穿井得一人」、「封泰山禪梁父」等「散目」，這些「散目」記載了各不相同的故事，這些故事之間沒有關聯，但是各故事都指向了同一主題，即民間所流傳的俗說謬語，「這些故事或者由一個幾個行動角色來串連，或者由某個主題把它們統攝起來，它們之間不存在因果關係，因而挪動它們在小說時間和空間的位置也無傷大體」〔註3〕。因此這些故事稱為「散目」，儘管這些「散目」都是作者所斥責的俗說謬語，但作者在記載這些「散目」的時候非常客觀，這些鬆散的故事如實地反映了東漢以及東漢以前民間所流傳的風俗，因此這些故事具有極高的民俗學價值，作者將自己對這些故事的態度集中放在一處，即「謹案」處，作者在「謹案」部分以儒家之義理辨風正俗，正如方孝孺所言：「一以理勝之，足以解流俗之弊」。應劭身處東漢亂世，但對荒謬的流俗他沒有選擇沉默。現舉

〔註1〕紀昀等：《印景文淵閣四庫全書‧子部一六八雜家類》，臺灣商務印書館，1983，頁75。

〔註2〕王利器：《風俗通義校注》，中華書局，2010，頁59。

〔註3〕石昌渝：《中國小說源流論》，三聯書店出版社，1994，頁31。

一例如下：

怪神第九（「總題」）

《禮》：天子祭天地、五嶽、四瀆，諸侯不過其望也。大夫五祀，士門、戶，庶人祖。蓋非其鬼而祭之，諂也。又曰：「淫祀無福」……《論語》：「子不語怪、力、亂、神」故採其晃著曰《怪神》也。〔註4〕（按：「總題後略陳大意」）

會稽俗多淫祀，好卜筮，民一以牛祭。巫祝賦斂受謝，民畏其口，懼被祟，不敢拒逆。是以財盡於鬼神，產匱於祭祀。或貧家不能以時祀，至竟言不敢食牛肉，或發並且死，先為牛鳴。其畏懼如此。〔註5〕（按：「散目先詳其事」）

謹案：時太守、司空第五倫到官，先禁絕之。掾吏皆諫，倫曰：「夫建功立事在敢斷，為政當信經義，言『淫祀無福』，『非其鬼而祭之，諂也』。律不得屠殺少齒……民初恐怖，頗搖動不安，或接祝妄言，倫敕之愈急，後遂斷，無復有禍祟矣。」〔註6〕（按：「以謹案云云辯證得失」）

應劭對會稽淫祀的風俗是持反對態度的，這點從他對第五倫的讚賞中可以看出，但是應劭在記錄會稽淫祀的風俗時卻是十分客觀而不摻雜個人褒貶的，僅在「謹案」處集中發表議論，《風俗通義》一書在結構安排上基本遵循著這樣的體例，這裡筆者姑且將其命名為「謹案」的言說方式或者是「謹案體」，《風俗通義》的「謹案」言說方式是非常具有應劭個人特色的。

何為「謹案」？「謹，慎也。從言堇聲」〔註7〕，而案則是個通假字，「案，幾屬，考工記。玉人之事，案十有二寸，棗栗十有二列……自關而東謂之案。後世謂所憑之幾為案。古今之變也。從木。安聲。烏旰切。十四部」〔註8〕，許慎在《說文解字》解釋了「案」的本義為長方形的桌子，並梳理了案從桌子到人們所倚靠的案几的流變。顯然「謹案」中的「案」肯定不是長方形的桌子或案几之類的東西，而是通「按」，即考查、研求的意思，如《史

〔註4〕 王利器：《風俗通義校注》，中華書局，2010，頁 386。
〔註5〕 王利器：《風俗通義校注》，中華書局，2010，頁 401。
〔註6〕 王利器：《風俗通義校注》，中華書局，2010，頁 401～402。
〔註7〕 許慎撰，段玉裁注：《說文解字注》，上海古籍出版社，1981，頁 185。
〔註8〕 許慎撰，段玉裁注：《說文解字注》，上海古籍出版社，1981，頁 479。

記・廉頗藺相如列傳》中的「召有司案圖」，王充《論衡》中的：「案賢聖之言，上下多相違，其文前後多相伐者」〔註9〕，因此「謹案」即「謹按」，為謹慎考查、研求的意思。《風俗通義》中出現的「謹案」較多，但同時也有「謹按」，因此「謹案」同「謹按」。而「謹案」的連用最早出現在《墨子》一書中：「環守宮之術衢，置屯道，各垣其兩旁，高丈，為僇椊……而箭書得必謹案視、參驗者，即不法，正詰之。」〔註10〕這裡的「謹案」是指謹慎地「案視」、「參驗」，即「謹慎地與其他情況相互參考檢驗」〔註11〕。由此「謹案」一詞在後代的典籍中經常出現，如《史記・儒林列傳》中的：「臣謹案詔書律令下者，明天人分際，通古今之義，文章爾雅，訓辭深厚，恩施甚美」〔註12〕；《漢書・魏相傳》：「臣謹案王法必本於農而務積聚，量入制用以備凶災，亡六年之畜，尚謂之急」〔註13〕等，而謹按在古籍中則出現更多了，在此不再列舉。

第二節　「謹案」言說方式的形成探因

在探究「謹案」言說方式的形成原因，筆者採用歷時和共時的邏輯方式進行推理，由於「謹案」言說方式雖然不同於紀傳體、編年體，非常富有自身特色，這樣的言說方式是受到哪些著作影響的呢？「謹案」的言說方式是否為《風俗通義》獨有的言說方式呢？應劭同時代人的著作中是否也存在這樣的言說方式呢？如果存在，「謹案」言說方式會不會是受到同時代其他著作的影響呢？而要解決這些問題就需要對應劭之前的和應劭同時代人的著作進行考查。因為某一種文體或者言說方式不是突然就有了，而是經歷一個發展變化的過程，因此對「謹案」的言說方式作一個歷時的研究是必要且重要的。考查主要以結構形式為標準，在歷時研究中探究其是否受到前代著作的影響，並在歷時研究的基礎上進行共時研究。在歷時研究中有一個很大的難題隨即出現，即應劭之前的歷史長河是如此之長，古籍數量又是如此之多，一部著作對另外一部著作是否有影響本身就很難明確。筆者不可能將其一一檢索並列舉出來，即

〔註9〕 黃暉撰：《論衡校釋》，中華書局，1990，頁 609。
〔註10〕 譚家健、孫中原注譯：《墨子今注今譯》，商務印書館，2009，頁 467。
〔註11〕 譚家健、孫中原注譯：《墨子今注今譯》，商務印書館，2009，頁 480。
〔註12〕 司馬遷撰：《史記》中華書局，1959，頁 3119。
〔註13〕 班固著，趙一生點校：《漢書》，浙江古籍出版社，2002，頁 954。

使一部著作對《風俗通義》的言說方式有影響，但《風俗通義》中隻字未提該書或者引用相關的語句，我們也很難斷定這部著作真正地對《風俗通義》產生了影響，因此這樣的探究難以達到完全客觀的效果。

因此筆者在歷時探究一部著作是否對《風俗通義》的言說方式產生了影響，主要以該書的外在結構與「謹案」言說方式外在結構的相似性為抓手，並結合《風俗通義》著作本身，尋找該著作在《風俗通義》中是否有存在的痕跡，如作者在《風俗通義》中有沒有提到這本著作或者作者。在共時研究中，筆者主要選擇的是應劭同時期的作家及其著作，該作家及其著作出現的時間需要稍早於《風俗通義》成書的時間或者與應劭的生卒年或《風俗通義》成書時間相當的，而出生日期在應劭之後並且成書也在《風俗通義》之後的則不予考慮，因此這就需要對應劭的生卒年和《風俗通義》的成書時間稍作說明。

一、「謹案」言說方式的歷時探源

「謹案」言說方式的形成受到哪些之前著作的影響，最客觀的方法就考察應劭在文本中所引的典籍以及所提到的作者，並結合應劭自身的身份來驗證，因為從作者所引的典籍和提及的作者我們可以基本看到應劭當時的閱讀視野，結合作者自身的身份可以看出他對所引典籍的基本態度。

《風俗通義》中所引的典籍非常豐富，儒家類的有《詩經》、《尚書》、《易》、《春秋》、《論語》、《孟子》、《孝經》、《爾雅》、《韓詩外傳》、《儀禮》、《禮記》、《大戴禮記》，歷史類的有《史記》、《漢書》、《國語》、《戰國策》等書，而道家、法家和雜家的引書則很少，如道家的《莊子》只引了一次，法家的有《韓非子》引了兩次、《晏子春秋》引了一次，《管子》引了三次，雜家的《呂氏春秋》引了兩次、《淮南子》引了一次。詞賦類的只引了一次《楚辭》，還有其他的書籍詳見第一章的表格，在此不一一列舉。筆者將《風俗通義》所引的典籍與《風俗通義》「謹案」的言說方式一一對照檢索，發現「謹案」的言說方式與楊雄的《方言》、《春秋》三傳、司馬遷的《史記》、班固的《漢書》，韓嬰《韓詩外傳》、劉向的《列女傳》有著密切的聯繫。

筆者沿著《風俗通義》內容所提供的線索展開對「謹案」言說方式的溯源。應劭在在《風俗通義》開篇之首的序言中便用了很大的篇幅表達了對楊雄的崇敬之情，試觀其論：

　　周、秦常以歲八月遣輶軒之使，求異代方言，還奏籍之，藏於

秘室。及嬴氏之亡，遺脫漏棄，無見之者。蜀人嚴君平有千餘言，
林閭翁孺才有梗概之法，楊雄好之，天下孝廉衛卒交會，周章質問，
以次注續，二十七年，爾乃治正，凡九千字，其所發明，猶未若《爾
雅》之閎麗也，張竦以為懸諸日月不刊之書。〔註14〕

　　應劭在上述這段話中記述了周、秦兩代非常注重對民情風俗的考察和記載，常派遣軿軒之使採集不同時代的方言奏呈登錄，收藏於秘府之中。秦政權滅亡時這些書丟失散佚，蜀人嚴君平保存有一千餘字，林閭翁孺只有一些粗略的制度。應劭對周、秦二代以及嚴君平、林閭翁孺的記述最終是要引出其推崇的楊雄，「楊雄好之」，因此楊雄便在天下孝廉、衛卒聚在一起的時候，向他們詢問核實，逐條注解闡釋，楊雄用了整整二十七年的時間才整理完九千字的《方言》。應劭認為《方言》雖然不及《爾雅》之閎麗，但他在此筆鋒急轉，引用張竦對《方言》的評價，認為該書是「懸諸日月不刊之書」，即與日月同輝、永不磨滅的著作，「《方言》雖仿《爾雅》而作，卻大大超越了《爾雅》，從而奠定了它在中國語言學史上的重要地位。」〔註15〕作者至此寫道：「予實頑闇，無能述演，豈敢比隆於斯人哉！顧惟述作之功，故聊光啟之耳」，應劭認為自己愚昧無知，不能闡述推演，不敢和楊雄這類人同享盛譽，並認為自己所做的工作只是為這部書作擴充說明罷了。

　　從應劭的自序中我們可以看出應劭對楊雄及其著作《方言》是無比推崇的。《方言》又叫《軿軒使者絕代語釋別國方言》，它是我國也是世界上第一部方言著作。朱質在《方言》的跋語中說：「漢儒訓詁之學惟謹，而揚子雲尤為洽聞……凡其辨名物、析度數、研精覃思，毫蟹必計，下而無方之音，殊俗之語，莫不推尋其故，而旁通其義。」〔註16〕《後漢書》對應劭的評價為「撰《風俗通》，以辨物類名號，識俗嫌疑，文雖不典，後世服其洽聞」，從范曄、朱質二人分別對《方言》和《風俗通義》的評價中我們可以看出應劭不僅在序言中極力推崇楊雄，兩人的著作在風格上也頗為相近。楊雄的《方言》「尤為洽聞」，而應劭的《風俗通義》「後人聞其洽聞」，從這裡我們可以看到應劭對楊雄的推崇不僅體現在他的序言中，還很明顯的體現在《風俗通義》的文章風格上。由此我們可以推測《方言》可能對《風俗通義》的創作產生了一定的影響，那麼

〔註14〕王利器：《風俗通義校注》，中華書局，2010，頁 11。
〔註15〕劉君惠：《楊雄方言研究》，巴蜀書社，1992，頁 10。
〔註16〕周祖謨：《方言校箋與通檢》，上海古籍出版社，1981，頁 95。

楊雄《方言》一書的言說方式又是如何呢？

> 虔，儇，慧也。虔，儇，慧也。秦謂之謾，晉謂之□。宋楚之間
> 謂之倢，楚或謂之□。自關而東趙魏之間謂之點，或謂之鬼。〔註17〕

> 蟬，楚謂之蜩，宋衛之間謂之螗蜩，陳鄭之間謂之螂蜩，秦晉之
> 間謂之蟬，海岱之間謂之□。其大者謂之蟧，或謂之蝒馬；其小者謂
> 之麥蚻，有文者謂之蜻蜻，其溜蜻謂之尖，大而黑者謂之□，黑而赤
> 者謂之蜺。蜩蟧謂之□蜩。□謂之寒蜩，寒蜩，喑蜩也。〔註18〕

《方言》一書基本上都遵循著以上的言說方式，在此不一一列舉。楊雄《方言》的言說方式大體遵循先交代現象，再對現象進行解釋的規律。如對「蟬」的說明，楊雄就先列出蟬，再用不同地方對「蟬」的不同稱謂進行解釋說明。《方言》雖然沒有明顯的「謹案」言說方式，但是我們把《方言》先列現象再解釋考辯的言說方式和《風俗通義》「謹案」言說方式對比來看，我們從中還是可以隱約看到《方言》的言說方式對《風俗通義》「謹案」言說方式的潛在影響。《風俗通義》與《方言》最大的不同就是《風俗通義》在每章之首有一個「總題」，即概要性地介紹本章的核心議題，並以此核心議題定為該章的篇名，如作者在「正失第二」中先概要性地說明本章的核心議題是「糾其謬」，因此「曰正失也」。而這樣的章節在《風俗通義》中有「皇霸」、「正失」、「愆禮」、「過譽」、「十反」、「窮通」、「怪神」，在七章中除去總題之外，應劭基本遵循楊雄《方言》的言說方式，即先列舉現象，再來解釋說明，即「以謹案云云辯證得失」。現舉一例如下：

五帝

> 《易傳》、《禮記》、《春秋國語》、《太史公記》：黃帝、顓頊、帝
> 嚳、帝堯、帝舜是五帝也。〔註19〕

> 謹案：《易》、《尚書大傳》：天立五帝以為相，四時施生，法度
> 明察，春夏慶賞，秋冬刑罰，帝者任德設刑，以則象之，言其能行
> 天道，舉措審諦……堯者，高也，饒也。言其隆興煥炳，最高明也。
> 舜者，推也，循也。言其推行道德，循堯緒也。〔註20〕

〔註17〕周祖謨：《方言校箋與通檢》，上海古籍出版社，1981，頁1。
〔註18〕周祖謨：《方言校箋與通檢》，上海古籍出版社，1981，頁68。
〔註19〕王利器：《風俗通義校注》，中華書局，2010，頁8。
〔註20〕王利器：《風俗通義校注》，中華書局，2010，頁10。

應劭先列出解釋的對象如「五帝」，這類似於楊雄《方言十一》中先列出「蟬」，應劭引經據典對「五帝」進行考辯說明則類似於楊雄在《方言》中對「蟬」的解釋說明。如果說以上的例子帶有一定的偶然性的話，那麼《風俗通義》中「聲音」、「祀典」、「山澤」則和《方言》的言說方式近乎相同了。作者對要解釋的對象不再像上面「五帝」那樣先說明哪些典籍中所記載的「五帝」，再來解釋說明。應劭在「聲音」、「祀典」、「山澤」中則是直接列出要解釋的對象，然後再考釋。現在三章中各舉一例如下：

宮

謹案：劉歆《鍾律書》：「宮者，中也，居中央，暢四方，倡始施生，為四聲綱也。無行為土，五常為信，五事為思，凡歸為君。」（聲音第六）〔註21〕

祖

謹案：《禮傳》：「共工之子曰修，好遠遊，舟車所至，足跡所達，靡不窮覽，故祀以祖神。」祖者，徂也。《詩》云：「韓侯出祖，清酒百壺。」《左氏傳》：「襄公將適楚，夢周公祖而遣之」是其事也。《詩》云：「吉日庚午。」漢家火行，盛於午，故以午祖也。（祀典第八）〔註22〕

澤

謹案：《尚書》：「雷夏既澤。」《詩》云：「彼澤之陂，有蒲與荷。」《傳》曰：「水草交厝，名之為澤。」澤者，言其潤澤萬物，以阜民用也。」《春秋左氏傳》曰：「澤之莞蒲，舟鮫守之。」《韓詩內傳》：「舜漁雷澤。」雷澤在濟陰城陽縣。（山澤第十）〔註23〕

以上所舉的「宮」、「祖」、「澤」分別是《聲音》、《祀祖》、《山澤》中的一例，這三章中均保持著這樣的言說方式。我們可以看出《風俗通義》「謹案」的言說方式與楊雄《方言》的言說方式在本質上並沒有大的差別，在此三章中我們可以看出應劭只不過比楊雄多了「謹案」二字而已。應劭除了在序言中對楊雄非常推崇，在《風俗通義》一書中也多次出現對《方言》的直接引用（詳見第一章表格）。

〔註21〕王利器：《風俗通義校注》，中華書局，2010，頁277。
〔註22〕王利器：《風俗通義校注》，中華書局，2010，頁381。
〔註23〕王利器：《風俗通義校注》，中華書局，2010，頁477。

　　綜上所述，筆者認為《風俗通義》「謹案」的言說方式受到了楊雄《方言》的影響。《方言》的言說方式為《風俗通義》「謹案」言說方式提供了框架借鑒，即先列對象，再解釋說明的模式。《方言》將解釋對象和解釋內容放在一起，而應劭不同於楊雄的是他並非在所列對象之後直接解釋說明，而是將所列對象和解釋說明以「謹案」分開，形成較為獨立的兩個部分。應劭這一獨特的「謹案」言說方式除了受到《方言》影響，還受到哪些其他的著作影響呢？

　　「謹案」最早出現在《墨子‧號令》篇中，「而箚書得必謹案視」，這時的「謹案」還只是謹慎地「案視」、「參驗」，後來「謹案」多出現在漢人對歷史典籍的注疏中，但「謹案」在史書中出現的次數則最多，如《史記‧卷一百二十一》中的「臣謹案詔書律令下者，明天人分際，通古今之義」、《漢書卷三十六》中的「謹案春秋二百四十二年日蝕三十六」、《後漢書‧九十二律曆志第二》中的「臣謹案前對言冬至日去極一百一十五度」，《三國志‧卷二魏書二》中的「臣謹案古之典籍，參以圖緯，魏之行運及天道即尊之驗在於今年」，「謹案」一詞在我國歷史典籍中比比皆是，直至清代四庫館臣在編纂《四庫全書》中均有大量的「臣等謹案」這樣的字眼。由此可見「謹案」一詞在史官的著述中是極為常見的。而《風俗通義》所引典籍中多次出現《史記》、《漢書》，並在《窮通》一章中大篇幅地引用了《史記》、《漢書》中的故事，由此筆者推想，「謹案」的言說方式受否也受到了《史記》、《漢書》的影響，筆者帶著這個疑問檢索了《史記》和《漢書》。

　　《史記》和《漢書》中雖然有大量「謹案」的出現，但是司馬遷和班固並沒有把「謹案」獨立出來，而是將「謹案」與敘事融為一體，但是《史記》和《漢書》都有一處和「謹案」言說方式頗為接近，那就是《史記》在「本紀」、「世家」、「列傳」中對人物的記載之後均會在文末另起一段出現「太史公曰」，《漢書》則沿襲這一傳統在對人物記載之後出現「贊曰」。「太史公曰」和「贊曰」都直接表達了作者對所記歷史人物的評價，而這樣的言說方式和應劭在記載每個故事之後均另起一段出現「謹案」或是像在「十反」中那樣記錄了很多人物之後出現一個總的「謹案」如出一轍，而《風俗通義》多處引用《史記》、《漢書》，特別是「十反」一章，應劭所列舉的十對人物多出自《史記》和《漢書》之中，應劭將那些材料「刪敘潤色，以全其體」，在更短的篇幅中將人物進行對比。司馬遷和班固撰寫史著「寓論斷於序事」之中，而應劭撰寫《風俗通義》「辨風正俗」，予褒貶於紛繁複雜的風俗之中。應劭和司馬遷、班固在著

書態度上是一致的,「在不能完全表達自己的思想感情和對人對事的褒貶態度時,很需要有一種形式來幫助論贊述臧否,這樣,從『君子曰』得到啟發,司馬遷自然就創造了『太史公曰』這種史評形式」〔註24〕,由此筆者猜想應劭對司馬遷「太史公曰」或者班固「贊曰」的繼承也是極有可能的。

應劭具有強烈的史家精神,他對《史記》和《漢書》非常熟稔,在言說方式上有所借鑒是完全有可能的。從《後漢書・應劭傳》中對應劭所任官職的記載來看,應劭沒有擔任史官,但從《後漢書・應劭傳》對應劭一生著述的記載來看,說應劭是史官也是名副其實的。應劭以孔子為楷模,對當時的典籍進行著述、刪減,應劭認為之前的很多案件是根據人情來裁決的,而這樣的裁決大多違背了儒家的道德標準,是對「春秋決獄」精神的背離,因此應劭自覺擔負著史官的責任,著書立說,如:

> 應劭凡為駁議三十篇,皆此類也,又刪定律令,為《漢儀》,建安元年,乃奏之。曰:「夫國之大事,莫尚載籍。載籍也者,決嫌疑,明是非……臣累世受恩,榮祚豐衍,竊不自揆,貪少雲補,輒撰具《律本章句》……《春秋斷獄》,凡二百五十篇,蠲去複重,為之節文,又集《駁議》三十篇,以類相從,凡八十二事,其見《漢書》二十五、《漢紀》四,皆刪敘潤色,以全其體」〔註25〕

從《後漢書・應劭傳》所引應劭奏給漢獻帝的奏疏中我們可以看到應劭的著作多在《漢書》、《漢記》等史籍的基礎上「刪敘潤色」,加上「著《漢官儀禮故事》,凡朝廷制度,百官典式,多劭所立」〔註26〕,稱應劭為著作等身的史官也是實至名歸,由此筆者認為應劭「謹案」的言說方式受到史著《史記》、《漢書》中「太史公曰」和「贊曰」影響是比較明顯的。

至此我們看到《風俗通義》在言說方式上受到《史記》和《漢書》的影響,而史記中的「太史公曰」對《漢書》中的「贊曰」也有著直接的影響,可以看到「贊曰」對「太史公曰」有一個傳承的過程,但是「謹案」言說方式是不是追溯到《史記》中的「太史公曰」就沒有了呢?至此,筆者不得不再對「太史公曰」作一個簡單的梳理。「太史公曰」也不完全是司馬遷的原創,「太史公曰」也有對《春秋》中「君子曰」的傳承,「《史記》的『太史公曰』,是對先秦史

〔註24〕馮萬:《史記中史公曰史評形式初探》,載《綏化師專學報》2004 年第 3 期。
〔註25〕范曄著,李賢等注:《後漢書》,中華書局,1965,頁 1611～1613。
〔註26〕范曄著,李賢等注:《後漢書》,中華書局,1965,頁 1614。

書『君子曰』的繼承和發展，形成自己完整的體系，是司馬遷發表『一家之言』的重要手段之一。由『君子曰』到『太史公曰』，實際上是作者由幕後走到了前臺，直接表達自己的思想。」〔註27〕劉知幾在《史通・論贊》中提到：「《春秋左氏傳》每有發論，假君子以稱之。二《傳》云『公羊子』、『穀梁子』，《史記》云：太史公、班固曰贊，荀悅曰論，《東觀》曰序，謝承曰詮，陳壽曰評，王隱曰議，何法盛曰述……史官所撰，通稱史臣曰。其名萬殊，其義一揆。必取便於時者，則總歸論贊焉……」〔註28〕《左傳》、《公羊傳》、《穀梁傳》中存在大量的「君子曰」，「據不完全統計，《左傳》中有『君子曰』41條、『君子謂』19條、『君子以為』5條、『君子是以知』9條、『君子是以』1條、『君子以……為』4條，共有79條，以『君子』發論的議論，因為『君子曰』出現的次數最多，所以通常將它們統稱為『君子曰』。」〔註29〕《春秋》三傳的作者大量借用「君子曰」來表達作者自己對史事和人物的評論，而這一形式則是「《史記》『太史公曰』雛形與淵源」，由此我們可以反觀《風俗通義》中的引書，應劭對《春秋》三傳的引用達40次之多，應劭在《風俗通義》中雖然沒有使用「君子曰」，但是作者在《風俗通義》中常常以「君子」的道德標準來品評人物，如「君子不以臨深以為高，不因少以為多」〔註30〕、「為人謀而不忠，愛人而以姑息，凡人不可，況於君子乎！」、「《詩》云：彼君子不素餐兮」〔註31〕、「《詩》云：淑人君子，其儀不忒」〔註32〕、「君子百行，子產有四。凡在他姓，尚宜襃之，況於父兄」〔註33〕、「舉其偏，不為黨，建一官而三物成，晉國賴之，君子歸焉」〔註34〕、「大義滅親，君子猶曰：純臣之道備矣」〔註35〕、「是故君子厄窮而不閔，勞辱而不苟，樂天知命，無怨尤焉」〔註36〕，由此可以看出《風俗通義》中以「君子」的人格品評史事人物其實也是受到了

〔註27〕張新科：《從唐前史傳論贊看駢文的演變軌跡》，載《文學評論》2007年第6期，頁25。
〔註28〕程千帆：《史通箋記》，中華書局，1980，頁52。
〔註29〕劉嘉：《史記太史公曰文體研究》，華東師範大學2013年碩士學位論文，頁11。
〔註30〕王利器：《風俗通義校注》，中華書局，2010，頁169。
〔註31〕王利器：《風俗通義校注》，中華書局，2010，頁178。
〔註32〕王利器：《風俗通義校注》，中華書局，2010，頁188。
〔註32〕王利器：《風俗通義校注》，中華書局，2010，頁223。
〔註34〕王利器：《風俗通義校注》，中華書局，2010，頁338。
〔註35〕王利器：《風俗通義校注》，中華書局，2010，頁330。
〔註36〕王利器：《風俗通義校注》，中華書局，2010，頁265。

《春秋》三傳的影響，而應劭在文末「謹案」發揮著與「君子曰」一樣的功能，即品評人事的功能。「謹案」是「君子曰」的一種變體，在本質上與「君子曰」並無二致，由此筆者認為應劭的「謹案」言說方式經歷了由《春秋》三傳中「君子曰」到《史記》中的「太史公曰」再到《漢書》「贊曰」的流變的過程，具有內在的傳承關係，但是筆者不能就此而下定論說「君子曰」、「太史公曰」和「贊曰」一定對「謹案」產生了影響，因為在「君子曰」、「太史公曰」和「贊曰」之外，筆者還發現《風俗通義》這一言說方式與韓嬰的《韓詩外傳》和劉向的《列女傳》也有著非常密切的聯繫。

《韓詩外傳》是由文帝時期的博士韓嬰所著，全書記載了三百多例春秋軼事、孔子佚聞、倫理規範等不同內容。韓嬰一般會在每個故事之後恰當地引用《詩經》中的句子來作總結，現舉一例如下：

> 傳曰：夫行露之人許嫁矣，然而未往也，見一物不具，一禮不備，守節貞理，守死不往，君子以為得婦道之宜，故舉而傳之，揚而歌之，以絕無道之求，防污道之行乎！詩曰：「雖速我訟，亦不爾從。」〔註37〕

韓嬰先以「傳曰」開端，講述了婦人因缺少一件嫁妝至死也不肯出嫁的事情，最後以《詩經》中的句子作為這則故事的結束，而這句話同時也表達了作者本人對所記載故事的態度，或者文末所引詩經原文與故事的內容非常貼切。《韓詩外傳》基本遵循這樣的體例，其故事開始的「傳曰」和「謹案」言說方式中出現最多的「俗曰」非常相似，而在文末韓嬰選擇的是詩經中的原句表達自己觀點或作總結，而這又與《風俗通義》通常在文末以「謹案」表達作者觀點並且作總結的言說方式是非常接近的。可以說《韓詩外傳》基本上具有了「謹案」言說方式的雛形，為「謹案」言說方式的出現作了框架上的鋪墊。而《風俗通義》中也出現了對《韓詩外傳》、《韓詩內傳》（今已散軼）的引用（詳見第一章所列表格），由此可見看到應劭本人是閱讀過《韓詩外傳》、《韓詩內傳》的，因此筆者認為《韓詩外傳》為「謹案」言說方式奠定了基本的框架結構，即先以「俗說」開始，再記載故事，最後引用典籍原文表達自己的態度並且總結全文。

而《韓詩外傳》這樣的言說方式又直接影響了劉向的《列女傳》，「以《漢書・藝文志》著錄的古書來看，已經亡佚的暫且不論，僅以傳世的來說，除了

〔註37〕韓嬰撰，許維遹校釋：《韓詩外傳集釋》，中華書局，1980，頁17。

《列女傳》之外，再也找不到第二部具備如此體例的古書」〔註38〕，由此筆者
對劉向的《列女傳》進行檢索。筆者驚喜地發現《列女傳》的言說方式和《風
俗通義》「謹案」的言說方式非常相似，但二者不同之處在於應劭在文末用「謹
案」，而劉向用的是「頌曰」，下面筆者分別各舉一例：

> 山陽太守汝南薛恭祖
>
> 山陽太守汝南薛恭祖，喪其妻不哭，臨殯，於棺上大言：「自同
> 恩好四十餘年，服食祿賜，男女成人，幸不為天，夫復何恨！今相
> 及也。」
>
> 謹案：「《禮》為嫡妻杖，重於宗也。妻者，既齊於己，澄漠酒
> 醴……列在服位，躬入隧，哀以送之，近得禮中。王公諸子魏杖亦
> 過矣。」〔註39〕

> 棄母姜嫄（列女傳之一·棄母姜嫄）
>
> 棄母姜嫄者，邰侯之女也。當堯之時……列詩云：「赫赫姜嫄，
> 其德不回，上帝是依。」又曰：「思文后稷，克配彼天，立我烝民。」
> 此之謂也。
>
> 頌曰：棄母姜嫄，清靜專一，履跡而孕，懼棄於野，鳥獸覆翼，
> 乃復收恤，卒為帝佐，母道既畢。〔註40〕

從以上所舉的例子可以看出，《風俗通義》和《列女傳》在言說方式上是
非常相似的，但能否就說《風俗通義》就是受到劉向《列女傳》的影響了呢？
雖然應劭在《風俗通義》中也多次提到向、歆父子，並且也引用了劉向的《別
錄》，但是由於應劭並沒有直接提到《列女傳》，所以筆者不敢冒然認定《列女
傳》的言說方式對《風俗通義》產生了影響，但是從《列女傳》言說方式對《韓
詩外傳》的直接繼承關係以及《風俗通義》與《列女傳》在言說方式上的高度
相似性可以大致地推斷出《風俗通義》「謹案」的言說方式很可能受到了《韓
詩外傳》的影響。

綜上所述，筆者認為應劭對「謹案」言說方式的選擇主要受到了以下幾個
方面的影響。楊雄的《方言》為《風俗通義》提供了全書的著作框架，即先列

〔註38〕 樊東：《韓詩外傳著述體例及相關問題研究》，上海大學 2016 年博士學位論文，
頁 65。
〔註39〕 王利器：《風俗通義校注》，中華書局，2010，頁 142。
〔註40〕 張敬注釋：《列女傳今注今譯》，臺灣商務印書館，1994，頁 4～5。

事項再來解釋說明的範式。而韓嬰《韓詩外傳》、劉向《列女傳》則對《方言》提供的大框架進行了填充和創新。而與「謹案」具有內在傳承關係的線索則是《春秋》三傳中的「君子曰」、《史記》中的「太史公曰」、《漢書》中的「贊曰」，作者對以上典籍的言說方式均有借鑒吸收，並結合自身的史官身份加以改造，形成了極富個性的「謹案」的言說方式。

二、「謹案」言說方式的共時梳理

對「謹案」言說方式進行共時的梳理，首先就必須要對應劭的生卒年和《風俗通義》的成書時間作一個考述。應劭的生卒年在《後漢書》中沒有記載，范曄也沒有單獨為應劭作傳，而是附在其父應奉之後，我們只能從《後漢書》的記載中推斷應劭大概的生卒年份和《風俗通義》的成書時間。「劭，字仲遠，少篤學，博覽多聞。靈帝時舉孝廉，辟車騎將軍何苗掾」，這是關於應劭最早的時間記載，「中平六年（公元 189 年），拜太山太守」，「初平二年（公元 191年），黃巾三十萬眾入郡界。劭糾率文武連與賊戰」，「興平元年（公元 194 年），前太尉曹嵩及子德從琅邪入太山，劭遣兵迎之，未到，而徐州牧陶謙素怨嵩子操，數擊之，乃使輕騎追嵩、德，並殺之於郡界。劭畏操誅，棄郡奔冀州牧袁紹。」〔註41〕《後漢書》按照時間順序記載了應劭生平中的幾件大事，其下便語焉不詳了。據李宗鄴先生的考證，應劭大約生在漢桓帝建和年間（公元 147～149 年），卒於漢獻帝建安年間（公元 196～220 年）。〔註42〕根據《三國志·武帝紀》裴松之注引《世語》中的：「後太祖定冀州，劭時已死」，曹操平定冀州是漢獻帝建安九年（公元 204 年），從這樣的表述可見應劭卒年至遲是公元204 年。王忠英在其《應劭著述考論》中認為應劭的生卒年是公元 151 到公元204 年，綜合諸家之說，應劭的生年至早在 147 年，卒年至晚是 204 年而不是220 年。

而關於《風俗通義》的成書時間，范曄只提到了「撰《風俗通》，以辯物類名號，釋時俗嫌疑。文雖不典，後世服其洽聞。凡所著述百三十篇。又集解《漢書》」，應劭著《風俗通義》應該是歸袁紹以後，而此時正值漢獻帝遷都許昌，很多書籍典章都丟失了，正如《後漢書》所記載的「時始遷都於許，舊章堙沒，書記罕存。劭慨然歎息，乃綴集所聞，著《漢官禮儀故事》，凡朝廷制

〔註41〕范曄著，李賢等注：《後漢書》，中華書局，1965，頁 1610。
〔註42〕李宗鄴：《中國歷史要籍介紹》，上海古籍出版社，1982，頁 105。

度，百官典式，多劭所立」。雖未提及《風俗通義》，但由《風俗通義‧序》中記載的「王室大壞，九州幅裂，亂靡有定，生民無幾，私懼後進，益以靡昧，聊以不才，舉爾所知，方以類聚，凡十一卷，謂之《風俗通義》」〔註43〕，我們將范曄的記載和應劭的自序兩相對照來看，《風俗通義》的成書應該是在公元 194 年到公元 204 年之間，也就是應劭去世的前十年內，由此應劭的生卒年當是公元 147 年～204 年，而《風俗通義》的成書時間很可能是公元 194～204年，因此將應劭生卒年間或稍前的專著加以比較便可以較為準確地看出「謹案」言說方式是否是受到當時其他著作的影響。

筆者通過在《後漢書》中檢索，符合以上時間範圍又有文學著作存留至今的非常少，其中王符有《潛夫論》遺世；荀悅有《漢記》、《申鑒》遺世；仲長統有《昌言》遺世；徐幹有《中論》遺世，除此之外，皆不符入選條件。筆者將《潛夫論》、《申鑒》、《昌言》等書一一檢閱，發現這些著作中雖然也有對當時事情的記載和評論，但均是說理性很強的議論文，文章在言說方式上是事情和議論雜糅在一起，均沒有出現象《風俗通義》中那樣結構分明的「謹案」的言說方式，由此筆者認為《風俗通義》中「謹案」的言說方式是其自身獨有的言說方式。從現有的應劭生卒年間他人遺留的著作來看，應劭應該沒有受到同時代人的影響，因此對「謹案」言說方式的歷時探討是非常必要而且行之有效的。

綜上對「謹案」言說方式的歷時溯源和共時梳理，筆者認為「謹案」的言說方式是應劭同時代書籍中所獨有的，「謹案」的言說方式應該是應劭對楊雄《方言》、司馬遷《史記》、班固《漢書》、韓嬰《韓詩外傳》的繼承並結合自身強烈的著史意識加以改造而來的。

第三節 「謹案」言說方式的價值及其意義

一、對全篇內容和結構的完善

《風俗通義》中「謹案」的言說方式為《風俗通義》全書構建了一個大的框架，作者在這樣的框架中展開記錄和評論。謹案的言說方式雖然更多地表現為體例上的特徵，但是其價值和意義卻不僅僅侷限在體例上，而是與全書緊密聯繫著的。正是由於《風俗通義》中「謹案」言說方式的存在才使得《風俗通

〔註43〕王利器：《風俗通義校注》，中華書局，2010，頁 4。

義》的文學特徵更加突出，使得《風俗通義》成為一部完整的作品。

「謹案」言說方式中，作者先陳述「總題」，對本章的諸多小故事作一個提綱挈領式的說明，讓讀者對該章內容一目了然，如「窮通第七」中作者用「是故君子厄窮而不閔，勞辱而不苟，樂天知命，無怨尤焉。故錄先否後喜曰窮通也」〔註44〕簡明扼要地指出了第七章的主旨，並且表明所記錄人物均經過「先否後喜」的共同特徵。作者在全章的開始部分對即將記錄的內容作了總結性的交代，作者為何先要作這樣的交代？石昌渝在《中國小說源流論》中認為《風俗通義》的故事情節是「綴段式」結構，所謂「綴段式」結構就是指各故事之間並無多少聯繫，而是獨立的一些小故事，而這些獨立的小故事在一章中形成了一種並列的結構關係，「這些故事或者由一個或幾個行動角色來串連，或者由某個主題把它們統攝起來，它們之間不存在因果關係，因此挪動它們在小說時間和小說空間也無傷大雅。」〔註45〕石昌渝高度概括了《風俗通義》各章中各個故事之間的關係，正是由於這些故事之間並無多少關聯，如何將這些沒有關係的故事更好地編排在一起而使全書不至於凌亂，那麼抓住這些故事的主旨即石昌渝所言的「某個主題」自然是非常必要的了。應劭正是用「某個主題」將紛繁而無關聯的故事貫穿在一起，這使得各個不同故事各歸其「某個主題」的大類，即使故事很多也不至於凌亂不堪。應劭這樣的安排使得全書在邏輯上更加嚴謹合理，一章內故事雖多，卻秩序井然。由於作者在開篇的「總題」中已經為讀者點明了故事的主旨，為讀者提供了閱讀的期待視野，如「窮通」總題中就交代了所錄人物為「先否後喜」，這就為讀者提供了最初的期待視野。除此之外，作者還為讀者作了倫理上的預設和導向，如窮通總題中的「是故君子厄窮而不閔」，作者在這樣簡明扼要的「總題」中就潛移默化地為讀者預設了「君子」的價值導向。

至此，「謹案」言說方式為作者接下來有條不紊地記載各個故事奠定了基礎，正是有了這樣的前期鋪墊，作者才能在後文中迂緩地一一道來。經過「總題」的導向後，讀者在閱讀各個不同故事的過程中不僅不會感到混亂，反而會更加敏銳地抓住這些故事的共同主旨，即「君子厄窮而不閔，勞辱而不苟，樂天知命，無怨尤焉」。在不同故事的閱讀中作者這種「共同主題」被讀者一遍一遍的強化，作者對讀者的影響就這樣「潤物細無聲」地開始了，而讀者也在

〔註44〕王利器：《風俗通義校注》，中華書局，2010，頁314。
〔註45〕石昌渝：《中國小說源流論》，三聯書店出版社，1994，頁31。

閱讀中被潛移默化地影響了。我們可反觀應劭著《風俗通義》「辨風正俗」的目的，而「辨風正俗」在本質上說就是應劭希望自己的儒家價值觀被世人乃至被讀者所認同，而「謹案」言說方式不僅使得各章故事在結構安排上更加合理，也能更好地為其「辨風正俗」的著書目的服務。

在「謹案」言說方式中作者往往會在文末用一些概括性的語句對前面所記述的人和事作一個總結，這使讀者能對之前所閱讀的內容迅速地產生回憶並且抓住所記人物或事情的主要特徵，而作者在總結中使什麼樣特徵得到凸顯又與作者的價值導向有著密切的關聯。如「窮通第七」中作者在記述了孔子、孟子、虞卿、韓信、孔安國、李廣等人「先否後喜」的一些事蹟後，在文末用極其簡潔的話語對所記人物作了總結，如「韓信寵秩，出跨下之辱；安國不念舊惡，合禮中平。李廣因威歸忿，非義之理；宣尼暨陳，皆降而復升，兼濟天下；唯虞卿逼於強秦，獨善其身，纘述篇籍，垂訓後昆。昔子夏心戰則腴，道勝如肥，何必高位封爵以為融懿也。」〔註46〕作者在「謹案」末尾用這樣言簡意賅的話語對所記故事作了總結，使得人物特徵更加明顯，如韓信的忍辱負重，孔安國的寬容大度，李廣的心胸狹窄，虞卿「窮則獨善其身，達則兼濟天下」的人生態度，作者用概括性的語言再次強化所記人物的性格特徵，在總結中也更加突出地表達作者自己的價值取向以期「辨風正俗」，為當時的人們樹立儒家的價值觀念。

「謹案」言說方式不僅使作者對所記內容作了一個再次的鞏固以強化人物特徵，表達作者的價值取向，站在一個大的角度來看這種先「總題」再分寫最後「謹案」的言說方式也使得全書在結構上形成了一個總—分—總的框架結構。《風俗通義》各章所記內容相差甚大，但是這樣的框架結構使得各章內容在結構上非常緊湊，因此《風俗通義》一書在記載大量的風俗事項時不會出現雜亂無章。正是「謹案」的言說方式為全書各章提供了一個共同的框架，作者才能在這樣的框架中有條不紊地記載內容，充實全書，「謹案」的言說方式為全書內容提供了有序言說的空間，在結構上也發揮了「綱」的作用，使得全書條目清晰，結構嚴謹。

二、為小說因素提供生長空間

《風俗通義》一書基本遵循著以上的說方式，先「總題」，然後「略陳大

〔註46〕王利器：《風俗通義校注》，中華書局，2010，頁346。

意」，再在散目中詳細記載當時的風俗、故事，最後再以「謹案」結束。《風俗通義》一書除了具有極高的民俗學價值，「《風俗通義》是應劭研究民間風俗的專門撰述，也是世界上第一部比較系統和全面地專以民俗為研究對象且又規模比較可觀的專門著作」〔註47〕，同時也蘊含著豐富的文學價值，《風俗通義》「其中的一些作品往往以民間傳說附會歷史人物，敘述生動，人物形象鮮明，頗具文學韻味，不乏小說因素。」〔註48〕自清代學者王鳴盛開始，越來越多的學者注意到《風俗通義》的小說因素，王鳴盛在他的《十七史商榷·卷三十六》中說：「《風俗通義》，小說家也。」龔自珍也在他的《最錄漢官儀》中說：「《風俗通義》，小學之旁支，小說之別祖也。」從以上的不同說法中我們可以看到《風俗通義》與「小說」有著很密切的聯繫。

　　《風俗通義》內容非常豐富，全書若除去《聲音》、《祀典》、《山澤》以及佚文中的姓氏等具有較強的史料性篇章後，《風俗通義》可看成一部兼有志人和志怪因素的古代文言小說。吳志達在其《中國文言小說史》中認為《風俗通義》是兩漢魏晉雜記體小說，並在書中記述道：「從小說文學角度來看，價值在於客觀敘述某些故事、人情風俗，而不在於敘事寫人之後所加的辯證考釋性按語。」〔註49〕誠然，《風俗通義》那些辯證考釋性的按語的確缺少文學因素，而更多的是議論，但是應劭著《風俗通義》並不是「有意為小說」，「辨風正俗」才是作者最想達到的目的。應劭記載的各類風俗只是為其「辨風正俗」提供現象材料，作者最看重的是其「謹案」的部分，因為作者在這裡才能引經據典，依經立義，品評人事，表達自己的價值取向並希望以儒家思想統一風俗使之符合儒家的「禮」，因而「作為『總題後略陳大意』的概要約占全部篇幅的5%，屬『先詳其事』的敘述約占40%，而屬『謹案』的討論約占55%。」〔註50〕從小說文學角度來看「謹案」的內容似乎不具有多少價值，可以忽略，但是筆者認為「謹案」的言說方式卻是不可以忽略的。《風俗通義》並非「有意為小說」，但是後代學者卻認為該書為「小說之別祖」、「兩漢雜記體小說」，這種「謹案」的言說方式與《風俗通義》的小說因素有沒有什麼內在關聯呢？「謹案」的言說方式對其小說因素的出現有沒有影響呢？它是否為小說因素提供生成

〔註47〕張漢東：《風俗通義的民俗學價值》，載《民俗研究》，2000年第2期，頁164。
〔註48〕董焱：《風俗通義的文學價值》，載《河北師範大學學報（社哲版）》，2007年第1期，頁72。
〔註49〕吳志達：《中國文言小說史》，齊魯書社，2009，頁54。
〔註50〕李章立：《風俗通義小說性研究》，四川師範師大學2006年碩士學位論文，頁9。

的空間和可能呢？對此，學界至今尚未論及，仍具有很大的研究空間。

（一）小說因素中的敘事性、虛構性因素

在探究《風俗通義》的言說方式與其小說因素的關聯之前，需要先對「小說」一詞作一個概念上的梳理。何為「小說」？「在考慮這個問題時，似不能完全拘泥於『小說』的一般定義，考察古小說的淵源時，視野不妨放寬一些。『小說』的概念，也有一個演化過程，從莊子、桓譚、班固、劉知幾，到洪邁、胡應麟、紀昀，在進化中概念逐漸嚴密起來。事物的發展，往往不是先有其名後有其實，而是在客觀世界中先存在某種事物，才產生與其相應的概念，而概念的外延與內涵也會有發展變化」〔註51〕，《風俗通義》並不是現代意義上的小說，所以不可以一味地用現代小說的概念去分析《風俗通義》。筆者嘗試對「小說」一詞演化的歷程作一個片段性的列舉，並借鑒外國小說理論，探究小說應該具有什麼必不可少的因素，而《風俗通義》具有了什麼樣的因素而被稱為我國的「前小說」，並在此基礎上探究《風俗通義》的言說方式對這種「小說因素」的生成產生了什麼樣的影響。

「小說」一詞最早出現在《莊子・雜篇・外物》中，「飾小說以干縣令，其於大達亦遠矣」，莊子或其弟子以這樣的寓言來說明一些輕才粉飾之徒以淺薄瑣碎的「瑣屑之言」博取高名，但與明達的大道卻相去甚遠，這裡的「小說」與《論語・子張》中的：「雖小道，必有可觀者焉；致遠恐泥，是以君子不為也」的「小道」頗為相似，指那些無關政教的小道理，這與後來作為一種文學體裁的「小說」有著很大的不同，但是在這句話中我們不難看出其與後代「小說」均具有的共同之處，即「飾」的成分。關於「飾」，徐克謙認為：「飾者，有增飾、裝飾、修飾之義，進一步說，也即加工、誇張乃至虛構編造。」〔註52〕莊子所謂的「小說」在敘事上帶有一定的虛構成分，缺乏真實性。到了漢代，「小說」觀念開始慢慢向文體方向發展。西漢的劉向、劉歆父子奉成帝之命領校群書，寫成《別錄》、《七略》，其中論及「小說」，二者雖然均已散佚，但依然可以從《漢書・藝文志》中窺見一二。《漢書・藝文志》認為「小說家流，蓋出於稗官，街頭巷語，道聽途說之所造也……閭里小知者之所及，亦使綴而不忘，如或一言可採，此亦芻蕘狂夫之議也」〔註53〕、「如淳

〔註51〕 吳志達：《中國文言小說史》，齊魯書社，2009，頁6。

〔註52〕 徐克謙：《論先秦小說》，載《社會科學研究》1998年第5期。

〔註53〕 班固著，趙一生點校：《漢書》，浙江古籍出版社，2002，頁590。

曰：細米為稗，街談巷說，其細碎之言也，王者欲知閭巷風俗，故立稗官使稱說之。」〔註54〕班固所謂的「小說」指那些稗官把街頭巷語、道聽途說的內容搜集起來，使統治者可以從中瞭解民間輿情以利於統治。從中我們可以發現「小說」在內容上多為對民間故事的記載，即敘事性，「街頭巷語」、「道聽途說」、「造」中亦可以看出在班固觀念中的「小說」不像史書那樣很重視真實性，更多的還是一些不真實的記載，帶有虛構的成分。從顏師古對《漢書‧藝文志》中十五家小說的注解如「其語淺薄，似依託也」、「迂誕依託」等看出小說「大抵或託古人，或記古事，託人者似子而淺薄，記事者近史而悠繆者也」〔註55〕，這無不暗含著小說在敘事上帶有虛構的成分。

　　向歆父子之後的桓譚在其《新論》中也提及「小說」，「若其小說家，合叢殘小語，近取譬論，以作短書，治身理家，有可觀之辭」，桓譚的「小說」是指用某些修辭方式如譬喻對日常生活中的小事情進行創作或綴集一些街頭巷尾的言論形成「短書」，以表達一定的道理。從其「合」、「取譬論」、「作」中亦可以發現「小說」具有虛構的成分，而且可以看到小說是對日常瑣事的記錄，即小說包含著敘事性。至唐代的劉知幾更是站在史家的角度認識「小說」，認為小說「言皆瑣碎，事必叢殘，固難以接光塵於五傳，並輝烈於三史家。」〔註56〕劉知幾認為「小說」所「言」皆為「瑣碎」之事，所記之事皆短小，但可以補史之闕，作為「史乘」或「史餘」不可以棄之不顧。由於歷代學者對「小說」的認識均不相同，但在總體上還是在班固和劉知幾的小說觀念上發展流變，我國的小說從班固開始便開始了由依附子史，如由子入史，亦子亦史等觀念向著獨立的方向發展，並經歷了文言小說和白話小說的分野，到梁啟超等人大力提倡「小說界革命」時，小說地位得到空前提高，成為「國民之魂」、「正史之根」。由於篇幅原因筆者僅列舉前期具有奠基性的觀念，其他不再一一列舉，雖然各個時期人們對小說觀念和小說功能認識都不盡相同，但「敘事性」和「虛構性」則是「小說」之所以為「小說」必不可少的兩個要素。

　　中國現代學者對小說均有不同的定義，如胡尹強認為：「小說是作家虛構的人和人的生活的描述。」〔註57〕馬振方在其《小說藝術論》中認為：「對於

〔註54〕魯迅：《中國小說史略》，中華書局，2013，頁15。
〔註55〕魯迅：《中國小說史略》，中華書局，2013，頁3。
〔註56〕程千帆：《史通箋記》，中華書局，1980，頁170。
〔註57〕胡尹強：《小說藝術品性和歷史》，上海文藝出版社，1993，頁16。

今人共識的小說，似乎可以作這樣的表述：以散體文摹寫虛擬人生幻象的自足的文字語言藝術。」〔註58〕而國外的學者也對小說有著不同的定義，如英國學者福斯特在其《小說面面觀》中是這樣定義小說的：「阿比爾‧謝括利在他的那本出色的小冊子中已經給它（按：指小說）下了定義：『小說是用散文寫的具有某種長度的虛構故事』。這個定義對我們來說已足夠了，我們也許可以把『某種長度』補充為不得少於五萬字吧。任何超過五萬字的虛構散文作品，在我所作的演講中均可稱為小說。」〔註59〕英國的另一位學者伊利莎白‧鮑溫認為「小說是什麼，我說小說是一篇臆造的故事。」〔註60〕美國的阿拉伯姆認為「廣義的『小說』一詞常用來指任何杜撰或編造的，無意保持歷史真實的文學敘述文。」〔註61〕由此可見我國傳統目錄學所謂的「小說」雖然不同於現代意義上的小說，但是它卻與近現代的中外小說觀念具有一些共同的因素。董乃斌先生在其《現代小說觀念與中國古典小說》中認為「中國古人的小說觀，儘管顯得朦朧雜亂、遠不夠統一和一貫，而是相當地複雜多變，卻仍然有著與今人的現代小說觀相通之處，值得加以重視」，並認為「中國古典小說是世界小說的一部分，與世界各國的小說有不少基本的共同點。」〔註62〕筆者竊以為其中均存在敘事性和虛構性這兩大共同點。當然僅僅存在著虛構成分的文本並不能稱為小說，但是小說必須具有敘事性因素和虛構性因素。

馬振方在其《小說藝術論稿》中首先梳理了中國小說的概念以及西方小說的概念，並在對中外小說概念的梳理後，對小說進行定義，由於小說概念範圍之大，時間跨度之廣，對其定義肯定不能照抄西方人對某一概念的定義，「小說既是一種獨立的文學樣式，不同於詩和各種劇本，也不同於小說以外的狹義的散文，就應有其必須具備的要素和規定性。為小說尋求定義，就是認識基本要素和規定性，從而把握小說的本質。」〔註63〕馬振方對「小說」的定義是抓住小說「必須具備的要素和規定性」從而在本質上把握何為「小說」。董乃斌先生也認識到這一點，中國古代小說研究中「由於概念差異、範疇不同」導致小說研究的「對話與交流無法在一個共同的認識層面上進行」。董乃斌在其《現

〔註58〕馬振方：《小說藝術論》，北京大學出版社，1999，頁6。
〔註59〕愛德華‧福斯特：《小說面面觀》，花城出版社，1984，頁3。
〔註60〕伍蠡甫，胡經之：《西方文藝理論名著選編》，北京大學出版社，1987，頁190。
〔註61〕H‧阿拉伯姆：《簡明外國文學詞典》，湖南人民出版社，1987，頁119。
〔註62〕董乃斌：《現代小說觀念與中國古典小說》，載《文學遺產》1994年第2期。
〔註63〕馬振方：《小說藝術論》，北京大學出版社，1999，頁6。

代小說觀念與中國古典小說》一文中也嘗試把小說概念具體化為小說的文體特徵，從而使研究的範圍和對象得到統一。董乃斌先生認為但凡古今中外被稱為「小說」的第一條件一定要是散文體制，其次是要具有敘事性質，最後小說內容要須植根於社會生活。馬振方認為小說必須具有四個特徵，即「敘事性」、「虛構性」、「散文性」、「語言自足性」，並認為「以上四種規定性均非小說獨有，別種文學樣式或具其二，或具其三，而小說獨能四性兼備，這就是小說定義的實質性涵義。」〔註64〕由此可以看出「敘事性」是「小說」文體必須要具備的要素。

從馬振方的四個角度來看《風俗通義》，全書若除去《聲音》、《祀典》、《山澤》以及佚文中的姓氏等具有較強的史料性篇章後，該書具有很多的小說因素。《風俗通義》其他的七章均是敘事，如《皇霸》中有大量歷史故事的記載，《愆禮》中記載了很多行事不顧禮俗限制的人物及其荒誕之事，《窮通》中記載了很多先否後喜的歷史人物，因此該書的七章均滿足了小說的「敘事性」，而全書在記敘故事中帶有很多虛構性成分，其中最突出的一章就是《怪神》。這一章中作者記載了大量的鬼怪故事，而這些故事基本上全為《搜神記》所引用（詳見下文）。李劍國先生在其《唐前志怪小說史》中也指出《風俗通義》為漢魏雜記體志怪的代表，「到應劭，首次集中地記錄下這類民間流傳的鬼怪故事，給志怪小說開闢了一塊極為重要的題材領域。」〔註65〕《風俗通義》全書採用散體文的記述方式，而沒有採用韻文和駢文，因此在語言上符合「散文性」，而「語言自足性」是指「小說所要表現的一切都憑藉單一的語言文字完成形象的藝術創造，不依賴任何別的手段，因而具有充分地文字語言自足性」〔註66〕，這裡所說的「語言自足性」主要是區別於戲曲、影視文學劇本而言的，《風俗通義》全書無疑也是符合「語言自足性的」。除去《聲音》、《祀典》等篇章外，《風俗通義》儼然可以稱為小說，「《風俗通義》的這種過渡性明顯的特點是呈現了一種進步，從而預示了下一個時期筆記小說的成熟和史傳小說發展時期的即將來臨。」〔註67〕《風俗通義》所記內容上至天子下至平民，取材非常廣泛，並且在故事敘述中以情節取勝，「善於運用人物的語言推動情

〔註64〕馬振方：《小說藝術論》，北京大學出版社，1999，頁7。
〔註65〕李劍國：《唐前志怪小說史》，南開大學出版社，1984。
〔註66〕馬振方：《小說藝術論》，北京大學出版社，1999，頁10。
〔註67〕董焱：《風俗通義的文學價值》，載《河北師範大學學報（社哲版）》，2007年第1期，頁73。

節的發展，繼而塑造一些較為鮮明的人物形象，而且文字通俗明白，精練簡達，有別於漢代儒生們解經式繁瑣的語言。」〔註68〕《風俗通義》取材上的故事性以及作者善於運用一些藝術手法無疑給該書帶來了很多小說因素。但是除去這兩點，「謹案」言說方式對《風俗通義》的小說因素有沒有影響呢？由於「謹案」言說方式更多的體現在作者對材料的組織架構上，所以「謹案」的言說方式對《風俗通義》的「散文性」和「文字語言自足性」並沒有什麼影響，但是「謹案」的言說方式對《風俗通義》的「敘事性」和「虛構性」有沒有影響呢？

（二）「謹案」言說方式與《風俗通義》中的「敘事性」因素

敘事性是小說的基本特徵，英國學者福斯特的《小說面面觀》被譽為「二十世紀分析小說藝術的經典之作」〔註69〕。他認為故事是按時間順序排列的事件的敘事，而情節則是一系列有邏輯關係的敘述出來的事件，如國王死了，王后也死了是故事，而國王死了，王后因為傷心過度也死了，即為情節。敘事是小說文體最基本也是最重要的特徵，一篇小說必須得有故事，而故事必定有其特殊的講述，即敘事的方式。為了探究「謹案」的言說方式與《風俗通義》敘事性之間的關聯，筆者在此借鑒西方小說敘事學理論探究「謹案」的言說方式對《風俗通義》敘事有何影響？

「小說的敘事性是由其摹寫人生的內容因素決定的，人生的主體是人，核心是人的生命運動。由此運動構成的人的種種活動，也就是人的所作所為，都是敘事文學之所謂『事』」〔註70〕，只要是涉及到人的活動的都在「事」的範疇。這個「事」既包括意識活動之外的人的動作，如衝鋒陷陣、斷橋送別，也包括意識活動自身，如人陷入沉思，這些都屬小說「敘事」範疇，因此《風俗通義》中除去《聲音》、《祀典》、《山澤》的其他章節都適應敘事學理論的研究範疇。而敘事性中又包含著人物、環境和情節的三要素，這三者不僅僅是小說的要素，也是所有敘事文學所必備的要素。那麼「謹案」言說方式與《風俗通義》的敘事性有何內在關聯呢？

「敘事學」起源於俄國的形式主義批評理論，俄國學者普羅普、什克洛夫斯基等人提出了形式主義的批評理論。他們致力於研究小說、神話、詩歌的敘

〔註68〕董焱：《風俗通義的文學價值》，載《河北師範大學學報（社哲版）》，2007年第1期，頁76。

〔註69〕愛德華・福斯特：《小說面面觀》，花城出版社，1984，頁1。

〔註70〕馬振方：《小說藝術論》，北京大學出版社，1999，頁7。

述結構，探究敘述結構對文學作品「文學性」的影響。其後取得較大成就的雅各布森認為文學作品只是一種結構，這一觀點受到六十年代法國學者的極大歡迎，他們一部分人致力於研究詩歌的文體、韻律、語言的結構等，另一部分人致力於普羅普收集到的民間故事研究，但都試圖從文本各成分之間的結構關係來分析文學作品，而筆者正是想借鑒形式主義的相關理論切入。「謹案」的言說方式在本質上是一種結構，是一種形式，筆者雖然不同意形式主義觀點中的「詩不是用思想而是用詞句寫成的」這種對形式主義極端推崇的說法，但是結構對文本的文學性產生影響這一點倒是成立的。從形式的角度切入，探究「謹案」言說方式與《風俗通義》的文學性，或者更精確地說探究「謹案」言說方式對《風俗通義》敘事的小說因素有什麼影響倒是非常值得嘗試的。托多羅夫首先提出了「敘事學」這一術語，托多羅夫的敘事學研究對熱奈特產生了很大的影響。法國學者熱拉爾‧熱奈特利用形式主義理論，寫作了《敘事話語》，他認為：「分析敘述話語主要是研究敘事與故事，敘事與敘述，以及故事與敘述行為之間的關係」、「我以 1966 年茨威坦‧托多羅夫提出的劃分為出發點，敘事問題分成三個範疇：時間範疇，『表現故事時間與話語時間的關係』；語體範疇，『敘述者感知故事的方式』；語式範疇，即『敘述者使用話語的類型』。」〔註71〕由於筆者更關注的是「謹案」的言說方式對敘事的影響，因此重點不在「時間範疇」和「語體範疇」，而在「語式範疇」，即作者使用「話語的類型」。

　　熱奈特在「語式範疇」中認為「敘事的功能不是下達命令，表示願望，陳述條件等等，而只是講述故事，即『轉述』（真實或虛構的）事情，它唯一的或至少具有代表性的語式嚴格來說只能是直陳式的。」熱奈特在「語式範疇」為小說的敘事作了限定，認為小說敘事在語式上是直接陳述事情的，而不是發表評論、表達願望的，而且熱奈特認為作者「在講述一件事的時候的確可以講多講少，也可以從這個或那個角度去講，敘述語式範疇涉及的正是這種能力和發揮這種能力的方式」，熱奈特認為「小說」作者需要對敘述的信息進行調節，而「距離」和「投影」則是兩種極為重要的手段。由此我們可以反觀《風俗通義》，作者在開篇之初就已經表明該書的創作目的為「辨風正俗」，應劭著《風俗通義》不是為了如熱奈特所言的以敘事為目的，應劭的敘事最終是為其意識形態服務的。《風俗通義》記載大量風俗，因此敘事是存在的，應劭可以選擇

〔註71〕（法）熱拉爾‧熱奈特著，王文融譯：《敘事話語》，中國社會科學出版社，1990，頁9。

「從這個角度或那個角度」來表達,即對敘述信息的方式作不同的選擇和調節。應劭可以一邊記事一邊議論,但是應劭所選擇的是「謹案」的言說方式,作者在開篇之首會有一個「總題」,總括一章的中心議題,但在各個「散目」的敘事過程中沒有任何的議論,只記載風俗本身,在最後的「謹案」處引經據典、發表評論,這樣的言說方式對《風俗通義》的敘事產生了什麼樣的影響?我們不妨先舉一個例子來看一下:

> 太原周黨伯況,少為鄉佐發黨過於人中辱之。黨學《春秋》長安,聞報仇之義,輟講下辭歸報仇。到與鄉佐相聞,期鬥日。鄉佐多從兵往,使鄉佐先拔刀,然後相擊。佐欲直,令兵擊之,黨被創困乏。佐服其義勇,箯輿養之,數日蘇興,乃知非其家,即徑歸,其立勇果,乃至於是。〔註72〕

這則故事取自《過譽》,如果我們不看前面的「總題」,不看文末的「謹案」,僅僅只看這則故事本身,我們可以將其看為一則簡短的文言小說,而「敘事」所包含的三要素這則故事裏都有,人物有周黨和鄉佐,內容雖短,但是這則故事情節上卻是完整而豐富的。它講述了周黨年輕受辱,後來學習《春秋》知道了報仇之義便找鄉佐復仇,復仇的具體過程和結果應劭也寫得也是波瀾曲折,這則故事有著很嚴密的因果結構,它為我們交代了事情的起因、經過、結果,中間有人物、環境、情節,儼然就是一則中國早期的文言小說。在這則故事中我們完全看不到作者要辨風正俗的影子,應劭對故事的記述非常客觀,沒有使用帶有主觀情感的詞語,也沒有在故事裏面發表議論,而是在「謹案」部分認為:「身體髮膚,受之父母,不敢毀傷,孝之始也」,認為君子當為父兄復仇,周黨受辱是因為咎由自取,他卻不顧個人安危找鄉佐復仇,若不幸死亡就可能造成「先祖不復血食」,因此應劭認為周黨此舉是不孝不智。由此我們可以看到應劭在敘述事情時是非常客觀的,應劭對故事的敘事是按照故事自身發生發展來的。讀者在讀這些故事的時候並沒有感覺到應劭作為敘述者的存在,而僅僅看到了故事自然而流暢地發展,《風俗通義》中這樣的故事還有很多,下面列舉一則較為簡短的故事:

> 汝南戴幼起,三年服竟,讓財與兄,將妻子出客舍中住,官池田以耕種。為上計史,獨車載衣資,「表汝南太守上計史戴紹車」,

〔註72〕王利器:《風俗通義校注》,中華書局,2010,頁179~180。

後舉為孝廉，為陝令。〔註73〕

短短五十五個字，應劭就為我們講述了一個弟弟「讓財與兄」的故事，情節完整而流暢，這樣的故事很多，筆者不再贅舉。作者在「總題」和「謹案」處會有自己主觀態度的顯露，但是在敘述故事的過程中基本上還是按照故事自身的發展邏輯展開，應劭作為敘述者在故事中被隱藏起來了。

不管是文言小說還是白話小說，中國小說還是外國小說，議論是小說中一種最常用的手段，或顯或隱，一部小說全然沒有一點議論是不可能的，但是過多的議論對小說的可讀性卻造成一定的影響，「毋庸置疑，傳統小說中的大段議論往往顯得生硬造作，未能成為小說有機構成的一個組成部分，因而讀來令人感到枯燥乏味。」〔註74〕由此我們反觀吳志達在《中國文言小說史》中認為《風俗通義》「從小說文學角度來看，價值在於客觀敘述某些故事、人情風俗，而不在於敘事寫人之後所加的辯證考釋性按語」〔註75〕的確是有道理的。大段的議論使文本的確不具有多少小說色彩，但是不能否認小說中就不能有議論。布斯在其《小說修辭學》中舉了一些例子有力地證明了議論之妙，認為議論本身不會使得文學作品的小說性喪失，適當的議論反而會讓作品妙趣橫生，增加讀者閱讀的興趣，問題的關鍵不在議論本身，而是如何恰如其分地議論，即如何議論。布斯認為小說要避免那些說教性的議論並反對那種「直接的無中介的議論和與人物事件游離的從外部生硬地拼湊上去的議論。」〔註76〕我們可以看到「謹案」部分的確是「說教性的議論」，而且是在敘事外部「生硬拼湊上去的議論」，但是作者在敘事的過程中卻沒有出現如布斯所言的「專斷的講述」，即在敘事的過程中應劭沒有生硬地插入其「謹案」的議論部分，而是保持客觀的敘事。客觀性敘事是西方小說美學極為推崇的理念之一，布斯在《小說修辭學》中認為：「至少到目前為止，二十世紀中壓倒一切的呼喚，是對某種客觀性的呼喚」〔註77〕，而《風俗通義》在「散目」的敘述上正體現了這一點。

〔註73〕王利器：《風俗通義校注》，中華書局，2010，頁 199。
〔註74〕（美）W.C.布斯著，胡曉蘇、周憲譯：《小說修辭學》，北京大學出版社，1987，頁 6。
〔註75〕吳志達：《中國文言小說史》，齊魯書社，2009，頁 78。
〔註76〕（美）W.C.布斯著，胡曉蘇、周憲譯：《小說修辭學》，北京大學出版社，1987，頁 7。
〔註77〕（美）W.C.布斯著，胡曉蘇、周憲譯：《小說修辭學》，北京大學出版社，1987，頁 4。

應劭在敘述故事時將自己作為敘述者的角色內隱在故事發展過程中，沒有中途發表議論從而打破敘事的完整性，僅僅只是在「謹案」部分集中發表議論，「作者往往是以旁觀者的角度冷靜、客觀地進行敘述，不摻雜個人態度，不影響讀者的閱讀。在將故事敘述完畢之後，末端加「謹按」對故事加以評論，闡釋自己的主觀立場。」〔註78〕敘事學理論中把敘述者對故事中人物、事件等的評論或解釋稱為敘述干預。趙毅衡把敘述干預又分為「指點干預」和「評論干預」，「指點干預」是對敘事形式的干預，「評論干預」是對故事內容的干預，「評論干預」中蘊含著敘述者自身的價值判斷，由此可見《風俗通義》的「謹案」部分是非常明顯的「評論干預」，但是這樣的「評論干預」並沒有發生在故事的敘述之中，這一點不得不歸功於「謹案」的言說方式了。作者寫作《風俗通義》的目的就是為了「辨風正俗」，帶有極其強烈的「評論干預」目的，但是作者在敘事的過程中卻很沉得住氣，並沒有在敘事過程中急著跳出來表達自己的觀點，而是不露聲色的展開故事，這就要歸功於「謹案」的言說方式了。因為在「謹案」的言說方式中作者為自己發表議論存留了一個位置，即是文末的「謹案」處，因此，這樣的言說方式使得應劭在敘事過程中使自己隱藏於敘事之中成為可能，「而獨立於敘述之外的優點就是不會造成敘述的中斷，能夠使敘述自然順暢地一氣呵成，使故事本身具有相對的獨立性和完整性。」〔註79〕

從「語式範疇」來看，「謹案」的言說方式即《風俗通義》所使用的「話語的類型」，這樣的言說方式是作者對要敘述信息的調節，即對既要記錄風俗又要「辨風正俗」的調節，而「謹案」的言說方式則正好起到了熱奈特所謂的「展示」的效果。「作品特有的模仿要素，我認為可以歸結為柏拉圖在其理論隱約提到的兩個方面：一是敘述信息量大（敘事更展開或更詳盡），二是信息提供者即敘述者不介入（或盡可能少的介入），『展示』只能是一種講述的方法，這種方法既要求講述盡可能多的內容，又要求儘量不留下講述的痕跡，用柏拉圖的話說，即假裝『不是詩人在講話』，換言之就是讓人忘記敘述者在講述。」〔註80〕「謹案」的言說方式類似熱奈特所言的「展示」的講述方式，它為《風

〔註78〕王霄：《風俗通義文學研究》，內蒙古大學 2015 年碩士學位論文，頁 14。

〔註79〕李章立：《風俗通義小說性研究》，四川師範師大學 2006 年碩士學位論文。

〔註80〕（法）熱拉爾・熱奈特著，王文融譯：《敘事話語》，中國社會科學出版社，1990，頁 111。

俗通義》的敘事提供了極大的空間。「謹案」的言說方式有利於講述盡可能多的內容，因為《風俗通義》中大量風俗的記載，自然不可以一筆帶過，因此《風俗通義》記載的對象和作者創作的目的也潛在地決定了作者所要選擇的「謹案」言說方式，而「謹案」言說方式又提供了客觀敘事的可能，營造一種敘事客觀性，「謹案」言說方式使作者在敘事中得以直接隱藏，敘事得以完整而流暢，讀者只能看到故事自身的發展脈絡，讓敘事對象「自我講述」，因而產生了「作者不在裏面講話」的錯覺。「謹案」言說方式為小說的「直陳式」保留了空間，作者既做到了「評價干預」又很好地保存了敘事性。

綜上所述，筆者認為「謹案」言說方式為《風俗通義》的敘事性提供了自由而廣闊的空間，唯有敘事性得以保存，《風俗通義》具有小說因素才成為可能。

（三）「謹案」言說方式與《風俗通義》中的虛構因素

小說必然帶有一定的虛構因素，吳志達先生和李劍國先生均意識到《風俗通義》的虛構因素。吳志達先生認為《風俗通義》為我國的「前小說」，應劭著《風俗通義》並非有意為小說，然而《風俗通義》的敘事的確帶有虛構的因素。如《怪神》中應劭就有對鬼神精怪的大量記載，這與故事本身的「俗說」和「俗云」有著密不可分的關係，這些來自民間的道聽途說對《風俗通義》的虛構因素產生了很大的影響，然而「謹案」的言說方式對《風俗通義》的虛構性有沒有影響呢？

在探討這個問題之前我認為有必要對《風俗通義》的創作精神作一個簡單的介紹：

> 昔客為齊王畫者，王問：「畫孰最難，孰最易？」曰：「犬馬最難，鬼魅最易。犬馬旦暮在人之前，不類不可，類之故難。鬼魅無形，無形者不見，不見故容。」今俗語雖云浮淺，然賢愚所共諮論，有似犬馬，其為難矣。並綜事宜於今者。孔子稱：「辛苟有過，人必知之。」俾諸明哲幸詳覽焉。〔註81〕

應劭在其序中表明了自己記載風俗是「有似犬馬」，不是捕風捉影地記載看不見的鬼魅，並希望聰明睿智的人仔細明察，應劭在此特地強調了自己是秉著史家的實錄精神來創作《風俗通義》，但是從《風俗通義》的內容來看，卻

〔註81〕王利器：《風俗通義校注》，中華書局，2010，頁 16。

不盡然，下面筆者舉兩個例子：

> 孝武皇帝封廣丈二尺，高九尺，其下有玉牒書，書秘。江淮間
> 一茅三脊為神籍，五色土益雜封，縱遠方奇獸飛禽及白雉，加祠兕
> 牛犀象之屬，其享曰：「天增授皇帝泰元神筴，周而復始，皇帝敬拜
> 神靈。」其夜有光如流星，晝有白雲起封中。〔註82〕

漢武帝建了一座祭壇，壇下埋著武帝給仙人的玉飾文書，內容非常隱秘，武帝用江淮間的白茅、五色土和遠方的奇珍異獸虔誠地祭拜上天，感謝上天賜給他泰元神策以治國安民，這天夜裏有一道白光如流星劃過，白天也有白雲從祭天的高壇中飄出，上天與人的感應在一片神秘的氛圍中完成，讀來頗有神話的感覺。這個故事之後的「葉令祠」更是顯得神乎其神：

> 俗說孝明帝時，尚書郎河東王喬，遷為葉令，喬有神術，每月
> 翔常詣臺朝，帝怪其來數而無車騎，密令太史候望，言其臨至時，
> 常有雙兔從東南飛來；因伏例，見臭舉羅，但得一雙烏耳。使尚方
> 識視，四年中所賜尚書官屬履也。每當朝時，葉門鼓不擊自鳴，聞
> 於京師。後天下一玉棺於廳事前，令臣吏試入，終不動搖。喬：「天
> 帝獨欲召我。」沐浴服飾寢其中，蓋便立覆，宿夜葬於城東，土自
> 成墳，縣中牛皆流汗吐舌，而人無知者，百姓為立祠，號葉君祠。
> 牧守班祿，皆先謂拜，吏民祈禱，無不如意，若有違犯，立得禍。
> 明帝迎取其鼓，置都亭下，略無音聲。但云葉太史候望，在上西門
> 上，遂以占星辰，省察氣祥，言此令即傳人王喬者也。〔註83〕

這則故事以「俗說」開始，表明了這個故事是作者聽來的，但是我們從應劭生動而富有策略的敘述來看，這則故事與其說是作者聽來的，不如說作者是在聽來的基礎上的再創作。故事先以他人的視角描述王喬，民間的百姓認為王喬有神術，孝明帝對王喬上朝而無車馬的疑惑和試探都讓故事籠罩在王喬「神術」的神秘氛圍之中，接著作者又描述了王喬上朝時「葉門鼓不擊自鳴，聞於京師」的奇異情況，這從人物的側面增強了王喬的神秘感，讀者讀到此處可謂被弔足了胃口，可是故事的主人公卻遲遲未出場。接下來作者便對王喬進行了正面的描寫，上天賜下一副玉棺，其他人都進不去，王喬認為「天帝獨欲召我」，沐浴更衣躺進棺材，棺材便自行關閉，埋葬時「土自成墳，縣中牛皆流汗吐舌」。

〔註82〕王利器：《風俗通義校注》，中華書局，2010，頁68。
〔註83〕王利器：《風俗通義校注》，中華書局，2010，頁81～82。

這段文字讀來妙趣橫生，故事雖然來自道聽途說，但是從字裏行間我們可以看出作者並非僅僅對民間傳言的簡單記錄，而是在再創作中使用了敘事的策略並加入了自己的虛構和想像，有意要將這個故事描述得神乎其神，引人入勝。

可是我們將這樣的描述和實錄精神一經對比，便覺得似有矛盾，作者是要以實錄的精神「辨風正俗」，可是作者在對一些風俗的記載中卻有意採用了虛構的筆法，這一虛一實為何能矛盾般的共存？文章的內在精神是否有衝突？或者說作者根本就沒有按照實錄的精神來寫？而「謹案」的言說方式是否能有效調節二者看似矛盾的關係？

「謹案」的言說方式確切來說是一種體例，類似紀傳體、編年體。體例對內容的虛構性是否有影響很難從正面來論證，筆者在此採用反證的方法嘗試探究二者的聯繫。「謹案」言說方式最大的好處就是將敘事和議論截然分開，使得敘事的連續性不被打斷，同理我們也可以換個角度來看應劭的實錄和虛構。就以漢武帝和王喬為例，應劭如果採用夾敘夾議的方式即一邊敘述故事，一邊否定故事的虛偽荒誕，且不說故事的虛構性難以保存，敘事的連續性也將受到極大的破壞，雖然作者也做到了實錄和辨風正俗，但是故事的可讀性和辨風正俗的力度將大大降低，然而應劭採用的是「謹案」的言說方式，作者用一大段將漢武帝「尤敬鬼神」寫得有聲有色，洽有其事，讀來亦真亦幻，頗為有味，但是作者在後面的議論部分卻筆鋒一轉，「予以空偽，承乏東嶽，忝素六載，數經祈祠，諮問長老賢通上泰山者云，謂璽處克石，文昧難知也，殊無有金篋探籌之事。」〔註84〕應劭在此雖沒有「謹案」，但是從前後文的完整性來看，此處為謹案內容，「謹案」二字可能遺漏，作者直接以自己的實地考察戳破了前面營造的神秘氛圍，以「實」正「虛」，涇渭分明。

同樣的，作者在「俗說」中對王喬的描述也是極虛幻之能事，但是在接下來的「謹案」中作者直接徵引《左傳》中對葉令祠的記載，指出葉令祠是葉地人民為了紀念護國有功的沈諸梁而建。此處內容幾乎完全徵引自《左傳》，應劭以《左傳》正流俗之「失」，前後文風截然不同，但是從文學的角度來看，「俗說」的可讀性卻更大，在虛構中充滿了想像的空間，飄逸靈動。《風俗通義》中非常善於對人物的語言和行為進行描畫，「《風俗通義》中有許多關於當時世人軼事的記載，作者不僅在民間俗說及歷史人物的記述過程中加入了虛

〔註84〕王利器：《風俗通義校注》，中華書局，2010，頁69。

構的成分，在這些真人真事的記載中，同樣衝破了歷史真實的束縛。」〔註85〕《風俗通義》在傳人記事中多有虛構，筆者不再一一列舉。

「謹案」部分才是作者「辨風正俗」的地方，作者在故事敘述中不僅不露聲色，還有意加入想像和虛構使得故事生動可感，但這並沒有對《風俗通義》的實錄精神造成影響，因為故事不管被作者說得多麼玄幻，均會在「謹案」中被否定。「俗說」的虛構在「謹案」中被消解，反之「謹案」也為「俗說」的虛構提供了自由發揮的空間，「謹案」的言說方式為虛構色彩和實錄精神提供了各自發展的空間，最後在「謹案」中消解了虛構。「謹案」的言說方式為這一實一虛的矛盾提供了和解的餘地和統一的可能。《風俗通義》所記載的故事大多是來自民間的「道聽途說」，因此不可否認其自身帶有的虛構性，但「謹案」的言說方式也為這種虛構性的生發也提供了外部的條件，正如種子發芽根本在其自身，但好種子儘管具有發芽的潛力卻沒有土壤的條件，一粒好種子也不一定會發芽。「俗說」自身的虛構性種子若沒有「謹案」言說方式的土壤也很難如此完好的在《風俗通義》中生根發芽，「敘事作為話語的虛構而同客觀的現實之間產生了距離，這是敘事從街談巷議或實用記事轉化為藝術的關捩。」〔註86〕「謹案」的言說方式既為敘事提供了可能，又為敘事的虛構性和作者的實錄理想提供了各自言說的空間，最終「以實化虛」，不僅將「街談巷議」轉變為敘事的「藝術」，更使全書的精神得以統一，是「畫馬」而非「畫鬼」，當我們把《風俗通義》和《搜神記》放在一起對比時，我們就會發現「謹案」言說方式對《風俗通義》保存故事的重要性、對全書小說性的重要意義，因此下一節，筆者將《風俗通義》與《搜神記》進行創作上的對比研究，以窺這一言說方式的重要價值。

（四）《風俗通義》對《搜神記》創作的影響

通過以上論述，我們發現謹按的言說方式為小說的敘事性、虛構性和以及作者的實錄理想提供了各白言說的空間，而敘事性、虛構性正是「文本」小說性得以生發的空間。學界已有學者撰文指出《風俗通義》的「小說性」，如李欣航認為「《風俗通義》中所記載的故事和《左傳》、《史記》、《漢書》相比在故事上有一些不同，有些是故事細節的改變，如楚國的歷史被加入了神話的色

〔註85〕孫芳芳：《文學視野下的風俗通義研究》，華中師範大學 2010 年碩士學位論文，頁 32。

〔註86〕童慶炳主編：《文學理論教程》，高等教育出版社，2008，頁 240。

彩，有些故事是虛構了人物和場景，如葉令祠的由來，還有一些是對故事情節的省略，如虞卿的故事，這一些內容上的變化都使得《風俗通義》中的故事具有小說的性質。」〔註87〕但將其與魏晉志人、志怪小說進行對比研究的文章至今較少出現。為證明「謹按」言說方式對對《風俗通義》保存「小說性」的重要意義，下文筆者擬從內容取材、敘事手法、審美風尚三個角度對《風俗通義》和魏晉志怪代表作《搜神記》進行對比研究，揭示《風俗通義》和被視為小說先驅——《搜神記》在創作上的關聯。

（1）內容取材

《風俗通義》和《搜神記》雖不是現代意義上的小說，但二書均有明顯的小說特性。英國小說評論家福斯特在其《小說面面觀》中提到「講故事就是小說賴以存在的那個基本面。它是一切小說都具備的、至高無上的要素」、「小說的脊樑骨非故事莫屬。」〔註88〕《風俗通義》和《搜神記》二書均記載了大量的故事，其中神怪故事又是兩書所共有的部分。因此為了更好地揭示兩書在創作內容上的關係，筆者主要從二書記載的神怪故事入手，探究《風俗通義》、《搜神記》在內容題材的關聯。

應劭在《風俗通義序》中認為「為政之要，辨風正俗，最其上也」〔註89〕，因此該書對東漢當時民間流傳的各種逸聞多有記載，如在《風俗通義・怪神第九》篇中，應劭記載了「大如轂，長如猿，拱手而立」的神人；「治病求福，多有效驗」的鮑君神、李君神、石賢士神；讓人死而復活並在死者家中作亂的狗精；汝南西門亭的鬼魅；伐木而血出的樹精；「長兩尺，分南北走」的蛇精等。如果我們不看這些文字的出處，我們很難區分以上的故事是出自《風俗通義》還是出自《搜神記》，因為在內容的荒誕上二書的確具有志怪的成分。

晉人干寶因感於其兄和父婢死而復活之事，於是「寶以此遂撰集古今神祇靈異人物變化，名為《搜神記》。」〔註90〕在《搜神記序》中干寶表明了他的創作目的是「發明神道之不誣」，證實神怪的實有，因此該書中關於神怪類的記載隨處可見，筆者將《搜神記》中關於神怪部分的內容與《風俗通義》進行對比，發現共有 11 個故事是直接取材於《風俗通義》的，試舉一例如下：

〔註87〕李欣航：《談風俗通義的小說色彩》，載《高等函授學報》2010 年第 6 期，頁 28。

〔註88〕福斯特，朱乃長譯：《小說面面觀》，中國對外翻譯出版公司，2002，頁 71。

〔註89〕王利器：《風俗通義校注》，中華書局，2010，頁 8。

〔註90〕房玄齡等撰：《晉書》，中華書局，1974，卷八，頁 2。

　　魯相右扶風臧仲英，為侍御史，家人作食設桉，炊有不清塵土投污之，炊臨熟，不知釜處，兵弩自行，火從篋簏中起，衣物燒盡，而簏故完，婦女婢使悉亡其鏡。數日，堂下擲庭中，有人聲言：「女鏡」。女孫年三四歲，亡之，求之不得，二三日乃於清中糞下啼，若此非一。汝南許季山者，素善卜卦，卜之曰：家當有老青狗物，內中婉御者益喜為之。誠欲絕，殺此狗，遣益喜歸鄉里。皆如其言，因斷無纖介，仲英遷太尉長史。〔註91〕

　　右扶風臧仲英，為侍御史，家人作食設案，有不清塵土投污之，炊臨熟，不知釜處。兵弩自行，火從篋簏中起，衣物盡燒，而篋簏故完。婦女婢使，一旦盡失其鏡，數日，從堂下擲庭中，有人聲言：「還女鏡」。女孫年三四歲，亡之，求不知處，二三日乃於清中糞下啼，若此非一，汝南許季山者，素善卜卦，卜之曰：家當有老青狗物，內中侍御者名益喜，與共為之，誠欲絕，殺此狗，遣益喜歸鄉里，仲英從之，怪遂絕，後徙為太尉長史，遷魯相。〔註92〕

　　通過對比，讀者可以發現干寶對臧仲英家狗怪的記載和《風俗通義》如出一轍，只有在遣詞造句上有細微差別。而該故事在東漢其他著作中尚未出現，因此《搜神記》中對「臧仲英家狗怪」的記載出自《風俗通義》是可以確定的。除以上故事之外還可試看以下故事內容：

　　司空南陽來季德停喪在殯，忽然坐祭床上，顏色服飾，聲氣熟是也，孫兒婦女，以次教誡，事有條貫，鞭撻奴婢，皆得其過，飲食飽滿，辭決而去，家人大哀剝斷絕，如是三四，家益厭苦，其後飲醉形壞，但得老狗，便撲殺之，推問裏頭沽酒家狗。

　　司空南陽來季德停喪在殯，忽然見形，坐祭床上，顏色服飾聲氣，熟是也，孫兒婦女，以次教誡，事有條貫，鞭撻奴婢，皆得其過，飲食既絕，辭決而去，家人大小，哀割斷絕。如是數年，家益厭苦，其後飲酒過多，醉而形露，但得老狗，便共扑殺，推問則里中沽酒家狗也。〔註93〕

　　以上故事第一則取自《風俗通義》，第二則取自《搜神記》，兩則故事如出

〔註91〕王利器：《風俗通義校注》，中華書局，2010，頁423。
〔註92〕干寶著，汪紹楹校注：《搜神記》，中華書局，1979，頁30。
〔註93〕王利器：《風俗通義校注》，中華書局，2010，分別見頁416，頁226。

一轍，與其說是兩則故事，不如說是一則故事的兩種表達，因為故事內容和主
人公完全一樣，講的都是死去的南陽來季德在出殯之日被狗精戲耍，死而復活
在家中長期作亂之事。個別字句的細微區別並不能掩蓋兩則故事的相同性。
《風俗通義》中的相關故事在《搜神記》中共有 11 次以相同的面貌出現，在
此筆者不一一贅述，將二書中具有相同故事的部分列表如下：

《風俗通義》	《搜神記》
《卷九·世間人家多有見赤白光為變怪者》喬玄 p441	《卷三·喬玄》p31
《卷九·世間多有精物妖怪百端》中魯臧仲英 p423	《卷三·臧仲英附許季山》p30
《卷九·李君神》中張助 p405	《卷五·張助》p65
《卷九·世間多有蛇作怪者》馮綖 p438	《卷九·馮綖》p115
《佚文》中盤瓠 p489	《卷十四·盤瓠》p168
《卷九·世間多有精物妖怪百端》中汝陽鬼魅 p425	《卷十六·汝陽鬼魅》p205
《卷九世·間多有亡人持魄其家語聲氣所說良是》中張漢直 p409	《卷十七·張漢直》p207
《卷九·世間多有精物妖怪百端》謹按中郅伯夷 p427	《卷十八·郅伯夷》p224
《卷九·世間多有伐木血出以為怪者》中張叔高 p434	《卷十八·張叔高》p217
《卷九·世間亡者多有見神》中司空南陽來季德 p416	《卷十八·狗》司空南陽郡來季德 p226
《卷九·世間多有狗作變怪》中李叔堅 p418	《卷十八·李叔堅》p227

兩書除以上故事相同之外，《搜神記》中仍有多處與《風俗通義》非常相
似，如《搜神記·卷六》中的「寺壁黃人」和《風俗通義佚文·卷二十二》中
關於「寺壁黃人」的記載相同，只不過干寶在「寺壁黃人」後加上了太平軍起
義的內容；《搜神記·卷十一》中記載的小黃令、漢王喬和《風俗通義》中記
載的小黃令、漢王喬也頗為相似，但是《搜神記》記載得更加詳細。由於這些
類容在相似度上難以與上表內容相比，因此未歸入相同之列，但亦可證明二書
在內容上淵源之深，內容之似。

　　從所記神怪故事的對比中可以發現《搜神記》對《風俗通義·卷九》多有

借鑒，但在表現形式上稍有區別。應劭是按故事的類型集中記錄的，而干寶將其拆分成各個小故事，在《搜神記》的不同部分呈現。《風俗通義‧怪神》篇對鬼怪和精物的記錄，為魏晉志怪小說開闢了道路，這一點也為李劍國先生注意到。李劍國先生稱《風俗通義》為雜記體志怪的代表，「到應劭，首次集中地記錄下這類民間流傳的鬼怪故事，給志怪小說開闢了一塊極為重要的題材領域。」〔註94〕

綜上，筆者認為干寶「考先志於載籍」、「綴片言於殘闕」中的「載籍」和「殘闕」中是必定含有《風俗通義的》，《風俗通義》對《搜神記》在創作內容上有影響是顯而易見且確切無疑的。

（2）敘事手法

「敘事，就是指將故事發生發展變化的過程講述清楚，讓讀者明白故事的前因後果。而敘事技巧主要指敘事的過程中，作者是否將事件的前因後果講述明白，又是如何將事件有機串聯起來」〔註95〕，筆者試從敘事的角度來探究《風俗通義》和《搜神記》在創作上的關聯。

福斯特在《小說面面觀》裏對故事和情節有著非常詳細的論述，福斯特認為故事是構成了小說敘事內容的基本成分，但小說的可讀性並不取決於故事本身，而在於講故事的方式即故事的情節。「故事是關於按時間順序排列的一個個事件的敘述，情節也是關於一個個事件的敘述，但是它所強調的是其間的因果關係。國王死了，然後王后也死了，這是故事。國王死了，然後王后因哀傷而死則是情節。」〔註96〕小說是「講故事」的，小說所講的故事是通過情節的敘述來完成的，而不是事件的累加，因此故事和小說的最大區別就是對事件內部聯繫的處理，即敘事邏輯。筆者試從這一角度來關照《風俗通義》和《搜神記》，探究《風俗通義》和《搜神記》在敘述邏輯上的關聯。試舉兩書中的故事對比如下：

> 武帝時迷於鬼神，尤信越巫，董仲舒數以為言，武帝欲驗其道，
> 令巫詛仲舒，仲舒朝服南面，誦詠經綸，不能傷害，而巫者忽死。
>
> 〔註97〕

〔註94〕李劍國：《唐前志怪小說史》，南開大學出版社，1984，頁217。
〔註95〕郝華：《聊齋誌異與搜神記比較研究》，山東師大2009年碩士學位論文，頁63。
〔註96〕福斯特，朱乃長譯：《小說面面觀》，中國對外翻譯出版公司，2002，頁231。
〔註97〕王利器：《風俗通義校注》，中華書局，2010，頁423。

昔晉文公出獵，見大蛇，高如堤，其長竟路。文公曰：「天子見妖則修德，諸侯修政，大夫修官，士修身。」乃即齋館，忘食與寢，請廟曰：「孤犧牲瘯蠡，幣帛不厚，罪一也；遊逸無度，不恤國政，罪二也；賦役重數，刑罰慘克，罪三也。有三罪矣，敢逃死乎！」其夜守蛇吏夢天殺蛇，曰：「何故當聖君道為！」及明視之，則已臭爛。〔註98〕

以上兩則故事均取自《風俗通義》，第一則故事講的是漢武帝迷信鬼神，董仲舒幾次勸諫，漢武帝想試一下越地的巫術是否靈驗，就讓巫師咒詛董仲舒，故事發展到這兒符合一般事件的發展變化，也符合人的一般認知。但是故事末尾卻寫到董仲舒不但未死反而讓越巫死去，這個故事的離奇之處就在這最後一句，這個故事比福斯特提到的「國王和王后」故事更加離奇。讀者讀完這個故事，只知道故事的始終，對於董仲舒為何未死而越巫死了卻是一無所知，因此這則故事由於缺少情節，可讀性大大降低。

第二個故事也同樣具有這個問題，作者寫到晉文公出獵遇到大蛇，反省自身在處理政事上的過失，後來守蛇吏夢見上天殺了那條蛇，第二天看的時候蛇已經腐爛。讀完這個故事，讀者可能會產生類似於上面的疑問，晉文公反省自身後，上天就把蛇給殺死了，這中間有什麼因果聯繫？《風俗通義》中故事的內容多是事件的累加卻很少注意到情節的設計，因此可讀性便大大降低了，但不失小說最基本的特性即「講故事」。下面筆者再試舉《搜神記》中兩則篇章相近的故事：

蘇易者，盧陵婦人，善看產，夜忽為虎所取。行六七里，之大曠，厝易置地，蹲而守，見有牝虎當產，不得解，匍匐欲死，輒仰視，易怪之，乃為探出之，有三子。生畢，牝虎負易還，再三送野肉於門內。〔註99〕

建鄴有婦人，背生一瘤，大如數斗囊，中有物如繭栗，甚眾，行即有聲，恒乞於市，自言：「村婦也。常與姊妯輩分養蠶，己獨頻年損耗，因竊其姒一囊繭焚之，頃之，背患此瘡，漸成此瘤，以衣覆之，即氣閉悶，常露之，乃可，而重如負囊」。〔註100〕

〔註98〕福斯特，朱乃長譯：《小說面面觀》，中國對外翻譯出版公司，2002，頁421。
〔註99〕干寶著，汪紹楹校注：《搜神記》，中華書局，1979，頁237。
〔註100〕干寶著，汪紹楹校注：《搜神記》，中華書局，1979，頁243。

第一個故事的梗概就是蘇易因為善於接生，曾經給一個老虎接生，因此老虎時常給她送肉。所載故事雖短，但在作者的敘述中讀者很容易看到故事情節的發生和發展，作者在敘述的過程中還注重對細節的刻畫，如母虎在難產時「匍匐欲死，輒仰視」，讀者可以從這樣的描述中想像母虎當時處境的危險、母虎對蘇易投來求救目光的情景。故事雖短，但在作者有條理的敘述中，這個故事的情節還是豐富完整的，結果雖然有點離奇，但讀完倒給人合情合理之感，這就是對故事情節的重視給讀者帶來了藝術上的真實感。

第二個故事講的是一個養蠶婦人因為偷了嫂子的一袋蠶繭燒掉而在背部患瘤的故事。這則故事總共才八十五個字，但在這短短的八十五個字中作者兩次變換敘述視角，將一個情節豐富的故事展現給了讀者。作者在這則故事中首先採用了第三人稱的全知視角，為讀者介紹了整個故事的梗概，引起讀者對故事原因的追問。接著作者又採用了建鄴婦人自述的第一人稱為讀者交代她背部患瘤的原因，接著又從第三人稱的全知視角轉換到第一人稱內在式焦點敘述視角。「縱觀中國古典小說發展史，第三人稱敘事幾乎處於壟斷地位」〔註101〕，而干寶卻在短短的八十五個字中兩次轉變敘事視角，為讀者呈現了一個情節豐富、細節清晰的故事，這在干寶那個年代是非常難能可貴的。以上兩個故事都很短，但情節卻非常豐富，故事內部邏輯聯繫也比《風俗通義》所載故事明朗得多，不僅如此，干寶還注意到故事細節的刻畫了。

《搜神記》全書中除了以上的短篇故事，還有很多長篇故事，如《宋定伯》、《董永》、《韓憑妻》、《李寄》等，這些故事情節的豐富性遠勝上文所舉故事。《搜神記》雖然在創作素材上對《風俗通義》有過不少借鑒，但就具體的創作技巧而言，《搜神記》更甚一籌。《風俗通義》不注重敘事的因果關係、漠視情節，《搜神記》重視敘事邏輯和細節描寫，筆者認為從《風俗通義》到《搜神記》是志怪的一個進步，也是《搜神記》被認為是我國志怪小說代表作的一大原因。

（3）審美風尚

在閱讀和對比兩書的過程中，筆者發現《風俗通義》、《搜神記》二書在「尚實」這一審美風尚上也頗具一致性。「尚實」是我國古代敘事文學最重要的傳統之一，這與我國古代「左史記言，右史記事」〔註102〕即文史不分的傳統有

〔註101〕陳才尋：《尚實審美與中國古典小說敘事藝術的民族特徵》，載《遼寧師範大學學報》2008 年第 5 期，頁 82～85。

〔註102〕班固：《漢書》，中華書局，1962，頁 1715。

很大關係，體現在創作態度上就是實錄的精神。比較應劭和干寶二人書前的自序，就可窺見二人實錄精神之一斑。

> 昔客為齊王畫者，王問：「畫孰最難，孰最易？」曰：「犬馬最難，鬼魅最易，犬馬旦暮在人之前，不類不可，類之故難。鬼魅無形，無形者不見，不見故易。」今俗語雖云浮淺，然賢愚所共諮論，有似犬馬，其為難矣。並綜事宜於今者。〔註103〕

應劭在開篇之初就提到畫鬼、畫馬孰易孰難的問題，在此應劭首先表明了他著書的態度：不是「畫鬼」，而是面對「賢愚所共諮」的浮淺之事秉持「畫馬」之實錄精神，將那些在他看來可信或者不可信的民俗、傳言記錄下來並加以考辨。應劭在其序言中已經充分表明了他實錄的精神。而干寶著《搜神記》時的創作態度又如何呢？我們不妨看下干寶的自序。

> 雖考先志於載籍，收遺逸於當時，蓋非一耳一目之所親聞睹也，亦安敢謂無失實者哉！仰述千載之前，記殊俗之表，綴片言於殘闕，訪行事於故老，若使採訪近世之事，苟有虛錯，願與先賢前儒分其譏謗。〔註104〕

從干寶的自序中我們可以發現該書成書的兩種途徑：一是轉錄前人的著作；二是搜集民間流傳的故事。從干寶在自序中對其材料來源的說明中，可以發現作者在強調其所記故事的真實性。周昌梅在其《在史學與文學的邊緣：對六朝小說文體的考察》中也充分肯定了《搜神記》的史學價值。「《搜神記》是六朝志怪書的代表，全書的性質就近於歷史。」〔註105〕從《隋書·經籍志》將以《搜神記》為代表的志怪小說錄入史部亦能看出《搜神記》其書的史料價值。雖然《搜神記》中有許多鬼怪，但干寶並非有意為小說，正如魯迅先生在論六朝志怪書時所說的：「文人之作，雖非如釋道二家，意在自神其教，然亦非有意為小說，蓋當時以為幽明雖殊途，而人鬼乃皆實有，故其敘述異事，與記載人間常事，自視固無誠妄之別矣。」〔註106〕應劭和干寶著作記載的鬼怪故事中時間是準確的，人物在當時也是確有其人。是什麼原因導致二人「尚實」的審美風尚呢？

〔註103〕 王利器：《風俗通義校注》，中華書局，2010，頁16。

〔註104〕 干寶著，汪紹楹校注：《搜神記》，中華書局，1979，頁2。

〔註105〕 周昌梅：《在史學與文學的邊緣：對六朝小說文體的考察》，載《青島大學師範學院學報》2006年第3期，頁13～16。

〔註106〕 魯迅：《魯迅全集第九卷·中國小說史略》，人民出版社，1953年，頁47。

　　范曄在《後漢書・應劭傳》中記載：「舊章湮沒，書記罕存，劭慨然歎息，乃綴集所聞，著《漢官儀》、《禮儀故事》……凡所著述百三十六篇，又集解《漢書》，皆傳於時。」〔註107〕東漢末期，戰事四起，應劭在搜集和整理漢代典章制度、百官儀式上有著重要的貢獻，「應劭是東漢時期學識最淵博的學者之一」〔註108〕，應劭在東漢可謂良史。而據《晉書・干寶》記載：「中興草創，未置史官，中書監王導上書曰……敕佐著作郎干寶等漸就撰集。元帝納焉，寶於是始領國史。」〔註109〕干寶領大著作郎達十年之久，在這期間，干寶「著晉紀，自宣帝迄於愍帝五十三年，凡二十卷，奏之。」干寶筆耕不輟，秉筆直書，如直書「趙盾弑其君」，其《晉紀》不辱使命，「其書簡略，直而能婉，咸稱良史」，干寶因而也受到後世史家的大力推崇。

　　從以上應劭和干寶個人事蹟的記載中，可以發現二人均具有強烈的「史」的意識，並且都從事過對史書的整理，對當時的史學皆作出了重要貢獻。我國史家自古以來注重實錄的精神在《風俗通義》和《搜神記》二書上的體現就是其共同的「尚實」的審美風尚。在讖緯充斥、道教勃興的東漢、魏晉社會裏，精怪在人們的觀念裏是確實存在的，因此應劭和干寶的著作中雖有一些神怪內容，但這並不能掩蓋二人在創作中「尚實」的審美風尚。

　　通過對《風俗通義》、《搜神記》內容取材、敘事手法、審美風尚的對比分析，可以看出在內容取材上《搜神記》對《風俗通義》多有借鑒，在創作技巧上《搜神記》較《風俗通義》有了較大的進步，由《風俗通義》不注重敘事的因果關係、漠視情節發展到了重視敘事邏輯和細節描寫。《風俗通義》和《搜神記》二書雖然創作目的和創作時間不同，但由於我國古代敘事文學的傳統和應劭、干寶二人史的意識，在讖緯充斥、道教勃興的社會思潮下，二書均呈現了共同的「尚實」的審美風尚。從中我們也看出「謹案」言說方式對《風俗通義》「小說性」的重要意義。

三、「謹案」言說方式對《風俗通義》議論的影響

　　「引經據典」言說方式為《風俗通義》的議論提供了論據和議論的合法性，而「謹案」的言說方式對《風俗通義》的議論方式產生了直接的影響。作者沒

〔註107〕范曄著，李賢等注：《後漢書》，中華書局，1965，卷四十八，頁1614。

〔註108〕應劭著，趙泓譯注：《風俗通義》，貴州人民出版社，1998，頁2。

〔註109〕房玄齡等撰：《晉書》，中華書局，1974，卷八，頁2150。

有選擇一邊敘述故事一邊發表議論的方式，而是選擇了將其分開，在「散目」中敘事，在「謹案」中議論，這樣的言說方式對《風俗通義》的議論產生了極大的影響。

我們不妨試想下若《風俗通義》採用一邊敘事一邊議論的言說方式，那麼《風俗通義》的敘事本身就會被不斷地打斷從而影響故事的完整性。作者主觀的評價若隨處可見、充斥全書反而使全書的說教性過重，不利於「潤物細無聲」地影響讀者從而達到「辨風正俗」的目的，而「謹案」的言說方式則避免了這樣的情況。作者先「總題」，再敘事，最後在「謹案」處集中發表議論，使得議論有著自己廣闊的空間。在這廣闊的議論空間中作者可以更有條理、更有層次地「辨風正俗」，作者在議論的同時還可以融情入理，避免生硬評判帶來的枯燥乏味，做到既曉之以禮，又動之以情。這無疑增強了《風俗通義》的可讀性、可感性，「謹案」的言說方式更有利於《風俗通義》的議論，因此更好地服務於作者的著述目的即「辨風正俗」，如果分散表達便大大削弱了《風俗通義》議論的深度和「辨風正俗」的力度。

（一）提綱挈領、發論深刻

《風俗通義》一書現存十章，每章均有「總題」，而各章的「總題」就是對各章內容作提綱挈領式地概括，點明本章要討論的中心議題，如《皇霸》「總題」中的「上述三皇、下記六國，備其終始」，《正失》「總題」中的「糾其謬」，《愆禮》「總題」中的「注近世苟妄」，《過譽》「總題」中的「覆其違理」，《十反》「總題」中的「比其舛」，《聲音》中的「聲本音末」，《窮通》「總題」中的「先否後喜」，《祀典》「總題」中的「記敘神物」，《怪神》「總題」中的「採其晃著」，《山澤》「總題」中的「積其類」等詞均言簡意賅、提綱挈領地概括和點明了一章所要論述的中心議題和主要內容。這一點筆者已經在第一小節討論過，不再贅述，筆者在此重點討論一下「謹案」部分的議論。《風俗通義》的「散目」是記述性的內容，而「謹案」則是議論部分，作者在「謹案」處的議論是根據「散目」的內容而生發的，沒有離開「散目」內容隨意著筆。「謹案」言說方式使《風俗通義》的議論不僅在一章的整體架構上有提綱挈領之功，在一章內部的「謹案」處往往也起到了提綱挈領、總結全段的作用，而且觀點也較為深刻。

如《風俗通義‧正失》篇中的「東方朔」，作者首先在「散目」中記載了東方朔在民間的傳說：「東方朔太白星精，黃帝時為風后，堯時為務成子，周

時為老聃，在越時為范蠡，在齊為鴟夷子皮，言其神聖能興王霸之業，變化無常。」〔註110〕應劭在「謹案」中首先引用了《漢書・東方朔傳》中對東方朔的記載，以及東方朔給漢武帝「文辭不遜，高自稱譽」的自我陳述，接著引用了「長老賢通」和劉向對東方朔的評價：「朔口諧倡辯，不能持論，喜為凡庸誦說，故令後世多傳聞者」、「朔言不純師，行不純德，其流風遺書茂如也」。作者在引用《漢書》對東方朔的記載和他人對東方朔的評價後，提綱挈領地提出了自己的觀點：

> 然朔所以名過其實，以其詼誕多端，不名一行，應諧似優，不
> 窮似智，正諫似直，穢德似隱，非夷、齊，是柳惠，其滑稽之雄乎！
> 朔之逢占射覆，其事浮淺，行於眾童兒牧豎，莫不炫耀。而後之好
> 事者，因取奇言怪語附著之耳，安在能神聖歷世為輔佐哉！〔註111〕

應劭在「謹案」中首先引用他人的記載和評價，最後在他人評價的基礎上，對東方朔的性格特徵指點評說，認為東方朔「詼誕多端，不名一行」即詼諧滑稽、不拘小節的性格特徵才是其「名過其實」的根本原因，可謂提綱挈領。應劭深刻地認識到東方朔「滑稽」的性格特點頗為民間所欣賞，他之所以在民間多有傳說是因為後來的好事者將民間的奇談怪論附會在他身上，至此作者便在無形之中瓦解了東方朔的民間傳說，起到了「辨風正俗」的作用。

最鮮明體現以上特點的是《窮通》章，這一章作者為我們講述了孔子、孟軻、孫況、虞卿、孟嘗君、韓信、韓安國、李廣、劉矩、祝恬、韓演、陳蕃十二人的故事，全章篇幅巨大，但唯有一個簡短「謹案」。應劭在其「謹案」中只拈出韓信、孔安國、李廣、孔子、陳蕃、虞卿六個主要人物發表評論，「韓信寵秩，出跨下之人，斯難能也。安國不念舊惡，合禮中平。李廣因威歸忿，非義之理。宣尼暨陳，皆降而復升，兼濟天下。唯虞卿逼於強秦，獨善其身，續述篇籍，垂訓後昆」〔註112〕，應劭在評論中依然詳略有致，重點抓住韓信、孔安國、李廣、虞卿四人的特徵進行評價，言簡意賅，而對孔子和陳蕃則放在一起評價。除此之外，《十反》中也大量存在著這樣的「謹案」，如《十反》中的第一個「謹案」用簡短的文字概括了田暉、劉矩、范滂三人的性格特徵並發表評論；第二個「謹案」中以同樣的方式概括和評價了但望和周究二人。這樣

〔註110〕 王利器：《風俗通義校注》，中華書局，2010，頁108。
〔註111〕 王利器：《風俗通義校注》，中華書局，2010，頁111。
〔註112〕 王利器：《風俗通義校注》，中華書局，2010，頁346。

的例子在《十反》中還有很多，不再一一列舉。「謹案」的言說方式使作者的議論非常集中，而且提綱挈領的議論使《風俗通義》的議論更加深刻。

作者在「謹案」處大多先引用經典或他人對人、事的評價，最後才使用極其簡潔的字句作提綱挈領式的概括，提出自己的觀點，因此觀點也較為深刻，發人深省。如「愆禮」中記載的將軍屬官宣度違背為父執哀仗的儒家禮制而為老師執哀仗，應劭先引用《禮記‧檀弓》中子貢為孔子辦喪事的禮儀規制，表明了喪事中也要遵循儒家的禮，作者接著由宣度為師執仗的事例引申到整個社會現象「凡今仗者皆在權戚之門，至有家遭齊衰同生之痛，俯伏墳墓而不歸來，真不愛其親而愛他人者也？無他也，庶福報耳。」〔註113〕應劭由小及大，指出當時普遍的違禮之風的根源是為了求「福報」，提綱挈領而又見解深刻，應劭深刻地看到了違禮背後的社會心理，違背禮制是希望藉此得到他人的恩惠，「禮」成了人們交易的商品，而不再是約束人的道德規範了。發論深刻的例子還有很多，如「南陽張伯大」條，在這一則故事中作者為我們交代了南陽的鄧子敬比張伯大小三歲，當以兄禮事之，但鄧子敬做得非常過，後來二人做官互相援引，狼狽為奸。應劭在其「謹案」部分首先便引用《禮記‧曲禮》中的兄弟之禮說明二人行為之過謬，接著引用《詩經》、《論語》、《易》等典籍再次說明兄弟之禮的不可違背，最後應劭指出二人的行為「飾虛矜偽，誑世耀民，辭細即巨，終為利動。」〔註114〕最後的「終為利動」四字一針見血地指出了張鄧二人違禮的深層原因，對名利的追求也是那個時代違禮的共同原因。

「謹案」的言說方式使得作者的議論非常集中，在廣闊的議論空間中作者對議論的處理才能遊刃有餘，有條不紊，而這樣的言說方式也使得《風俗通義》的議論在提綱挈領的同時還能透過現象看本質，才能使議論的條理性和發論的深刻性融為一體，更有說服力。

（二）層次分明、邏輯嚴密

《風俗通義》的「總題」圍繞著一個議論主題展開，「謹案」圍繞前面記述的內容展開，二者均有著分明的層次，它可以減少說理的枯燥乏味，增強文章的可讀性，也可以使《風俗通義》的議論邏輯更加嚴密。如「正失第二」的總題為：

〔註113〕王利器：《風俗通義校注》，中華書局，2010，頁141。
〔註114〕王利器：《風俗通義校注》，中華書局，2010，頁157。

孔子曰：「眾善焉，必察之；眾惡焉，必察之。」孟軻云：「堯舜不勝其美，桀紂不勝其惡」。傳言失指，圖景失形，眾口鑠金，積毀消骨，久矣其患之也。是故樂正后夔有一足之論，晉師己亥渡河有三豕之文。非夫大聖至明，孰能原析之乎？《論語》：「名不正則言不順。」《易》稱：「失之毫釐，差以千里。」故糾其謬曰正失也。〔註115〕

應劭在這「總題」裏圍繞「正失」展開議論，作者首先引用孔子和孟子關於糾謬辨誣的言論，確立了「正失」的必要性，作者在此依經立意提出了他的論點。接著作者便引用了例如「眾口鑠金」、「積毀消骨」這樣的成語和《呂氏春秋》兩則因不察而導致誤會的歷史故事論證了「正失」的必要性和可貴性，認為「非夫大聖至明，孰能原析之乎」。最後作者引用《論語》、《易》中的語句說明了「不正」所帶來的弊端。作者首先以孔子、孟子的言語立論，提出了「正失」的論點，接著以成語和歷史故事從正面論證了「正失」的必要性和可貴姓，最後再次引經據典從反面論證了「不正」的弊端，強化了「正失」的必要性，至此作者的論證結束。短短的三十字中，有論點，有論據，有論證。論證方法有正面論證和反面論證，以經典開頭也以經典結尾，中間穿插議論，首尾照應，全段類似總—分—總的結構。由此可見其論證的層次分明、邏輯嚴密，而層次的分明和邏輯的嚴密只能出現在集中議論中，若一邊敘事一邊議論是不可能在短短的三十字中能達到以上的論證效果的，「謹案」的言說方式為議論提供了集中而廣闊的空間，這不僅僅對「總題」中的議論產生了以上的影響，而且對「謹案」處的議論也產生了深刻的影響，如《愆禮》中的「山陽太守汝南薛恭祖」：

山陽太守汝南薛恭祖，喪其妻不哭，臨殯，於棺上大言「自同恩好四十餘年，服食祿賜，男女成人，幸不為天，夫復何恨哉！今相及也。」

謹案：《禮》為嫡妻仗，重於宗也。妻者，既齊於己，澄漠酒醴，以養舅姑，契闊中饋，經理蠶桑，垂統傳重。其為恩篤勤至矣。且鳥獸之微，尚有迴翔之思，啁噍之痛，何有死喪之威，終始永絕，而曾無慽容。當內崩傷，外自矜飭，此為矯情，偽之至也。俚語：「婦死腹悲」，唯身只之。又言「妻非禮所與。」此何禮也？豈不悖哉！大尉山

陽王龔與諸子並杖，太傅汝南陳蕃、袁隗皆制衰絰，列在服位，躬入隧，哀以送之，近得禮中。王公諸子魏杖亦過矣。〔註116〕

薛恭祖妻子去世，薛恭祖不僅不哭喪，在出殯的時候還大言不慚的大發一番議論，對此應劭給予了從理性到感性上的極大的抨擊。應劭首先引用《儀禮‧喪服》中對妻子去世的記載，認為丈夫為妻子服喪時可以使用哀杖，除了對妻子的逝去表達悲痛之情，還表達了對妻子延續宗族的尊重。作者首先以《儀禮》中的言語立論，擺出了薛恭祖此舉為違禮的論點。接著作者以極其飽滿的感情謳歌了妻子在恩愛厚道、勤於家事上的盡心盡力，養蠶織布，傳宗接代，表現了妻子在一個家庭中的重要地位。作者在此並沒有直接展開對薛恭祖的批評，而是用了類比、對比的方式，認為鳥獸雖然微賤，在失去同伴後尚有返回巡視的掛念，悲哀地嚎叫，而薛恭祖在妻子出殯時卻「曾無惻容」，其實只是掩飾內心的悲傷，外表上裝出莊重謹慎的樣子博取一己之名譽。至此，應劭對薛恭祖的批評噴薄而出，指出其行為是「矯情」，「偽之至也」，將薛恭祖的行為和鳥獸對比，無形之中表達了薛恭祖「鳥獸不如」的言外之意。作者接著又引用了俚語再次證明了人當重視與結髮之妻的深厚情感，讀來哀感頑豔，令人有惻隱之心。而作者到此卻筆鋒一轉，直接引用薛恭祖所發的議論，用反問和感歎的句式表達了他對薛恭祖違情違禮的強烈批判，並列舉了王恭、陳蕃、袁隗等人守喪的事例為薛恭祖也為讀者點明了什麼樣的守喪是符合禮制的。我們可以梳理下這一段「謹案」的思路，應劭首先引經據典為自己立論，然後結合「散目」所提及的內容進行議論，在議論中融情入理，使說理不再是枯燥乏味的說教，而是飽含作者強烈情感的議論，既曉之以理又動之以情，在議論中闡明儒家的「禮」，批評「散目」中人物的行為，最後以舉例論證的方式再次點明什麼才是合乎儒家禮的行為，全段可謂先總述論點，再展開議論，最後再以事例呼應論點，全段結構清晰，層次分明，論證具有嚴密的邏輯性。

我們可以再看「公交車徵士汝南袁夏甫」的事例，作者在「散目」中為我們講述了汝南征士袁夏甫因為朋黨之爭而閉門不出，在家中不見母親，而且不允許自己的子女見他，自己每天清晨只對母親遙獻拜禮，並讓子女也這麼做，母親特別想念他也只能親自去看他，母親去世袁夏甫也不列服位。應劭對此的「謹案」也遵循以上的論證方式，作者首先引用《孝經‧喪親章》中「生事愛敬，死事哀戚」的話立論，認為子女當以此為孝道。接著作者結合袁夏甫的故

〔註116〕 王利器：《風俗通義校注》，中華書局，2010，頁142。

事進行議論，指出其「下床闇拜，遠於愛敬者矣。祖載崩隧，又不能送，遠於哀戚者矣」，批評袁夏甫此舉「斯亦婞婞」，違背孝道只是以此標榜自己的清高，最後作者列舉了子路向長沮、丈人問路和孔鯉趨而過庭，陳亢喜於得三的故事，用舉例論證的方式再次點明何為儒家的孝道。〔註117〕

我們也可以發現以上的「謹案」也基本遵循著先提出論點，再結合故事進行具體論證，最後再舉例呼應論點的思路。《風俗通義》中雖然有的「謹案」最後一部分不是以舉例的方式呼應段首的論點，而是引用經典中的句子呼應段首，但在論證思路上卻無二致，「謹案」處均遵循著先引儒家經典立論，然後結合故事內容髮論，最後引經據典呼應段首，收束全段。

「謹案」的言說方式為《風俗通義》「總題」和「謹案」處的議論提供了廣闊而自由的空間，集中發表議論而不是夾敘夾議使得《風俗通義》「散目」的敘事不被議論所打斷。因此這樣的言說方式既保證了議論的集中完整，又保證了敘事的連續流暢，但由於「散目」故事的敘述都比較簡略，因此應劭的價值判斷和情感導向都難以完全展現出來，大部分表現得較為含蓄，而「總題」和「謹案」基本上彌補了「散目」敘事中作者價值導向、情感表達不明的情況，使得《風俗通義》的議論既提綱挈領、發論深刻又層次分明，邏輯嚴密。

〔註117〕 王利器：《風俗通義校注》，中華書局，2010，頁161。

第四章　對比的言說方式

　　《風俗通義》除了使用引經據典的言說方式和「謹案」的言說方式，在創作中還非常善於使用對比的言說方式，對比作為一種修辭手法也是作者言說的一種方式，因此也屬本文言說方式討論的範疇。《風俗通義》除了在人物刻畫上大量使用對比的言說方式，在故事的安排上也善於使用對比的言說方式。有故事內部的對比，有兩三個故事之間的對比，作者在對比中寄予自己的價值評判和情感好惡，其中最為明顯的章節是《十反》和《窮通》兩章，還有很多人物刻畫上的細節對比分散在全書各處。對比言說方式是應劭對春秋筆法的繼承和應用，對《風俗通義》的「辨風正俗」和文學性均產生了很重要的影響。

第一節　對比言說方式舉隅

　　《風俗通義》非常善於應用對比的言說方式，而其中最具代表性的為《十反》和《窮通》，如在「十反」的「總題」中作者就用駢文的形式為我們列舉了二十個人物，其中每兩人為一組進行對比。二人的行為截然相反，同為治理國家，墨翟摩頂放踵，不辭辛勞，而楊朱卻「拔一毛而利天下，不為也」；在榮祿的面前，寧戚見齊桓公夜出，急忙敲打牛角，唱起商歌，被封為大夫，而顏闔被魯國國君看重，欲任命他為魯國宰，顏闔相卻越牆逃走；在災禍的面前，高柴為了避難從城門逃出，而子路卻不願避難，入城赴死……「窮通」記載的故事也大量使用對比的言說方式，但兩章中的故事類型卻多有交叉，筆者以對比的不同類型將其整合併劃分為兩類：一類是同一事件不同人應對方式的對比，另一類是同一人物生平的前後期對比。

一、同一事件不同人應對方式的對比

在面對同一件事情，人們的態度和行為各不相同，甚至截然相反。《風俗通義》中的「過譽」、「十反」、「窮通」中均存在著大量的事例，其中當以「十反」最為集中。如「十反」中「巴郡太守太山但望」和「高唐令樂安周究」這兩則故事都講述了侄子犯法的共同事件，但作為叔叔的但望和周究卻有著截然相反的行為。當但望得知自己的侄子殺人入獄時，但望的行為是：

> 望自劾去，星行電征，數日歸，趨詣府，露首肉袒，辭謝太守太尉李固，請與相見，頓頭流血，自說：「弟薄命早亡，以孤為托，無義方之教，自陷罪惡。息男既與知情，幸有微胤，乞以代之。」
> 〔註1〕

而周糾在同樣得知侄子殺人被捕時，周糾的行為又如何呢？

> 弟子使客殺人，補得，太守盛亮陰為宿留，糾自劾去，詣府，亮與相見，不乞請，又不辭謝。亮告賓客：「周孟玉欲作抗直，不恤其親，我何能枉憲乎！」〔註2〕

在侄子犯罪被捕這一共同事件面前，但望劾舉自己後風馳電掣般地趕回家中，蓬頭垢面、袒露形體去向李固請罪，責備自己教導無方致使侄子現在作奸犯科，但望叩頭以致流血，並懇請用自己兒子的性命來代侄兒之罪。而周糾在得知侄兒犯罪被捕時雖然劾舉自己，與太守相見，但是不祈求也不謝罪，在盛亮面前裝出一副大公無私、正人君子的樣子，二人的行為截然相反，其結果也截然相反，由於但望「言甚哀切」的懇請最終讓太守李固「達於原度」，將其侄子「活出之」，而周糾的「欲作抗直，不恤其親」卻讓有意保存其侄子性命的太守盛亮秉公執法，周糾的侄子「遂斃獄中」。「十反」一章中共有 14 個故事，存在 9 組這樣的集中對比，除了「十反」一章，「窮通」中也存在 4 組這樣的對比，現再舉一例。

「窮通」中的「司徒潁川韓演」為我們講述了韓演落難，友人吳斌和陌生人閻符的不同行為。韓演在擔任丹陽太守時由於其堂兄犯罪，韓演被用囚車徵召，因為不是自己犯罪所以理應得到尊重，到達簫縣時，他認為自己同歲被辟舉的吳斌一定會問候他，然而吳斌卻將他下獄，將牢門鎖得緊緊實實，並親自率領兵馬將其押出境，然而吳斌的從事閻符因韓演「所在流稱」，因此非常尊

〔註1〕王利器：《風俗通義校注》，中華書局，2010，頁 226。
〔註2〕王利器：《風俗通義校注》，中華書局，2010，頁 228。

重韓演高潔的人格，親自為其解開腳鐐手銬並款待韓演。在韓演落難這一事件上，友人的落井下石和陌生人的仰慕款待形成了極其強烈的對比。由於「十反」和「窮通」兩章中這樣的集中對比還有很多，筆者不再一一列舉，僅以表格的形式將其列出：

同一事件	對比的人物	出　處
獲取官職	劉矩、田輝、范滂	《十反第五》
侄子犯罪	但望、周糾	《十反第五》
為舉薦者守喪	周乘、鄭伯堅與封祈、黃叔度、郅伯向、盛孔叔	《十反第五》
舉薦孝廉	周景與韓演	《十反第五》
為官去留	胡伊與樊紹	《十反第五》
為太守駕車	劉祖與薛丞	《十反第五》
宦官聘用賢士	姜肱與韋著	《十反第五》
年老被彈劾	李統與朱倀	《十反第五》
辭官在家	劉勝與杜密	《十反第五》
被他人侮辱	孟嘗君、韓信、韓安國與李廣	《窮通第七》
友人生病	謝著與應融	《窮通第七》
友人被罷官	梁冀與環玉都	《窮通第七》
友人被囚車徵召	吳斌與閻符	《窮通第七》

　　《風俗通義》中同一事件不同人應對方式的對比不僅集中出現在「十反」和「窮通」兩章中，在「散目」和「謹案」中也存在大量的對比，如「過譽」中「汝南戴幼起」[註3]記載了戴幼起希望被官府徵召而「讓財」的故事，但是他「讓財與兄」不為「義」而為「利」，作者在「謹案」中列舉了與戴幼起一起被徵召的薛孟嘗，他也「讓財」，但在「讓財與弟」過程中薛孟嘗富有仁義之心，凡事為弟弟考慮。同為「讓財」，但二人行為卻迥然不同。《風俗通義》同一事件不同人應對方式的對比非常多，囿於篇幅，筆者在此不再列舉。

二、同一人物生平的前後期對比

　　應劭不僅注重對同一事件不同人應對方式進行對比，在對比中俯仰認識，寄予褒貶，同時也注重對同一人物的前後期生平進行對比，這集中體現在「窮通第七」中。我們看第七章的「窮通」，光從「窮通」這具有相反意義的二字

〔註3〕王利器：《風俗通義校注》，中華書局，2010，頁199。

篇名中我們便可以窺測這一章所採用的對比的言說方式,作者在「總題」中用江、漢之水的壅滯與暢通、日月之光的隱蔽與復明、聖人的窮困潦倒與復興顯達來說明否極泰來、「先否後喜」的道理。

「窮通」章以孔子的生平為開篇之首,作者首先描寫了孔子被困陳、蔡之間卻依然安之若素,在室內彈琴,子路和子貢對孔子的行為大為不滿,責備夫子「蓋君子之無恥也若此乎」並認為「如此可謂窮矣」,孔子責備二人,認為「君子通於道之謂通,窮於道之謂窮」。作者對孔子其他的生平事蹟省而不述,直接寫到孔子「自衛反魯,刪《詩》、《書》,定《禮》、《樂》,制《春秋》之義,著素王之法」〔註4〕,並提到齊魯夾谷會盟中孔子的作為。整個事例僅截取了孔子一生中「否」和「喜」的兩個片段,表達了孔子「君子通於道之謂通,窮於道之謂窮」的哲理,這句話也是應劭本人所秉持的人生原則,應劭在文末唯一的「謹案」中也寫道:「昔子夏心戰則臞,道勝如肥,何必高位豐爵以為融懿也。」〔註5〕子夏因在先王之道和富貴之樂的難以抉擇中而消瘦,又因先王之道在內心占上風而心寬體胖,這也是同一人物的前後對比,在對比中表明君子不必以高官厚祿為樂事,呼應孔子的言論以及應劭開篇的「故君子厄窮而不閔,勞辱而不苟,樂天知命,無怨尤焉」的觀點。作者又列舉了孟軻、荀子等人「先否後喜」的人生經歷,注重對人物前後期的生平對比,在對比中寄予應劭君子人格的理想。

第二節　對比言說方式與春秋筆法

應劭在《通風俗義》中非常善於應用對比的言說方式,有故事內部的對比,有故事與故事間的對比,有人物刻畫上的細節對比,作者在對比中實現其「辨風正俗」的目的,對比言說方式是「辨風正俗」的手段,而這和春秋筆法的懲惡揚善具有內在的一致性,有異曲同工之妙。

一、對比言說方式與春秋筆法的懲惡揚善

春秋筆法又謂「春秋書法」、「春秋凡例」、「義法」、「書例」,是孔子依據舊本魯史而編修魯史《春秋》的創作手法,如「一字定褒貶」、「筆則筆,削則削」、「直書」等。魯國原來就有舊史,依照周朝的制度,唯有朝廷親自任命的

〔註4〕王利器:《風俗通義校注》,中華書局,2010,頁315。
〔註5〕王利器:《風俗通義校注》,中華書局,2010,頁346。

史官才具有修史的特權，孔子並非史官，卻以平民之身份對魯國的舊史加以修訂，按照孔子自己所推崇的禮，孔子的行為本身就已經構成了對禮制的僭越，孔子修魯史作《春秋》的用意為何？《孟子・滕文公下》中寫道：「世衰道微，邪說暴行有作，臣弒其君者有之，子弒其父者有之。孔子懼，作《春秋》。《春秋》，天子之事也。是故孔子曰：知我者其惟《春秋》乎！罪我者其惟《春秋》乎！」〔註6〕孔子之所以重修魯史，並不是為了較舊史更加忠實地記載過去發生的事情，修史只是手段，重要的是在儒家價值觀的關照下對歷史事件進行記載，在記載的過程中使用「一字褒貶」、「一字見義」的春秋筆法「寓褒貶於記事」，其最終目的是使「亂臣賊子懼」，是寄予孔子懲惡揚善的大「義」，正如孟子所言「王者之跡熄而《詩》亡，《詩》亡而《春秋》作。晉之《乘》，楚之《檮杌》，魯之《春秋》，一也。其事則齊桓、晉文，其文則史。孔子曰：其義則丘竊取之矣！」〔註7〕孔子所竊取的「義」正是其提倡的儒家禮義，孔子作《春秋》是借著「記事」寄予自己懲惡揚善、推崇儒家義理「以達王道」的政治理想，這一點深為司馬遷所體悟。司馬遷在《史記・太史公自序》中總結《春秋》乃「善善惡惡」、「賢賢賤不肖」，是所謂「禮義之大宗也」。康有為有言「春秋之義不在事，傳孔了春秋之義在口說而不在文」，並對此進一步闡釋說：「（孔子）因恐無所寄託，乃筆削魯史，改定其年月日時爵號氏名諸文，或增或刪，或改或削，以為記號（如算術之有天元，代數之有甲乙子丑，皆以一字代一式，使弟子後學得以省識其大義微言之所託」。〔註8〕

「《春秋》的『微言大義』，其要在於政治倫理之『義』。即為政治而作史，為倫理教化而修史」〔註9〕，曹順慶先生的觀點可以概括為：記史只是手段，「借事明義」以求「王道之政」才是目的。由此來觀《風俗通義》對比的言說方式，應劭在《風俗通義》中大量應用對比的言說方式，在一個故事中記載不同人的行為，或者客觀地記載幾個不同的故事，應劭之所以秉著「客觀」的敘述視角記載這些故事，其目的不是對故事的陳述，而是故事記載背後的「義」，

〔註6〕《十三經注疏》整理委員會整理：《十三經注疏・孟子》，北京大學出版社，1999，頁2714。

〔註7〕《十三經注疏》整理委員會整理：《十三經注疏・孟子》，北京大學出版社，1999，頁2727～2728。

〔註8〕康有為：《春秋筆削大義微言考・卷二》，宏業書局有限公司，1976。轉引自侯春林《舊約歷史書中的春秋筆法》，載《民族論壇》2013年第7期，頁99。

〔註9〕曹順慶：《春秋筆法與微言大義：儒家經典的解讀模式及話語言說方式》，載《北京大學學報（哲學社會科學版）》1997年第2期，頁102。

是應劭在序言中所提及的「而事該之於義理」的「義」。應劭所言的「義理」
和孔子所竊取的「義」實為一物，即儒家的義理，也是「窮通」篇孔子對子路
和子貢所言的「道」。對比的言說方式只是應劭記事的手段，應劭記事的目的
實為「辨風正俗」，而「辨風正俗」的最終指向則與孔子作《春秋》無異，正
如應劭在自序所言的「為政之要，辨風正俗，最其上也」〔註10〕，辨風正俗的
最終目的是「為政」。由此我們可以發現孔子作《春秋》懲惡揚善，提倡儒家
學說，應劭作《風俗通義》時大量採用對比的言說方式是為了更好地寄託褒貶，
辨風正俗，在事物的客觀記載和對比中使儒家之「義理」得以凸顯，這一點與
春秋的「微言大義」可謂異曲同工。對比的言說方式與春秋筆法都只是創作的
外在手法，而最終目的皆是「為政」，因此對比言說方式與春秋筆法在內在上
是具有一致性的。

　　對比的言說方式與春秋筆法具有內在目的的一致性並非偶然，這是應劭
作為史官對春秋筆法有意的借鑒和繼承。應劭在《風俗通義》中對《春秋》三
傳有著大量的引用，光直接引用就達 40 次，那些間接引用的筆者未收錄入第
一章的統計表中，如「正失」武帝祭祀的謹案部分「《春秋》以為傳聞不如親
見，親見之斯為審矣」〔註11〕類表述就未作收錄，由此便可窺見應劭對《春秋》
三傳的重視。在應劭眼中《春秋》三傳已經不僅僅是對歷史的記載以及注解，
《春秋》三傳更被當成經，作為作者立論的依據，如「十反」中對但望和周糾
的「謹案」：

　　　　《春秋》：叔牙為慶父殺般，閔公大惡之甚，而季子緣獄有所
　　歸，不探其情，緩追逸賊，親親之道。州吁既殺其君，而虐用其人，
　　石碏惡之，而厚與焉，大義滅親，君子猶曰：「純臣之道備矣。」
　　〔註12〕

　　應劭在極其簡短的文字中就引用了《春秋》中兩個截然相反的例子，叔牙
和子般的故事在《春秋》三傳中的「莊公三十二年」均有記載，州吁和石碏的
故事在《春秋》三傳「桓公十六年」有記載，但《穀梁傳》對這兩則故事的記
載非常簡略，而《左傳》較《穀梁傳》更加詳實，但均未做經義上的闡發。應
劭在「謹案」中的「緩追逸賊，親親之道」直接引自《公羊傳·閔公二年》，

〔註10〕 王利器：《風俗通義校注》，中華書局，2010，頁 8。
〔註11〕 王利器：《風俗通義校注》，中華書局，2010，頁 69。
〔註12〕 王利器：《風俗通義校注》，中華書局，2010，頁 229。

而且從應劭對州吁和石碏故事的評價可以發現應劭在治《春秋》上更偏向《公羊傳》的「微言大義」，由此可見應劭對春秋筆法和「微言大義」是熟稔於心的。同樣是誅殺親人，一個是顧念「親親之道」，一個是不顧父子情深，大義滅親，這兩個故事構成了極具張力的對比，應劭之所以作這樣的對比，其目的不作說明，讀者也明白作者要闡述的「君親無將，王誅宜耳」的「大義」，應劭接著又引用了《戰國策・魏策》中樂羊為立戰功而飲兒子的肉羹湯，魏文侯雖然稱讚他的戰功卻懷疑他的心地，秦西巴違命放走幼鹿，孟孫卻很快提升了他的職位，這又是一組對比，在這組對比中應劭對「仁」，對「惻隱之心」的推崇已然明瞭。從以上論述中我們可以看出應劭善於應用對比的言說方式以達到「微言大義」的效果，「《春秋》『三傳』的文字，顯然都很重視『微言大義』，注重政治倫理道德的解讀與闡釋，『譏失教』也好，『大鄭伯之惡』也好；『失子弟之道』也罷，『親親之道』也罷，都是一種政治化、倫理化的『微言大義』式的解讀，而不是純粹的歷史史實的陳述。」〔註13〕應劭應用對比言說方式是對春秋筆法的有意借鑒和繼承。

　　應劭史官的身份也使其對春秋筆法的學習和借鑒具有內在的傾向性，過常寶先生在其《「春秋筆法」與古代史官的話語權力》中認為「春秋筆法是春秋史官發展出來的一種價值評判方式」，春秋筆法「將事件留在歷史的陰影處，藉此表達史官的臧否態度」，籍事存義，寄予褒貶是我國史官的傳統，「史官正是在天命的支持下，利用自己的職業傳統，構建起史官和儒家的話語權力，並為後世儒家取法。」〔註14〕應劭作為漢末服膺儒家學說的頗有史學成就的史官對春秋筆法的借鑒和繼承是自然而然的事情，「在我國史學史上，自從有了文字記錄的歷史，褒貶人物便成為其中一個重要的組成部分，史官也因此而獲得了『褒貶』的權力。梁玉繩在《〈漢書人表考〉序》中說：『褒貶進退，史官之職。』」〔註15〕，由此來看應劭對春秋筆法的學習是顯而易見的了。

　　對比的言說方式服務於應劭「辨風正俗」、「為政之要」的目的，故事在作者的「客觀」敘述和對比中蘊含著言外之意，在對比中凸顯著作者的俯仰

〔註13〕曹順慶：《春秋筆法與微言大義：儒家經典的解讀模式及話語言說方式》，載
　　　　《北京大學學報（哲學社會科學版）》1997年第2期，頁103。
〔註14〕過常寶：《春秋筆法與古代史官的話語權力》，載《北京師範大學學報（哲學社
　　　　會科學版）》，2003年第4期，頁28。
〔註15〕金英娥：《史記對春秋筆法的繼承》，載《邊疆經濟與文化》2009年第1期，
　　　　頁86。

褒貶。對比言說方式的「辨風正俗」與春秋筆法的懲惡揚善具有內在的一致性，二者共同致力於「以達王事」，只不過《風俗通義》是以風俗為記述對象和儒家義理的載體，《春秋》是以魯史為記述對象和儒家義理的載體，二者「百慮而一致，殊途而同歸」，對比的言說方式是應劭對春秋筆法有意的借鑒和繼承，其史官意識也使得這種選擇更具內在的傾向性。

二、對比言說方式對春秋筆法的運用

春秋筆法作為史傳文學的創作手法其歷史雖然源遠流長，但這一名稱的提出卻是在明末清初才有的，之前多稱為「春秋書法」，王夫之在《永曆實錄‧卷三》中首次提到了春秋筆法：「王輔臣票擬多《春秋》，朝廷何由得安？因回顧化澄曰：請自今少用春秋筆法，可也？」〔註16〕，而最早提及春秋筆法具體創作凡例的是《左傳‧成公十四年》中的「《春秋》之稱，微而顯，志而晦，婉而成章，盡而不污，懲惡而勸善。非聖人，誰能修之」，春秋筆法可以概括為以下兩點：其一為社會功利價值或創作目的，春秋筆法是為了「懲惡而勸善」；其二為具體的創作手法，分別為「微而顯，志而晦，婉而成章，盡而不污」，而這四種創作手法其實主要講了兩點。其一為直筆，所謂直筆就是直書其事，盡而不污，在客觀的敘述中褒貶自見；其二為曲筆，在創作中講求微婉隱晦，不直接表達褒貶，即「微而顯，志而晦，婉而成章」。春秋筆法在社會功利價值上的「懲惡揚善」以及《風俗通義》對比言說的「辨風正俗」在上一小節已經論述過，本節主要論述的是對比言說方式對春秋筆法中「直筆」和「曲筆」的應用，雖不是一一對應，但在總體上體現出對春秋筆法直書其事、微婉隱晦的繼承。

（一）對比言說方式與春秋筆法的直書其事

應劭在《風俗通義》中用對比的言說方式將許多類似的故事放在一起，在敘述中保持著客觀的敘事態度，但卻暗含著作者「直書其事、善惡自見」的苦心孤詣，這正是應劭對春秋筆法中直書其事、「盡而不污」的應用。晉朝學者杜預在其《春秋左氏傳序》中將「盡而不污」解釋為「直書其事，具文見意。丹楹刻桷、天王求車、齊侯獻捷之類是也」〔註17〕，「污」通「紆」，就是敘事

〔註16〕王夫之：《永曆實錄》，嶽麓書社，1982，卷3，頁137。
〔註17〕《十三經注疏》整理委員會整理：《十三經注疏‧春秋左傳正義》，北京大學出版社，1999，頁19。

不迂迴曲折，不繞圈子，正如顧炎武在《日知錄》中所說的：「於序事中寓論斷法也」。〔註 18〕作者在敘述中往往以事代論，在「客觀」的敘述中自然地流露出自己的好惡褒貶。應劭在《風俗通義》中非常善於把類似的故事放在一起作對比，在對比中流露出自己的褒貶，在直書其事中讓讀者去評價，潤物細無聲般地「辨風正俗」。現舉一組對比如下：

孟嘗君

孟嘗君逐於齊，見反，譚子迎於澅，曰：「君怨於齊大夫乎？」孟嘗君曰：「有。」譚子曰：「如意則殺之乎？夫富貴，則人爭歸之……亡故去。」孟嘗君曰：「謹受命。」於是削所怨者名而已。〔註 19〕

韓信

韓信常從南昌亭長食，數月，亭長妻患之，乃晨早食。食時信往，不為其食。信亦知意，遂絕去……淮陰少年有侮辱信者，曰：「君雖姣麗，好帶長劍，怯耳。能死，刺我；不能則出我跨下。」於是信熟視之，俛出跨下……後佐命大漢，功冠天下，封為楚王。賜所食母千金，及亭長與百錢……召辱信之少年以為中尉，告諸侯將相曰：「此人壯士也。方辱我時，豈不能殺之，殺之無名，故忍至於此也。」〔註 20〕

韓安國

韓安國為梁中大夫，坐法抵罪，蒙獄吏田甲辱安國，安國曰：「死灰獨不能復燃乎？」田甲曰：「燃則溺之。」居無幾，梁內史缺，孝景帝遣使者即拜安國為內史，起徒中為二千石。田甲亡，安國曰：「甲不就官，我滅乃宗。」甲肉袒謝，安國笑曰：「公等可與治乎？」卒善遇之。〔註 21〕

李廣

李廣去雲中太守，屏居藍田南山中。射獵。嘗夜從一騎出，飲田間，還，霸陵尉呵止廣，廣騎曰：「故李將軍。」尉曰：「今將軍尚不得夜行，何故也？」宿亭下……孝武皇帝乃召廣為右北平太守，

〔註 18〕顧炎武著，黃汝成集釋：《日知錄集釋》，嶽麓書社，1994，頁 891～892。
〔註 19〕王利器：《風俗通義校注》，中華書局，2010，頁 330。
〔註 20〕王利器：《風俗通義校注》，中華書局，2010，頁 332。
〔註 21〕王利器：《風俗通義校注》，中華書局，2010，頁 334。

廣請霸陵尉與俱，至軍斬之，上書謝罪……豈朕之指哉！〔註22〕

應劭在「窮通」中用對比的言說方式為我們列舉了這四個小故事，作者在敘述中均保持著客觀的敘述態度，作者直書其事，為我們講述了在同樣面對被他人侮辱這一事件面前孟嘗君、韓信、韓安國、李廣四人的不同行為。孟嘗君曾被齊國大夫讒言，被齊國驅逐出境，後又被請回，孟嘗君想殺掉這些齊國大夫以洩憤，後聽到譚子以市場的比方後，心中不再怨恨那些加害於他的小人，將仇人的名字從竹簡中削去。韓信年輕由於貧窮常常去南昌亭長家吃飯，後被亭長妻子冷落，又受淮陰少年胯下之辱，但韓信「後佐命大漢，功冠天下，封為楚王」時卻不計前嫌，除了賜「亭長與百錢」，還「召辱信之少年以為中尉」，並認為其為「壯士」。孔安國在身陷囹圄時被獄吏田甲用污穢的言語奚落，孔安國後被漢景帝任用為梁內史，他不計田甲侮辱之罪，最終善待田甲。這三則故事的主人公在受辱後均有開闊之胸襟，體現出不計前嫌、恕人之過的美好品格。但文章最後記載了李廣因為一次出遊飲酒犯了宵禁被一個縣尉呵叱並禁止通行，李廣後被漢武帝徵召出征，李廣公報私仇，為泄一己之私憤，將因忠於職守而冒犯他的縣尉斬首並假惺惺地上書謝罪。

在這四個故事的講述中，我們看不到應劭帶有主觀情感的字眼，均為客觀的敘事，作者的敘述角色完全隱匿在客觀敘述中，「客觀敘述是作者或敘述者將自己隱藏在作品中人物和故事的背後，甚至連人物的心理描寫也沒有，只是按著故事的進程客觀地呈現給讀者。作者的論斷寓於客觀敘述之中，使作者的褒貶態度更加隱晦。」〔註23〕誠然，作者的客觀敘述不代表作者沒有自己的褒貶態度，我們將這四個故事進行對比便可以看到作者的「微言大義」。四個故事的前三個為一組，孟嘗君、韓信、孔安國均有恕人之過的君子風範，而李廣卻為一己之私，將國家的良吏斬首軍中，面對被侮辱這一共同的事件，前三人之行為與李廣行為的對比構成了極大的反差，在對比中作者不言一詞，但言外之意已經非常清楚了。作者讚揚孟嘗君、韓信、韓安國能包容他人，以德報怨的仁厚之心，批評李廣恃官逞威、知法犯法、公報私仇，卻還要裝出一副尊君的偽面孔，李廣狹隘的胸襟在作者無言的對比中已經被狠狠地釘上了恥辱柱。這種「於序事中寓論斷法」的對比言說方式正達到了如朱熹所言的「聖人作《春

〔註22〕王利器：《風俗通義校注》，中華書局，2010，頁 334。

〔註23〕李洲良：《春秋筆法與中國小說敘事學》，載《文學評論》2008 年第 6 期，頁 39。

秋》，不過直書其事，善惡自見」的效果。對比的言說方式有如明鏡照物，妍
媸畢露，正是對春秋筆法「盡而不污」，「直書其事、具文見意」〔註24〕的繼承
和應用，在客觀的對比中展現其「微言大義」、「約其文辭而指博」的善惡評判。

　　《風俗通義》中還有很多組這樣的對比，如作者僅取孔子、孟子、荀子生
平的前後期進行對比，「太尉沛國劉矩」故事，其內部有梁冀和環玉都的人物
對比，其外部有與後面「司徒中山祝恬」故事的對比，還有上節所舉的但望和
周紆事例的對比，在求取官職上劉矩、田輝、范滂的對比。對比的例子很多，
不再贅述。應劭非常善於應用對比的言說方式，這種言說方式是應劭對春秋筆
法中「直書其事」的繼承和應用，在對比中實現其「微言大義」的追求。

（二）對比言說方式與春秋筆法的微婉隱晦

　　對比言說方式除了對春秋筆法「直書其事，褒貶自見」的繼承和應用外，
還深得春秋筆法中微婉隱晦之深義，即「微而顯，志而晦，婉而成章」，這正
是《文心雕龍‧隱秀》所說的「徐味曲包」、「情在詞外」，在「隱」中蘊含褒
貶，也是劉知幾在《史通》中所言的「使夫讀者望表而知裏，扣毛而採骨，睹
一事於句中，反三隅於字外，晦之時義大矣哉」的「晦」。應劭在故事敘述中
善於應用「微而顯」、「志而晦」的創作手法，在簡約的敘事中寄予褒貶，辨風
正俗。

　　「微而顯」是指「文見於此，而起義在彼」〔註25〕，即措辭隱微含蓄但含
義卻很明顯，起到「小中見大，管中窺豹，如露珠映日，一葉知秋，嘗滴水而
知海味，觀麥浪而辨風向」〔註26〕的作用。應劭雖在「謹案」中有明顯的褒貶
議論，但在敘事時他也不放過用案例對比的言說方式隱晦地表達他的俯仰褒
貶。如「十反」中姜肱和韋著的對比：

　　　　聘士彭城姜肱伯淮、京兆韋著休明，靈帝踐祚，太后臨朝，陳、
　　　竇以忠見害。中常侍曹節秉國之權，大作威福，冀寵名賢，以弭己
　　　謗，於是起家肱為犍為太守，著東海相。肱告其友：「吾以虛獲實，
　　　蘊藉身價，盛名之際，尚不委質，況今政在家豎哉！」遂乘桴樺於

〔註24〕《十三經注疏》整理委員會整理：《十三經注疏‧春秋左傳正義》，北京大學出
　　　版社，1999，頁19。
〔註25〕《十三經注疏》整理委員會整理：《十三經注疏‧春秋左傳正義》，北京大學出
　　　版社，1999，頁69。
〔註26〕李洲良：《春秋筆法：中國古代小說的敘事技巧》，載《北方論叢》2008年第
　　　6期，頁25。

海，莫知其極。而著驩以承命，駕言宵征。民不見德，唯戮是聞，論輸左學。〔註 27〕

這則故事講了漢末宦官曹節專權，希望任用賢者來消除民眾對自己的怨恨，姜肱和韋著均被徵召，但是姜肱謊稱自己無才只有虛名，因此不去做官，乘竹木筏子漂浮海上不知去向。作者對姜肱的敘述非常簡潔，措辭隱微，看不出任何的褒貶，但是後面一個「而」的轉折卻使得隱晦的文意漸漸顯露出來，韋著與姜肱相反，他應召做官去了，但是其結果卻是「民不見德，唯戮是聞，論輸左學。」姜肱的故事雖然以不知去向而終，似無所褒貶，但是作者以韋著的結果作為對比，從中我們就很明顯看到應劭對二人行為的態度了。應劭對姜肱不與宦官合作的高風亮節表示了贊同，雖然浮海不知去向，卻留下了一世美名，另一個雖然被徵召做官，一時雖有榮耀最終卻是民心怨恨，自己也犯法論罪，損人不利己。這裡我們結合漢末宦官專權的時代背景來看，應劭在這裡表達了他對宦官「秉國之權」的不滿，對與宦官合作的人也頗有微詞，這一點從其父親應奉在黨錮之禍中的表現也可蠡測一二。應劭將姜肱與韋著的例子放在一起對比，雖然行文中措辭隱微含蓄，但是作者的褒貶態度卻很明顯。作者在對比的言說方式中應用了春秋筆法「微而顯」的創作方法，起到了話中有話、弦外有音的效果。

何謂「志而晦」？「《疏》曰：志，記也。晦，亦微也。謂約言以記事，事敘而文微」〔註 28〕，就是指記載事情措詞簡約，含義隱晦，「微而顯」和「志而晦」最大的不同於在「顯」和「晦」。二者措辭簡約不煩，只是在褒貶態度有「顯」、「隱」之別，二者在本質上並無多少差別，「與『微而顯』相比，『志而晦』在褒貶態度上則更加隱蔽一些，但兩種筆法沒有質的區別」〔註 29〕，這裡我們可以看看「十反」中的「豫章太守汝南封祈」。

「豫章太守汝南封祈」講述了封祈和周乘在舉薦他們的太守李倀喪禮上的不同行為〔註 30〕，李倀舉薦封祈、周乘等六人為孝廉，但是「函封未發，倀病物故。」李倀的妻子看到六位孝廉對是否參加李倀的出殯禮儀猶豫不決，

〔註 27〕王利器：《風俗通義校注》，中華書局，2010，頁 247～248。

〔註 28〕《十三經注疏》整理委員會整理：《十三經注疏．春秋左傳正義》，北京大學出版社，1999，頁 19。

〔註 29〕李洲良：《春秋筆法：中國古代小說的敘事技巧》，載《北方論叢》2008 年第 6 期，頁 26。

〔註 30〕王利器：《風俗通義校注》，中華書局，2010，頁 231。

「各懷進退，未肯發引」，便在幕後對六位孝廉說：「妾幸有三孤，足統喪紀。正相追隨，蓬顆墳柏，何若曜德王室，昭顯亡者，亡者有靈，實寵賴之。歿而不朽，此其然乎？」李妻說自己有三個兒子，足以辦理喪事，你們如果都不去上任如何能顯揚已故丈夫的功德呢？李妻之所以說這樣的話其實是給六位孝廉臺階下，孝廉在是否參加出殯一事上意見不一，李妻也不能強迫他人都參加，這樣說也是無奈之舉。而這時的周乘並沒有覺察到李妻心中的難言之隱，藉此機會便說：我們若都不上任為官就不能顯揚太守的功德，若都走了就不能為太守守喪，言外之意，一部分人走一部分留下來，「乘與鄭伯堅即日辭行，祈與黃叔度、郅伯向、盛孔叔留隨靈柩。」至此，這則為太守守喪而猶豫不決的故事已經講完，在這裡我們可以看到周乘所代表的是去上任為官的觀點，而封祈所代表的是為太守守喪的觀點，最後作者提及二人為官的情況，「乘拜郎，遷陵長，治無異稱，意亦薄之。某官與祈相反，俱為侍御史，公交車令，享相位焉。」

　　作者在這則故事的敘述中完全稟著客觀的態度，故事的前半部分為我們介紹了孝廉為守喪而猶豫不決的情節，後半部分提到了周乘和封祈的為官情況。站在故事的因果關係上看，前後部分似乎沒有關聯，後面作者提及為官情況似乎與故事整體既無關聯又很突兀，但這則故事的深義全然在最後的為官情況。作者正是採用了「志而晦」的創作筆法，作者其實是將周乘提倡去做官最後並無政績和封祈守喪最後「享相位」進行對比，在客觀的對比中抨擊了周乘為一己之私，不為舉薦者守喪，重利輕義的小人之舉，讚揚封祈為太守守喪的仁義之舉，作者最後提及的為官情況正是其「微言大義」之所在，看似無關，其實正是作者寄予褒貶的關鍵。作者即使不在後面的「謹案」批評周乘「囂然要勒同儕，去喪即寵」〔註31〕，稍微有心的讀者也能體會到作者的言外之意。

　　應劭在對比的言說方式中非常善於應用春秋筆法中「直書其事」、「微婉隱晦」的創作原則。他在客觀的敘事和強烈的對比中使「褒貶自見」，「敘事者盡可能地隱退在敘述的背後，將歷史事件的過程戲劇化地呈現在讀者面前，就事而理自見，歷史因果是非不言而自明矣。」〔註32〕與此同時，應劭也注重文章

〔註31〕王利器：《風俗通義校注》，中華書局，2010，頁 234。
〔註32〕石昌渝：《春秋筆法與紅樓夢的敘事方略》，載《紅樓夢學刊》2004 年第 1 期，頁 143。

的微婉隱晦，在對比中應用「微而顯」、「志而晦」的創作筆法，在對比言說中既做到以小見大、管中窺豹，又做到草蛇灰線，綿裏藏針，作者在對比言說方式中巧妙地做到了「微言大義」、俯仰褒貶。

第三節　對比言說方式的價值與意義

一、對比言說方式與「辨風正俗」

　　應劭著《風俗通義》的目的是為了「辨風正俗」，這一點應劭在自序中已經提及，「言通於流俗之過謬，而事該之於義理也」，而對比的言說方式歸根結底也是為「辨風正俗」服務的。作者要以儒家之「義理」對流俗中的「過謬」進行歸正，應劭並沒有枯燥地對儒家義理進行闡釋，而是善於應用對比的言說方式，列舉截然相反的事例，將符合「義理」之事和有「過謬」之事兩相對照，使得儒家義理在對照中得到生動地闡釋，最終使人們在思想意識層面上認識儒家義理。由於所引的事例大多是應劭同時代的，因此在對比中不僅有效地闡釋了儒家義理，更在實踐上更為當時人們提供了具體行為上的指導，最終有利於應劭「辨風正俗」的實現。

（一）為闡釋儒家的義理提供案例對照

　　「俗話說『不怕不識貨，只怕貨比貨』，意思是說，進行比較是識別事物性質的有效方法。如果拿來作比較的是不同事物間的對立屬性或同一事物內部的某些矛盾對立面，這就成了對比。運用對比這種修辭方式，有助於突出事物的特徵，表達明確的判斷，給人鮮明的印象。」〔註33〕《風俗通義》中作者對同一事件不同人應對方式進行對比，對同一人物的前後生平進行對比，《風俗通義》意在這種對比中闡釋儒家的「義理」，而不是枯燥地說教。如作者為了說明儒家的「親親之道」、君子當有「惻隱之心」這一道理，作者就為我們列舉了但望和周紏的例子，但望「言甚哀切」最終使姪子活著出獄，周紏「欲作抗直」最終導致姪子倒斃獄中。從作者所舉的例子和後面的謹案中我們可以看出但望的行為正是符合儒家「義理」之舉，而周紏不存憐恤之心，最後導致姪兒死在獄中，「弟婦不哭死子，而哭孟玉」，弟婦之舉實在讓人費解，然而「世人誤之，猶以為高」，風俗中的「過謬」何其之大！應劭正是以前面但望符合

─────────────────────

〔註33〕姚殿芳，潘兆明：《實用漢語修辭》，北京大學出版社，1987，頁409。

儒家「義理」之行為來「正」後面周糾違情悖理的「過謬」之舉。由此觀之，作者闡釋儒家的「親親之道」、「惻隱之心」不是從理論到理論的說教，而是在一個事例和另一個事例的對比中，實現前後事件間的「辨正」，即以是「正」非。

　　除上節所列舉的但望和周糾故事外，我們還可以再看「趙相汝南李統」和「司徒九江朱倀」的故事。作者為了闡釋儒家「能以禮讓為國」的政治理想，列舉了二人截然相反的行事為人。李統和朱倀二人均為朝中老臣，年事已高，作為刺史、司隸的阮況和虞詡均向皇上彈劾二人，認為二人可以懸車致仕，退位讓賢，二人在聽到別人對自己的彈劾時，李統「歷收其家，遣吏追還，曰：相久忝重任，負於素餐，年漸七十，禮在懸車，頃被疾病，念存首丘，比自乞歸，未見聽許，州家幸能為，相得去，實上願也。」〔註34〕李統對別人彈劾自己這件事不僅不怨恨，還欣然接受並心平氣和地勸自己的屬官不要去朝廷申訴，等候朝廷下旨罷免他的官職。而同樣遭受彈劾的朱倀在聽到消息後「見掾屬大怒」，責備他們「顛而不扶」、「君勞臣辱」，朱倀的屬官周舉認為「昔聖帝明王，莫不曆象日月星辰，以為鏡戒。熒禍比有變異，豈能手書密以上聞」〔註35〕，朱倀接受其建議並讓屬官代其草擬天象變化的奏摺呈給皇上以顯示自己耳目聰明，留取官位。

　　這兩則故事的對比也是非常強烈的，在面對他人彈劾時，李統心甘情願地交出官職，願祈骸骨歸隱田野，而朱倀卻絞盡腦汁地想留住官職，甚至不惜欺君罔上。二人對同一事件的態度和行為截然相反，對比非常強烈，在對比中二人人格、境界也是高下立判，褒貶自見。作者正是在這樣的對比中「突出事物的特徵，表達明確的判斷，給人鮮明的印象。」應劭在對比中無形地中凸出了李統的謙和禮讓，批判了朱倀念官不去的自私自利，而這樣的對比更有襯托的意味，以朱倀的自私襯托了李統的豁達，善者更善而惡者更惡，「在議論文中適當運用正反對比手法，有助於把問題論述得更全面，更透徹，也具有強調的意味。」〔註36〕儒家提倡「禮讓為國」的「義理」在具體事例的對比中不僅被作者深入淺出地闡明瞭，在對比中更被作者強化了，更好地實現其「辨風正俗」的目的。

〔註34〕王利器：《風俗通義校注》，中華書局，2010，頁 251～252。
〔註35〕王利器：《風俗通義校注》，中華書局，2010，頁 254～255。
〔註36〕姚殿芳，潘兆明：《實用漢語修辭》，北京大學出版社，1987，頁 413。

對比言說方式為儒家義理的闡釋提供了極好的案例觀照，這在《風俗通義》中大量的存在。如為了闡釋儒家德功歸於父君，過犯歸於自己的道理，應劭列舉了劉矩、田輝、范滂的事例加以對比；為了闡釋「資於事父以事君」的道理，將為太守守喪的封祈和周乘二人作對比；為了闡釋「君子厄而不閔」的道理，列舉了孔子、孟子、荀子等人的前後期生平作對比，這樣的事例很多，上一節的表中已大致列出，在此不再贅述。應劭之所以採用對比的言說方式是因為這種言說方式避免了對儒家「義理」的教義式闡釋，因為喋喋不休的說教難免會讓人久而生厭，不忍卒讀。作者在具體事例的正反對比中巧妙地「突出事物的特徵，表達明確的判斷，給人鮮明的印象」，將符合儒家「義理」的行為與流俗中「過繆」的行為加以對比，實質上蘊含了作者以同時代正確行為糾正錯誤行為的苦心孤詣，也是對「辨風正俗」極好的案列對照。

（二）為當時人們的行為提供實踐指導

洪邁在其《容齋隨筆》中認為《風俗通義》是「諸儒訓釋六經」、闡釋儒家「義理」的書，張之洞在《書目問答》中認為「雜記事實者入雜史，雜考經史者入儒家」，儒家類「為讀一切經、史、子、集之羽翼」，並將《風俗通義》歸入子部儒家類。對比言說方式的確為儒家義理的闡釋提供了極好的案例觀照，的確起到了「訓釋六經」、「雜考經史」的作用，但是應劭使用對比的言說方式不僅僅只是為了「訓釋」、「雜考」這些僅僅停留在學理層面上的東西，應劭在對比中所引的事例大多是他同時代的或相去不遠的人和事，他是站在政治實用性的角度來引用這些截然相反的事例的，在對比中點明世人不易分辨卻「猶以為高」的謬誤，也在對比中襃揚了同時代高風亮節的人。應劭採用對比的言說方式與東漢末期流行的「月旦評」在精神內核上是一致的，其社會功利目的是為當時人們紛繁複雜的行為提供具體的實踐性指導。

應劭強烈的經邦濟世情懷在其開篇的序言中便可見一斑，作者首先痛心疾首地指出東漢末期人們信仰的混亂，行為的無所遵從，「紛然淆亂，莫知所從」，深刻地認識到「為政之要，辨風正俗，最其上也。」作者對風俗的記載和辨正實際上是其亂世中「為政之心」的寄託和體現。作者的「辨風正俗」是站在「為政」的當下而生發出來的，其目的也是指向當時混亂的世風、士風、政風，「應劭深知『為政之要，辨風正俗，最其上也』，尤其是承擔『在本朝則美政，在下位則美俗』責任的士大夫行為，關係到整個社會秩序的治

與亂」〔註37〕，應劭採用對比的言說方式，在具體事例的對比中為人們的行為提供實踐的指導，規範人們的行為，最終實現其「美政」和「美俗」的目標。

應劭在使用對比言說方式時非常注重對其同時期人與事的引用，如太原周黨伯況、大將軍宣度、山陽太守薛恭祖、公交車徵士徐孺子、司徒中山祝恬、太尉沛國劉矩、司徒九江太守朱倀、太傅汝南陳蕃等人均是應劭同時代的人，作者在這些同時代人言行舉止的對比中除了針砭時弊、品評人物，也為當時人該如何去踐行孝道、夫妻之道、為官之道，如何遵循儒家在諸事上的禮儀如死喪之禮等提供了實踐的指導。以孝治天下的漢代，很多人並不懂得如何去踐行孝道，如在「太原周黨伯況」中作者為了我們介紹了太原周伯況因為年輕時候與鄉佐發生爭鬥，後來他去長安學習了春秋大義，便跑回來找鄉佐決鬥，並在決鬥中讓鄉佐先拔刀以顯示自己的君子之風，結果「黨被創困乏，佐服其義勇，箯輿養之，數日蘇興」。〔註38〕應劭在「謹案」中列舉了樂正子春因為下堂屋傷了腳，三個月不出門的故事作對比，在對比中闡明了「身體髮膚，受之父母，不敢毀傷，孝之始也」的道理。愛護自己的身體才是孝的第一步，即使是春秋大義中提倡復仇，但是復仇也是有原則的，「凡報仇者，謂為父兄，豈以一朝之忿而肆其狂怒者哉」，認為周況的行為「遠春秋之義」，自己差點死去使「先祖不復血食」，應劭抨擊其行為「不孝不智」。然而當時的人卻認為周黨的行為「勇果」，「歸其義勇」。

作者在這樣具體事例的對比中為我們簡明扼要地闡明了「身體髮膚，受之父母，不敢毀傷」的道理，也點明了春秋復仇是為父兄而不為一己之怨恨的道理。這樣的對比言說方式既闡釋了何為儒家「孝」和「春秋復仇」的義理，也更正了當時人們對「春秋復仇」的錯誤觀念。漢代復仇之風氣大炎，作者指出復仇當為「父兄」，並要求人們以「孝」來節制自己的行為，這無疑為當時人們錯誤的觀念和行為提供了實踐上的指導。

又如上文所提及的「山陽太守汝南薛恭祖」，薛恭祖妻子死了他不僅不哭還大發議論，應劭在「謹案」中用鳥獸在失去同伴後尚且還有「迴翔之思」、「啁噍之痛」來作對比，人與鳥獸的對比更加凸顯了薛恭祖的無情無義，虛偽

〔註37〕馮花周：《應劭及其社會批判思想研究》，安徽大學 2011 年碩士學位論文，頁 38。
〔註38〕王利器：《風俗通義校注》，中華書局，2010，頁 179～180。

可憎，而這樣的對比方式在表達作者嚴厲批判的同時也指出了妻子死了丈夫可以為妻子執哀杖的行為法度。死喪乃大事，《禮記・樂記》認為「是故先王有大事，必有禮以哀之」，可是應劭時代的人們對死喪禮儀中是否執哀杖、服齊衰等禮儀並不懂，往往出現背禮違俗之事，如大將軍宣度為老師執哀杖〔註39〕，王龔與諸子執哀杖〔註40〕、荀慈明、訾孟直為鄧伯服齊衰〔註41〕，羊嗣祖為封子衡服齊衰〔註42〕等。為了指導人們在死喪之事上符合儒家的禮制，作者善於運用對比來闡釋，如大將軍宣度為老師執哀杖這件事上作者引用了《禮記》中孔子弟子為孔子辦喪事的行為與宣度的行為作對比，指出了學生不應該為老師執哀杖的行為規制。作者正是在這樣的對比中為當時人們如何在守喪上符合儒家禮制提供了實踐上的指導。

應劭善於應用對比的言說方式，列舉截然相反的事例，以一事「正」另一事，既生動有效地闡釋了儒家的「義理」，又為當時人們的行為選擇提供了實踐意義上的指導。

二、對比言說方式與《風俗通義》的文學色彩

「文藝創作中也常常採用對比的方法，即通過對人物形象、情節線索、場面氣氛等方面的對比來加強藝術感染力」〔註43〕，對比的言說方式不僅為《風俗通義》的「辨風正俗」提供了「義理」上的闡釋和實踐上的指導，也使得人物的刻畫更加生動，故事的情節更加曲折，富有張力，極大地增強了文章的文學色彩，增強了《風俗通義》的可讀性。

（一）生動的人物刻畫

應劭在《風俗通義》中除了善於應用段落與段落間的對比，在細微的人物刻畫上也善於應用對比，使得人物的刻畫非常生動。下面我們來看一個例子：

> 謹按：桂陽太守江夏張遼叔高，去鄢令家居，買田，田中有大樹十餘圍，扶疏蓋數畝地，播不生穀，遣客伐之，木中血出，客驚怖，歸，以其事白叔高。叔高大怒曰：「老樹汁出，此何等血？因自嚴行，復斫之，血大流灑，叔高使先斫其枝，上有一空處，白頭公

〔註39〕王利器：《風俗通義校注》，中華書局，2010，頁140。
〔註40〕王利器：《風俗通義校注》，中華書局，2010，頁142。
〔註41〕王利器：《風俗通義校注》，中華書局，2010，頁147。
〔註42〕王利器：《風俗通義校注》，中華書局，2010，頁149。
〔註43〕姚殿芳，潘兆明：《實用漢語修辭》，北京大學出版社，1987，頁409。

可長四五尺，忽出往赴叔高，叔高乃逆格之，凡殺四頭，左右皆怖
伏地，而叔高恬如也。徐熟視，非人非獸也，遂伐其樹。其年司空
辟侍御史，兗州刺史，以二千石之尊過鄉里，薦祝祖考，白日繡衣，
榮羨如此，其禍安居？《春秋國語》曰：「木石之怪夔魍魎。」物惡
能害人乎？〔註44〕

　　這則故事講的是桂陽太守張遼去官歸鄉，買田置地，田中有一棵十多圍粗
的大樹，枝繁葉茂，覆蓋的面積有好幾畝地，田中播種的穀物不生長，張遼派
人去砍伐這棵樹，文中的對比由此開始了，「木中血出，客驚怖，歸，以其事
白叔高」，面對伐木出血這一離奇的現象，客的反應是「驚怖」。「驚怖」二詞
很傳神地刻畫出伐木者當時微妙的心理過程，他們在極大的震動中感到恐懼
害怕，選擇的行為是「歸」和「白叔高」，而張遼在伐木的過程中同樣出現了
「血大流灑」的奇異情況，但是張遼的行為卻與他們截然相反，他沒有驚恐害
怕，而是選擇了「先斫其枝」，一個「先」字透露出張遼在面對這一情況時是
不僅不慌亂，還非常淡定地規劃著伐木的步驟，人物此時平靜淡定的心理狀況
可以想見。作者接著又使用了另一組對比，張遼在繼續伐木中發現一個非人非
獸的白頭公向他突襲，伐木故事發展到最緊張的環節，「叔高乃逆格之，凡殺
四頭，左右皆怖伏地，而叔高恬如也。」一個「怖伏地」、一個「恬如」活脫
脫地刻畫出當時在場人物截然相反的情狀。左右的人看到這一情況都害怕得
趴在地上，動都不敢動，而張遼在面對白頭公來襲時候沒有絲毫懼怕，「逆格
之」後「恬如也」，「恬如」二字將張遼勇敢無懼、瀟灑自若的神態生動地刻畫
出來。

　　兩百餘字的故事裏，作者兩次使用了對比，將張遼瀟灑果敢、處事鎮定自
若的性格特徵和左右人膽小怯懦的性格特徵生動地表現了出來。這樣的對比
也起到了襯托的作用，「兩體反襯，是兩種事物，乙事物從反面襯托甲事物」
〔註45〕，因而使得「甲更加鮮明、突出」，左右人的膽小怯懦正反襯出了張遼
的勇敢不懼，因此張遼的人物形象也變得更加豐滿生動，有血有肉。作者通過
這樣的對比來闡釋物「淫躁而畏者，災自取之。厥咎回應，反誠據義，內省不
疚者，物莫能動，禍轉為福矣」〔註46〕的道理。

〔註44〕王利器：《風俗通義校注》，中華書局，2010，頁434。
〔註45〕鄭頤壽：《比較修辭》，福建人民出版社，1982，頁171。
〔註46〕鄭頤壽：《比較修辭》，福建人民出版社，1982，頁386。

我們可以再看「太傅汝南陳蕃」中對陳蕃和和劉子興的對比，陳蕃每年都會去召陵祭祀祖父，住在墓旁的小房子裏，由於陳蕃的官職較召陵令劉子興的官職大，按照儒家的禮制，劉子興應該「出侯」即出府迎接陳蕃，但是劉子興遲遲不願迎接，後來在下屬的力勸下才在墓旁會見陳蕃。「蕃持板迎之，長跪。令徐乃下車，即坐，不命去板，辭意又不謙恪」〔註47〕，陳蕃得知劉子興來拜見，放下自己「平輿老夫」、上級長官的身份「迎之」，並「長跪」於地，而劉子興卻是緩緩下車，下了車就坐下，也不讓陳蕃收其笏板，從「長」和「徐」、「跪」和「坐」的對比中，我們可以看到一個謙卑禮貌、儒雅有風度的「平輿老夫」形象，而傲慢自大的「小豎子」劉子興的形象也被刻畫得入木三分，令人厭惡。除此外，作者在《怪神·世間多有狗作變怪》描述了桂陽太守李書堅及其家人對狗怪的不同反應，生動活潑地刻畫出李叔堅「心固於金石，妖至而不懼」的君子形象；在《窮通·中山祝恬》中對謝著和應融的對比中，刻畫了應融善良熱心、謝著自私狹隘的人物形象；在《窮通·虞卿》中利用對比刻畫出平原君寧死不肯賣友求生而信陵君膽小怕事、唯唯諾諾的不同人物形象。這樣的例子分散在《風俗通義》各個章節中，筆者不一一列舉了。

應劭非常善於應用對比的言說方式，在段落間有對比，在一個簡短故事中也有對比，對比的言說方式使得《風俗通義》在人物刻畫上生動形象，讀來饒有趣味。

（二）曲折的故事情節

對比的言說方式除了使《風俗通義》的人物刻畫生動有趣，也使《風俗通義》的故事在情節上富有變化，曲折的故事情節避免了敘述的平鋪直敘，使故事更加富有戲劇張力，給人峰迴路轉、別開生面之感。如「司徒潁川韓演」：

> 司徒潁川韓演伯南，為丹陽太守，坐從兄季朝為南陽太守刺探尚書，演法車徵，以非身中贓釁，道路聽其從容。至蕭，蕭令吳斌，演同歲也。未至，謂其賓從：「到蕭乃一相勞。」而斌內之狴犴，堅其鑲楗，躬將兵馬，送之出境。從事汝南閭符迎之於杼秋，相得，令止傳舍，解其桎梏，入與相見，為致肴畢，曰：「明府所在流稱，

〔註47〕王利器：《風俗通義校注》，中華書局，2010，頁343。

今以公徵，往便原除，不宜深以介意。」意氣過於所望，到亦遇赦。

其間無幾，演為沛相，斌去官。及臨中臺，首辟符焉。〔註48〕

司徒韓演因為堂兄犯了刺探尚書之罪，他也因此被囚車徵召，因為不是他自己犯罪，所以看管的兵役讓其在路上自由活動，並不為難他。到了蕭縣，蕭縣縣令吳斌與韓演是同一年為官的，從當時對「同歲」的稱呼可以看出，為官之人與同年被徵辟的人有著非常深厚的情誼，韓演認為吳斌一定會款待他們，他也好在蕭縣好好犒勞一路對他照顧有加的兵役。文章寫到韓演無罪被徵召，兵役對他非常客氣，蕭縣的吳斌又和韓演「同歲」，韓演自己也對兵役也說了這樣的話，文章到此共為我們交代了四個信息。作者所作的敘述看似平直，但其用意不在此，應劭前期的敘述正是想讓讀者自然而然地認為吳斌會款待韓演一行，作者可謂處心積慮地為我們做足了這些鋪墊，營造了吳斌肯定會款待韓演的氛圍，然而作者到此筆鋒一轉，情節完全朝著相反的方向發展，吳斌不僅沒有款待韓演一行，還將其下獄，把牢門弄得嚴嚴實實，並親自率領兵馬將其押送出境，「內之狴犴，堅其鐶楗，躬將兵馬，送之出境」使故事陡然改變，情節之反轉讓人驚愕。應劭打破了讀者閱讀的期待視野，使故事不按讀者所預期的情節發展，而故事此時也因其情節的曲折更加引人入勝。讀者萬萬沒想到，吳斌在將其押出境後，其屬官閻符，一個與韓演素不相識的陌生人卻「迎之於杼秋」，「解其杻梏，入與相見，為致肴畢」，文章至此，故事的情節再次發生了反轉。吳斌的屬官——一個陌生人卻如此殷勤地對待韓演，讀者讀到此處疑慮重重，甚為不解，接著閻符更用善意的言語溫暖韓演的內心，在閻符對韓演的安慰中，我們才瞭解了事情的真相，原來閻符因韓演在其治地美譽流播故而對韓演仰慕不已，作者到此才將讀者的疑團解開。故事雖然簡短，但一波三折，給人峰迴路轉、柳暗花明之感，作者也正是在這樣的對比中為我們刻畫出吳斌不念舊恩、落井下石的醜相，讚揚了閻符以賢為友、珍視友誼的美好品德。

對比的言說方式使得故事的情節不再是平鋪直敘而是一波未平一波又起，蜿蜒曲折，引人入勝。如「司徒中山祝恬」〔註49〕，故事中官任司徒的祝恬在被徵召赴任的路上得了熱病，「過友人鄴令謝著」，祝恬經過友人謝著的管轄之地，得友人之助的希望應該很大，但是故事情節到此發生轉折，謝著「拒

〔註48〕王利器：《風俗通義校注》，中華書局，2010，頁341～342。
〔註49〕王利器：《風俗通義校注》，中華書局，2010，頁338～339。

不通」，不顧舊友之情，拒絕出面接待，祝恬只能「因載病去」。到了汲地，其賓客想求助汲地縣令，祝恬心灰意冷地說道：「謝著，我舊友也，尚不相見視，汲令初不相知，語之何益。死生命也，醫藥曷為？」友人尚且不願相見，何況是個陌生的汲地縣令呢？賓客弟子聽說便不再言語，祝恬的病情岌岌可危，眼看朝不保夕，至此，該故事情節的發展越來越引人入勝，正在賓客弟子一籌莫展、讀者強烈想知道後文的情況下，情節再次發生了轉折。時任汝南縣令的應融聽說此事，應融仰慕祝恬，但二人素不相識，應融對病重中的祝恬百般照顧，親自為其嘗粥之涼熱，侍奉吃藥，用身體溫暖祝恬，在祝恬病危時，為其置辦壽衣棺木，應融對素不相識的祝恬一片赤誠之心與友人謝著的冷漠冰冷形成了極大的對比，作者用這樣極富張力的對比褒貶善惡，品評人物，其良苦用心可見一斑。這樣的故事文中還有很多，筆者不一一列舉。

　　對比的言說方式讓故事情節曲折有致，富有戲劇性的張力，如峰迴路轉，波瀾起伏，環環入扣，柳暗花明，最終使得故事引人入勝，讀者也在這富有感染力的對比中體味到作者「辨風正俗」的拳拳之心。

結　語

　　應劭著《風俗通義》是從為政的實用性出發，但在戰火紛飛的東漢末年，《風俗通義》所起的現實影響微乎其微，「辨風正俗」的理想也在改朝換代中徒留一聲歎息，但不可否認《風俗通義》有著極高的史學、文獻學、文學、民俗學價值。本文只從言說方式的角度對《風俗通義》作了淺層次地探討，論述了引經據典、謹案、對比這三種言說方式對《風俗通義》「辨風正俗」以及該書文學性、思想性的影響，這也是筆者在研究方法上的一次嘗試，以期拋磚引玉。限於時間與精力，在論文的寫作中筆者發現還有很多尚未來得及展開的問題，當然這也是筆者的一些稚嫩的想法，聊記於下：

　　一、應劭在《風俗通義》所批判的均是其同時代的人與事，《風俗通義》的創作與漢末清議的關聯如何？應劭所處的汝南郡有「月旦評」，這樣的「月旦評」對《風俗通義》的創作有何影響？

　　二、《風俗通義》中的「謹案」在以《搜神記》和《世說新語》為代表的魏晉小說中雖然不復存在，但是將《風俗通義》中的「怪神」篇和《搜神記》進行對比便可發現干寶並未摒棄對其所錄鬼怪故事的評價。干寶將其個人評價融入到故事的敘述之中，使「謹案」在敘事中消解。唐傳奇以及之後的戲曲小說雖沒有文末的「謹案」，但往往會在文章前面有一些概要性的導入（如入話詩），為全書奠定一定的基調，或者在文本敷衍中以春秋筆法寄予褒貶，「謹案」在中國小說發展過程中似乎經歷了由形式的消解到內在精神的傳承，這一轉變是如何悄然發生的？轉變背後的原因又如何？「謹案」的言說方式對明代的「學案體」有沒有影響？

　　三、從《風俗通義》中我們可以發現應劭不相信鬼神，卻執著地堅信精怪的存在，這在其「怪神」篇中有著極為明顯的體現。姜生在其《〈風俗通義〉等文獻所見東漢原始道教信仰》〔註1〕中從「怪神」所記載的思道、誦經、用劍、劾鬼術及屍體飛去等情況探討東漢的道教發展，但沒有論及應劭是否受到道教的影響，應劭對精怪的相信是否受到了道教的影響？道教思想在應劭思想中是否佔有一席之地？

　　四、應劭在《風俗通義》中有著非常明顯的陰陽五行思維，在使用對比的言說方式中也幾乎遵循著一正一反、以正剋反的模式，這樣的言說方式與作者的陰陽五行思想有沒有關聯，是否受到《易》經的影響？

　　本文主要對《風俗通義》十卷內容加以考察，對「佚文」部分的涉及尚少，因此對《風俗通義》的研究還不能完全做到整體把握和細節分析。除此以外，能否從言說方式的角度切入散亂的「佚文」研究都還有待進一步的思考，本人學力不逮，只能呈現出這樣一篇拋磚引玉之作，懇請專家學者批評指正！

〔註1〕姜生：《風俗通義等文獻所見東漢原始道教信仰》，載《宗教學研究》1998 年第 1 期。

參考文獻

一、著作類

1. 高亨，周易大傳今注〔M〕，北京：清華大學出版社，2010。
2. 《十三經注疏》整理委員會整理，十三經注疏·毛詩正義〔M〕，北京：北京大學出版社，1999。
3. 《十三經注疏》整理委員會整理，十三經注疏·尚書正義〔M〕，北京：北京大學出版社，1999。
4. 《十三經注疏》整理委員會整理，十三經注疏·禮記注疏〔M〕，北京：北京大學出版社，1999。
5. 《十三經注疏》整理委員會整理，十三經注疏·儀禮注疏〔M〕，北京：北京大學出版社，1999。
6. 《十三經注疏》整理委員會整理，十三經注疏·周禮注疏〔M〕，北京：北京大學出版社，1999。
7. 《十三經注疏》整理委員會整理，十三經注疏·爾雅注疏〔M〕，北京：北京大學出版社，1999。
8. 《十三經注疏》整理委員會整理，十三經注疏·論語注疏〔M〕，北京：北京大學出版社，1999。
9. 《十三經注疏》整理委員會整理，十三經注疏·孟子注疏〔M〕，北京：北京大學出版社，1999。
10. 《十三經注疏》整理委員會整理，十三經注疏·孝經正義〔M〕，北京：北京大學出版社，1999。

11. 《十三經注疏》整理委員會整理，十三經注疏·春秋左傳正義〔M〕，北京：北京大學出版社，1999。

12. 《十三經注疏》整理委員會整理，十三經注疏·春秋公羊傳注疏〔M〕，北京：北京大學出版社，1999。

13. 《十三經注疏》整理委員會整理，十三經注疏·春秋穀梁傳注疏〔M〕，北京：北京大學出版社，1999。

14. 吳則虞點校，白虎通疏證〔M〕，北京：中華書局，1994。

15. 韓嬰撰、許維遹校釋，韓詩外傳集釋〔M〕，北京：中華書局，1980。

16. 陳秉才譯注，韓非子〔M〕，北京：中華書局，2007。

17. 李山譯注，管子〔M〕，北京：中華書局，2009。

18. 陳鼓應注釋，莊子今注今譯〔M〕，北京：中華書局，1983。

19. 葛劍雄，大漢王朝〔M〕，長春：長春出版社，2007：216。

20. 繆文遠、羅永蓮、繆偉譯注，戰國策〔M〕，北京：中華書局，2007。

21. 陳濤譯注，晏子春秋〔M〕，北京：中華書局，2007。

22. 尚學鋒、夏德靠譯注，國語〔M〕，北京：中華書局，2007。

23. 司馬遷撰，史記〔M〕，北京：中華書局，1959。

24. 班固著，趙一生點校，漢書〔M〕，杭州：浙江古籍出版社，2002。

25. 魏徵，令狐德棻撰，隋書〔M〕，北京：中華書局，1973。

26. 洪邁，容齋隨筆〔M〕，鄭州：中州古籍出版社，2010。

27. 林家驪，楚辭譯注〔M〕，北京：中華書局，2010。

28. 張之洞，書目答問補正〔M〕，上海：上海古籍出版社，2011。

29. 王啟才，漢代奏議的文學意蘊與文化精神〔M〕，北京：人民出版社，2009。

30. 韓維志，察舉制度與兩漢文學關係之研究〔M〕，北京：世界圖書出版公司，2014。

31. 陸賈，新語校注〔M〕，北京：中華書局，1986。

32. 熊鐵基，秦漢文化史〔M〕，上海：東方出版中心，2007。

33. 劉勰著，范文瀾注，文心雕龍注〔M〕，北京：人民文學出版社，1978。

34. 劉師培，中國中古文學史〔M〕，北京：人民文學出版社，1959。

35. 蕭東發、李勇，教化於民——太學文化與私塾文化〔M〕，北京：現代出版社，2014。

36. 許道勳、徐洪興，中國經學史〔M〕，上海：上海人民出版社，2006。

37. 顏之推撰、王利器集解，顏氏家訓集解〔M〕，上海：上海古籍出版社，1980。

38. 石昌渝，中國小說源流論〔M〕，北京：三聯書店，1994。

39. 譚家健、孫中原注譯，墨子今注今譯〔M〕，北京：商務印書館，2009。

40. 劉君惠，楊雄方言研究〔M〕，成都：巴蜀書社， 1992。

41. 李宗鄴，中國歷史要籍介紹〔M〕，上海：上海古籍出版社，1982。

42. 吳志達，中國文言小說史〔M〕，濟南：齊魯書社，2009。

43. 魯迅，中國小說史略〔M〕，中華書局，2013。

44. 胡尹強，小說藝術品性和歷史〔M〕，上海：上海文藝出版社，1993。

45. 馬振方，小說藝術論〔M〕，北京：北京大學出版社，1999。

46. 愛德華·福斯特，小說面面觀〔M〕，廣州：花城出版社，1984。

47. 熱拉爾·熱奈特著、王文融譯，敘事話語〔M〕，北京：中國社會科學出版社，1990。

48. 王利器，風俗通義校注〔M〕，北京：中華書局，2010。

49. 吳樹平，風俗通義校釋〔M〕，天津人民出版社，1980。

50. 趙泓，風俗通義全譯〔M〕，貴州人民出版社，1998。

51. 顧頡剛，秦漢的方術和儒生〔M〕，上海：上海古籍出版社，1978。

52. 許慎撰、段玉裁注，說文解字注〔M〕，上海：上海古籍出版社，1981。

二、學位論文類

1. 王忠英，應劭著述考論〔D〕，山東師範大學 2010 年碩士學位論文。

2. 閆平凡，漢書二十三家注鈔應劭校補〔D〕，武漢大學 2004 年碩士學位論文。

3. 林鶴韻，風俗通義述評與文獻學價值初探〔D〕，復旦大學 2012 年碩士學位論文。

4. 鞏玉婷，風俗通義研究碩士論文〔D〕，山東大學 2015 年碩士學位論文。

5. 林丹丹，風俗通義雙音節詞研究〔D〕，北京語言大學 2009 年碩士學位論文。

6. 張佳，風俗通義反義詞研究〔D〕，浙江大學 2012 年碩士學位論文。

7. 李章立，風俗通義的小說性研究〔D〕，四川師範大學 2006 年碩士學位論文。

8. 孫芳芳，文學視野下的風俗通義研究〔D〕，華中師範大學 2012 年碩士學位論文。

9. 王霄，風俗通義文學研究〔D〕，內蒙古大學 2015 年碩士學位論文。

10. 程開元，風俗通義文史哲學術價值探索〔D〕，山東師範大學 2013 年碩士學位論文。

11. 程詩堯，由風俗通義看文學與風俗的關聯〔D〕，華中師範大學 2018 年碩士學位論文。

12. 柳程婧衍，應劭風俗通義引詩研究〔D〕，西北大學 2021 年碩士學位論文。

13. 答風華，漢代風俗文化與漢代文學〔D〕，山東大學 2007 年博士學位論文。

14. 王守亮，漢代小說史敘論〔D〕，山東師範大學 2009 年博士學位論文。

15. 王惠，潛夫論風俗通義的疑問句研究〔D〕，南京師範大學 2008 年碩士學位論文。

16. 孟心，風俗通義聲訓及其文化探析〔D〕，重慶師範大學 2012 年碩士學位論文。

17. 方波，從墨子言語方式看墨學的興衰起伏〔D〕，西南大學 2013 年碩士學問論文。

18. 王彥霞，20 世紀女性文本的話語方式〔D〕，鄭州大學 2000 年碩士學位論文。

19. 李娟，對歷史的另一種言說──蘇童新曆史小說創作〔D〕，延邊大學 2002 年碩士學位論文。

20. 郭玉華，共同的關注，不同的言說──論新時期山東鄉民小說家的創作〔D〕，曲阜師範大學 2004 年碩士學位論文。

21. 楊德，文氣論與中國士人的言說方式〔D〕，暨南大學 2002 年碩士學位論文。

22. 韓婭娟，作為一種言說方式──中國當代女性藝術的內涵與意義〔D〕，中央美術學院 2008 年碩士學位論文。

23. 胡豔，莊子和維特根斯坦言說方式及比較〔D〕，河南大學 2008 年碩士學位論文。

24. 賴或煌，晚清至五四詩歌的言說方式研究〔D〕，首都師範大學 2006 年博

士學位論文。

25. 黃雪敏，新時期女性散文的生命體驗與言說方式〔D〕，華南師範大學 2004 年碩士學位論文。

26. 戚萌，左傳用詩與中國古代早期詩論的言說方式〔D〕，首都師範大學 2014 年碩士學位論文。

27. 魏園，莊子之道的詩化言說方式〔D〕，華東師範大學 2013 年博士學位論文。

28. 易海豔，春秋繁露文本言說方式研究〔D〕，西南大學 2017 年碩士學位論文。

29. 鄧彩霞：白虎通義的言說方式及其價值研究〔D〕，西南大學 2017 年碩士學位論文。

三、期刊論文類

1. 曹道衡，風俗通義和魏晉六朝小說〔J〕，文學遺產，1988 年第 3 期。

2. 董焱，風俗通義的文學價值〔J〕，河北師範大學學報，2007 年第 1 期。

3. 劉明怡，風俗通義的文體特點及其文學意義〔J〕，文學遺產，2009 年第 2 期。

4. 倉修良，應劭和風俗通義〔J〕，文獻，1995 年第 6 期。

5. 毛英萍，應劭與風俗通義〔J〕，中國社會科學院研究生院學報，2009 年第 3 期。

6. 郭浩，論應劭的史學成就及其歷史地位〔J〕，河南廣播電視大學學報，2005 年第 3 期。

7. 孫福喜，論應劭的經世致用學術思想〔J〕，內蒙古師大學報，1999 年第 1 期。

8. 劉明怡，從應劭著述看漢末學術風氣的變遷〔J〕，許昌學院學報，2006 年第 6 期。

9. 陳曦，風俗通義的學術傳承與史學特色〔J〕，天府新論，2011 年第 5 期。

10. 黨超，辯風正俗應劭對風俗與政治關係的新思考〔J〕，民俗研究 2015 年第 3 期。

11. 孟心，風俗通義聲音第六之聲訓研究聲訓背後承載的漢時文化〔J〕，蘭州教育學院學報，2011 年第 2 期。

12. 馬固鋼，論風俗通義訓詁〔J〕，湘潭大學學報，1988 年第 4 期。

13. 黃英，從風俗通義看漢代新生的複音詞〔J〕，西南民族學院學報，2000 年第 12 期。

14. 姜生，風俗通義等文獻所見東漢原始道教信仰〔J〕，宗教學研究，1998 年第 1 期。

15. 張漢東，風俗通義的民俗學價值〔J〕，民俗研究，2000 年第 2 期。

16. 龍顯昭，試論古代史上的民俗研究〔J〕，西華師範大學學報，2006 年第 6 期。

17. 史樹青，從風俗通義看漢代的禮俗〔J〕，史學月刊，1981 年第 4 期。

18. 張建國，風俗通義與搜神記創作對比研究〔J〕，太原學院學報，2016 年第 6 期。

19. 崔宜明，論莊子的言說方式——重釋卮言、寓言、重言江蘇社會科學〔J〕，1994 年第 3 期。

20. 張利群，論莊子語言表達方式的特性〔J〕，暨南學報（哲學社會科學），1991 年第 1 期，頁 103。

21. 趙輝，先秦文學主流言說方式的生成〔J〕，文學評論，2012 年第 3 期，頁 11。

22. 李建中，中國文論：說什麼與怎麼說〔J〕，長江學術，2006 年第 1 期，頁 111。

23. 鄒福清，論唐五代詩本事的言說方式〔J〕，湖北大學學報（哲學社會科學版），2013 年第 5 期。

24. 李思屈，中國詩學的話語言說方式〔J〕，求是學刊 1996 年第 4 期。

25. 張小琴，試析莊子的言說方式〔J〕，陝西師範大學學報（哲學社會科學版），2001 年第 1 期，頁 53。

26. 柏俊才，在困苦與解脫：莊子語言的言說方式〔J〕，山西農業大學學報（社會科學版），2007 年第 3 期，頁 250。

27. 李建中，文備眾體：中國古代文論的言說方式〔J〕，文藝研究，2006 年第 3 期。

28. 李思屈，中國詩學的話語言說方式〔J〕，求是學刊，1996 年第 4 期。